포틴

4teen

4teen
by ISHIDA Ira

Originally published in Japan by SHINCHOSHA Publishing Co., Ltd., Tokyo.
Korean translation rights arranged with SHINCHOSHA Publishing Co., Ltd., Japan
through THE SAKAI AGENCY and Imprima Korea Agency.

포틴 4teen

이시다 이라 지음
양억관 옮김

자가
정신

차례

깜짝 선물

그것은 막 봄방학에 들어간 월요일에 시작되었다. 나는 쓰키시마 역 계단을 올라가서 맥도널드 앞에 멈춰 섰다. 몬자야키(여러 가지 채소와 해물 등을 넣고 묽게 반죽해 철판에 볶는 일본 요리 - 옮긴이)집이 백 개도 넘게 늘어선 니시나카 로 쪽으로 나가는 출구다. 산악자전거를 탄 채 한 발을 가드레일에 걸치기도 하고, 스탠딩 스틸을 연습하기도 하면서 반 친구를 기다리고 있었다.

오후 세 시, 비스듬히 비쳐드는 햇살이 엷은 오렌지색 줄무늬를 그리는 횡단보도를 건너 나이토 준이 다가왔다. 준의 산악자전거는 내 것과 색깔만 다르다. 새빨간 프레임에 리어서스펜션이 달렸다. 키가 작아서 안장도 낮다. 내 자전거는 파란색이다.

"다이는 아직 안 왔어?"

준은 얼굴의 반을 가리는 검은 테 안경을 가운뎃손가락으로 밀어 올렸다. 나는 어깨를 으쓱했다. 오노 다이스케만 오면 된다. 다이스케, 즉 다이는 제시간에 나타나는 법이 없다.

"그건 그렇고, 나오토는 괜찮을까?"

이번에는 내가 물었다.

"모르겠어. 그냥 비상연락망으로 연락이 왔을 뿐이야. 종업식 때까지 건강했는데 갑자기 입원이라니……."

우리 뒤편의 자동문이 열렸다.

"어이, 왔어?"

다이의 굵직한 목소리가 들렸다. 자기 별명의 기원이 된 감자튀김을 가슴에 안고 맥도널드에서 모습을 드러냈다. 다이는 다이스케의 다이가 아니라, 대중소大中小의 대를 뜻한다. 그만큼 키도 덩치도 크다. 식용유 냄새가 난다. 힘겹게 졸라맨 바지 벨트 위아래로 감자가 크게 공헌했음 직한 내용물들이 불룩불룩 튀어나와 있다.

"빨리 가자."

내가 말하자 다이는 주스를 마시는 포즈로 입 안에 감자튀김을 쏟아붓고는, 아사히 은행 쪽으로 자전거를 가지러 갔다. 옆에서 보아도 볼살이 얼굴 옆으로 볼록 튀어나온 것을 알 수 있다.

"다음에 입원할 사람은 다이야."

준이 말했다. 나는 쿡 하고 웃었다. 우리는 나오토가 입원한 병원으로 향했다.

쓰키시마 역에서 스미다 강의 제방까지는 고작 200미터. 지그재그로 난 자전거 전용도로를 따라 오르면 바로 쓰쿠다 대교가 나온다. 준과 나는 재빨리 제방 위로 올라가 동작이 굼뜬 다이가 오기를 기다렸다. 조는 듯이 어둡게 깔린 녹색의 스미다 강 양쪽에는 유리와 콘크리트로 된 고층 빌딩이 늘어서 있다. 20층, 30층, 그 가운데는 50층이 넘는 놈도 있다. 내가 태어나 자란 거리인데도 이 다리 위에 서서 스카이라인을 바라볼 때마다, 어딘지 모를 외국에라도 온 기분이 든다. 준도 입을 꾹 다문 채 갑자기 넓게 펼쳐진 하늘을 올려다보고 있다. 칙칙한 파란색 하늘. 도쿄에 살면서 넓은 하늘을 보기는 힘들다.

어깨를 들썩이며 다이가 올라왔다. 일반 자전거에 경주용 핸들을 달다니, 아직 자전거에 대해 뭘 모르는 모양이다. 상반신을 고정시키고 복근을 잘 사용해야 자연스럽게 페달을 밟을 수 있는데 말이다.

"아, 다리가 후들거려. 어제 너무 무리한 것 같아."

다이가 땀을 훔치며 말했다. 준이 물었다.

"몇 번 했어?"

"일곱 번 정도."

다이가 자랑스럽게 말했다. 요즘 우리 반 남학생들의 화제는 오로지 딸딸이다. 횟수, 스피드, 포르노 사진, 새로운 기법에 관한 신선한 아이디어들. 나는 일곱 번이라는 말에 충격을 받았다. 친구들이 하루에 최고 몇 번이냐고 물으면 세 번이라고 대답하지만, 사실은 두 번이 기록이고, 그것도 어쩌다 컨디션이 좋을 때나 그랬다.

"역시 다이는 비정상이야."

준이 어이없다는 듯 말했다. 도쿄 만에서 불어오는 미지근한 바닷바람을 맞으며 우리는 다리 건너편을 향해 내달렸다. 쓰쿠다 대교의 길이는 300미터. 자전거로 보행자 통로를 천천히 나아가서 사차선 도로로 빠져나간다. 쓰키시마는 메이지 시대에 조성된 매립지여서 동떨어진 섬이란 느낌도 주지만, 그 건너편에 같은 주오 구에 속하는 쓰키지와 긴자가 있어 도심지라는 느낌도 준다. 긴자의 뒷골목은 어릴 적부터 놀던 곳이다. 백화점 지하의 시식 코너나 옥상 정원은 전부 머릿속에 그려져 있다. 화려한 거리라고는 생각해본 적이 없다.

다리를 건너고 니치레이 빌딩을 돌아, 제방을 따라 성 누가 가든으로 향했다. 그곳은 이제 막 조성된 새로운 거리로, 보도의 돌에도 조각이 되어 있고, 옆으로는 인공 시내가 흐른다. 전체가 사치스러운 정원 같은 느낌이다. 광고대리점과 호텔, 최고급 양로원이 들어선 두 고층 빌딩 건너편 연지색 타일 건물이 바로 나오토가 입원한 성 누가 국제병원이다. 우리는 호를 그리며 늘어선 택시를 지나 정류장 끝에 자전거를 세워두고, 목제 프레임에 두꺼운 유리창이 달린 자동문을 뚫고 병원으로 들어섰다.

안은 호텔 로비 같았다. 체크무늬 대리석 바닥에 높은 천장, 구석구석에 놓인 커다란 화분 속의 관엽식물이 에어컨 바람에 흔들리고 있다. 오전 진찰과 정산이 끝난 시간이라 안내데스크도 텅 비어 있었다. 벌써 몇 번이나 와봐서 내부 지리에 익숙한 우리는 곧장 건물 중앙의 엘리베이터 쪽으로 걸어갔다. 삼면에 손잡이가 달린 엘리베이터 안에서 준이 말했다.

"뭐 좀 가지고 왔어?"

"난 이거."

다이는 얼룩덜룩한 가방에서 얇은 잡지 한 권을 꺼냈다.

"사실인지는 모르겠지만, 길거리에서 헌팅한 다음 옷을 벗기는 이야기가 잘 팔린대."

우리 셋은 포르노 잡지를 인연으로 뭉쳤다. 표지에는 예쁜지 안 예쁜지 구분하기 힘든 여자애 둘이 어디선가 본 듯한 길거리에서 두 팔을 벌리고 포즈를 취하고 있다. 둘 다 낡은 청바지에 하얀 피코트 차림이다.

"나쁘진 않네. 그렇지만, 난 역시 이쪽이야."

그러면서 준은 가방에서 판형이 큰 잡지를 꺼냈다. 내용은 안 봐도 뻔하다. 준은 서양 여자의 커다란 유방을 미칠 듯이 좋아한다.

"최근에는 이 크리스털이라는 애가 인기 최고야."

그러고는 포스트잇이 붙은 페이지를 펼쳤다. 금발에 파란 눈, 두개골보다 큰 두 개의 유방, 젖꼭지 주위가 달걀 프라이만하고, 거기에 어울리지 않는 잘록한 허리. 살아 있는 사람이 아닌 피겨figure 같다.

"데쓰로는?"

다이의 말이 떨어지는 순간 엘리베이터의 울림이 약해졌다. 곧 7층이다. 다행이다. 나오토를 위해 내가 가지고 온 선물은 비교적 청순해 보이는 여자애가 벗은 평범한 사진집으로, 두 친구의 것에 비해 별 재미가 없다. 하기야, 그 가운데는 세일러복 차림으로 스커트를 걷어 올리고 헤어를 그대로 드러낸 사진도 있으니 청순하다고만은 할 수 없다.

문이 열렸다. 포르노 잡지를 가방에 넣고 우리는 별실로 향했다. 엘리베이터 홀 옆에는 소파가 늘어선 휴게실이 있고, 여기저기 힘없어 보이는 사람들이 외로운 섬처럼 앉아 있다. 복도 앞에도 유리가 달린 자동문이 있다. 천장에 달린 비디오카메라를 향해 다이가 웃으며 손을 흔들었다.

복도 양편으로 이어지는 병실을 살피면서 번호를 확인한다. 712호실. 오른쪽 맨 구석에서 두 번째가 나오토의 병실이다. 이 병원의 병실은 환자의 사생활을 보호하기 위해 모두 일인실이다. 슬라이드 도어에 달린 둥그런 유리창을 통해 셋이 번갈아 안쪽을 살폈지만, 커튼밖에 보이지 않았다. 내가 대표로 문을 두드렸다.

"들어오세요."

안에서 나오토의 어머니 목소리가 들려왔다.

"실례합니다."

우리가 병실로 들어서자 어머니가 커튼을 걷어주었다. 하얀 철제 침대에 나오토가 줄무늬 잠옷을 입은 채 웃고 있었다. 머리 한복판에 가르마를 탔는데 반백이다. 물들인 게 아니다. 그것보다 내게는 나오토의 목에 난 주름이 더 충격적이었다. 몇 십 가닥의 목걸이를 한 듯, 둥그런 주름이 겹쳐 늘어져 옷깃까지 이어져 있었다. 나는 황망히 나오토의 눈을 바라보았다. 주름지고 메마른 얼굴에서 눈만 우리처럼 불안하게 흔들리고 있었다. 그러나 그것은 어김없는 무사태평한 중학생의 눈이었다.

"나오토, 괜찮지? 좋은 선물을 가지고 왔어."

다이가 눈치를 주면서 말했다. 나오토의 어머니는 냉장고에서 우롱차를 꺼내 종이컵에 따라주었다.

"오늘은 천천히 놀다 가. 나오토가 너무 심심해하니까."

"예, 그렇게 하겠습니다."

우리 셋 가운데 가장 성적이 좋고, 어머니에게도 좋은 인상을 심어놓은 준이 밝은 목소리로 대답했다. 나오토가 재촉하듯 말했다.

"오랜만에 친구들 왔으니까, 빨리 나가."

아들의 짜증스러운 말에도 어머니는 밝은 표정으로, 알았어, 알았어, 하고 고개를 끄덕이면서 의자에 놓아둔 핸드백을 집어 들었다. 어머니는 병실을 나서면서 우리 쪽을 돌아보며 말했다.

"엘리베이터 옆 소파에 앉아 있을 테니까, 갈 때 나 좀 보고 가, 알았지?"

침대 주위를 둘러싼 우리가 일제히 고개를 끄덕이자 목제 슬라이드 도어가 천천히 닫혔다. 나오토는 시선을 마주치기가 겸연쩍은지 고개를 숙인 채 쉰 목소리로 말했다.

"다들 바쁠 텐데 어떻게 왔어? 간단한 검사 때문에 며칠 입원한 거야."

"그래? 비상연락망 전화로는 쓰러져서 구급차를 탔다고 하던데?"

내 말이 끝나자마자 다이가 끼어들었다.

"너, 너무 심하게 해서 빈혈 일으킨 거 아냐? 조로증이라니, 병명 자체가 조루랑 비슷한 게 야리꾸리하잖아."

"다이는 뭐든 그쪽하고 연관시켜."

준이 어이없다는 듯이 말했다. 나오토의 병은 조루와는 아무 관계없는 조로다. 보통 사람보다 몇 배나 더 빨리 늙어버리는 병. 머리가 반백인 것도, 얼굴과 손과 목에 주름이 진 것도 다 그 병 때문이다. 그러나 나이를 먹는 것은 몸뿐이다. 마음은 우리와 똑같은 중학생 그대로다. 가끔 엷은 미소를 지으며 부드러운 눈길로 우리나 여학생을 바라볼 때면, 우리보다 몇 배나 더 오래 산 듯한 느낌을 주기도 하지만, 그건 우리의 착각이 분명하다.

그 증거로, 나오토는 지금 다이에게 넘겨받은 길거리 헌팅을 주제로 한 포르노 잡지를 펼쳐 들고, 잘 그을린 피부에 오렌지색 브래지어와 팬티를 걸친 여자 서퍼의 사진을 뚫어져라 바라보고 있다. 준이 놀렸다.

"어이, 종이에 구멍 나겠어."

"오랜만이니까. 여긴 너무 지겨워."

나오토가 잡지 세 권을 살펴보는 동안 우리는 교실에서처럼 말도 안 되는 잡담을 늘어놓고 있었다. 누가 누구랑 붙었다는 둥, 옆 반 여자애 가슴이 왜 그리 크냐는 둥. 나오토는 포르노 잡지를 매트 밑에 쑤셔 넣으면서 말했다.

"다이 게 제일 맛있겠어. 다음이 데쓰로, 마지막이 준. 미안하지만, 난 서양 여자는 안 맞아."

그리면서 닭 뼈슴 같은 손을 흔들었다. 준은 납득할 수 없다는 표정이었다. 머리 나쁜 놈은 절대로 자신의 고상한 취미를 이해할 수 없다는 것이 준의 주장이다.

"그냥 고갸르(짧은 교복치마와 루즈삭스로 대변되는 여학생을 가리키는 신조어 - 옮긴이)가 좋은 거겠지. 지난번에 네가 빌린 비디오도 세일러복이었잖아. 아, 그러고 보니 곧 나오토 생일이구나."

"응, 3월 28일, 다음 토요일. 미안하지만, 이번에는 파티 못해. 퇴원할 수 없을 것 같아."

그렇게 말하고 나오토는 창문 아래로 플라타너스를 내려다보았다. 여기저기 껍질이 벗겨져 허연 속살을 드러낸 가지에는 싱싱한 어린잎에 섞여 누런 이파리가 무슨 미련이라도 남았는지 떨어지지 않고 매달려 있다. 갑자기 침묵이 감돌았다. 작년 나오토의 생일에는 파자마 파티를 했다. 스카이라이트타워 34층에 있는 나오토의 집. 몸이 불편한 나오토를 위로하는 의미에서, 나오토의 부모님이 성대한 생일 파티를 열어주었다. 우리 넷은 밤새도록 떠들고 놀았다. 누가 먼저 말을 꺼냈을까, 모두 파자마 위에 다운점퍼를 걸치고, 자전거를 타고 어두운 밤거리를 마구 누볐다. 기요스미 로를 빠져나가 레이메이 교를 건너, 하루미 부두로 갔다. 봄날의 새벽 공기는 너무도 맑아서 마치 페퍼민트 껌을 씹는 듯한 기분이었다. 검은 기름을 부어놓은 듯한 도쿄 만 위로 구름 낀 하늘이 점점 밝은 회색으로 변하는 풍경을, 우리는 자전거를 탄 채 망연히 바라보았다. 넷이서 같이 본 최초의 새벽 하늘. 그로부터 일 년이 지나 나오토의 주름은 더 깊어지고, 나머지 셋은 아직도 중학생다운 원숭이 놀음을 계속하고 있다.

다이가 손으로 바지를 탁탁 치면서 말했다.

"선물은 뭐가 좋을까? 뭐든 말해봐. 이 형님들이 들어줄 테니까."

나오토는 힘없이 말했다.

"괜찮아. 필요한 건 뭐든 다 있어. 엄마한테 말하면 뭐든 다 들어주니까."

"할머니용 주름 제거 크림이나 새카만 가발, 노인용 기저귀도 괜찮아?"

준의 말에 우리는 배를 잡고 웃었다. 그건 나오토의 병에 빗댄 농담이었다.

"선물은 내용물을 모를 때가 재미있는 거야. 뭐든 좋아. 어차피 정말 필요한 건 손에 넣을 수 없으니까."

눈을 내리깐 채 나오토가 말했다. 우리 세 사람의 젊음을 삼분의 일씩 나누어줄 수만 있다면 세상에서 가장 멋진 선물이 될 텐데. 그러면 우리도 중학생을 금방 마칠 수 있어 좋을 텐데. 어른은 같은 어른에게 설교 따위는 하지 않는다. 학생이란 신세는 정말 넌덜머리가 난다.

"좋아, 머리를 짜내서 나오토에게 가장 특별한 선물을 할게. 각오하고 기다려."

그렇게 말하고 다이는 가슴을 탕 쳤다. 텔레비전 수영대회에서 본 유방 큰 여자처럼 가슴이 출렁거렸다.

"다이의 가슴을 마음껏 주무르는 티켓이라면 그만두는 게 좋겠어."

나오토의 말에 우리는 또 배를 잡고 웃었다. 다이는 짐짓 화를 내며 침대에 누운 나오토의 몸을 덮쳤다. 철제 침대 프레임이 비명을 내질렀다. 그때 담요가 위로 말려 올라가 나오토의 발이 드러났다. 침대 끝에 서 있던 준의 안색이 바뀌었다. 경악이었다. 나오토는 다이를 밀치고, 발을 담요 안으로 오그렸다. 준은 금방 안색을 고치고, 나오토와 눈길을 마주치고도 아무 일 없었다는 듯 태연한 표정을 지었다.

그로부터 한 시간쯤 뒤에 우리는 나오토의 병실에서 나왔다. 복도를 지나 엘리베이터 옆 휴게실로 들어섰다. 나오토의 어머니가 소파에 앉아 멍하니 앞을 바라보고 있었다. 깨끗하게 화장을 한 얼굴이지만, 짙은 피로가 배어 있었다.

"너무 오래 있어서 죄송합니다."

준이 우등생 모드로 얌전하게 인사했다. 허리께에서 천장까지 달린 유리벽으로 저녁 햇살이 듬뿍 비쳐들었다. 우리는 열선 반사 유리를 뚫고 들어오는 오렌지색 햇살을 받으며, 어머니 건너편 소파에 나란히 앉았다.

"고마워. 쉬는 날 이렇게 병실까지 찾아와주고."

말없이 우리는 고개를 가로저었다.

"이번에는 오래 입원해야 할 것 같아. 학원도 있고 해서 바쁜 건 잘 알지만, 가능하면 자주 들러줄 수 없을까? 너희들이 온다고 하면 아침부터 표정이 밝아져."

"그건 걱정 마세요. 그럼 나오토의 생일날, 우리만 살짝 나오토의 병실에 들어가도 될까요?"

준이 조금의 틈도 주지 않고 말했다. 역시 머리 회전이 빠르다. 나오토의 어머니는 밝게 웃었다. 그 순간만큼은 생기가 돌아왔다.

"좋고말고. 그렇지만 병원이니까 너무 떠들지는 마."

"한 가지 여쭤볼 게 있는데요."

큰맘 먹고 내가 말했다.

"나오토의 병 말인데요. 조로증이라는 말은 들었지만, 정식 병명이 뭐예요?"

나오토의 어머니는 길게 한숨을 내쉬었다. 저녁 햇살을 받으며 시들어가는 꽃잎 같은 표정이었다.

"베르너 증후군이라고 해. 자세히 알고 싶니?"

"아닙니다. 그럼, 어머니는 병실로 돌아가시죠. 우리하고 노느라 피곤했는지도 몰라요."

준이 적절한 타이밍에 대화를 끊고 들어왔다. 우리는 나오토의 어머니에게 인사를 하고 엘리베이터를 탔다. 움직이는 엘리베이터 속에서 준에게 물었다.

"너, 아까 병실에서 뭘 봤어?"

"나오토의 발꿈치."

다이는 이상하다는 표정을 짓고 있다. 나는 다시 물었다.

"그런데, 왜 그렇게 놀랐어?"

"갈라져 있었으니까."

"뭐!"

다이가 외쳤다. 우리는 아무 말도 할 수 없었다.

"마른 비누처럼 갈라져 있었어. 갈라진 틈새에는 피가 고여 있었고."

부드러운 봄바람을 맞으며 돌아가는 길에 우리는 아무런 말도 하지 않았다.

다음 날 오후, 우리 셋은 쓰키시마 도서관에 모였다. 준이 아동실 앞에 놓인 검색용 컴퓨터를 두드렸다. 나와 다이는 어깨너머로 모니터에 뜨는 초록색 글자를 보고 있었다. 구식 컴퓨터였다.

조로증, 베르너 증후군을 치자 세 권의 책이 화면에 떴다.

『노화 메커니즘의 해명』『인간 세포 노화에 관련된 유전자』『유전자 클로닝』.

우리는 의학 코너로 가서 그 책 세 권을 빼들고 원형탁자에 앉았다. 한 번도 대출된 적 없는 새 책이었다. 다이는 책 세 권을 준에게 건네고, 스포츠 신문을 빼들었다. 나도 《사이클월드》를 읽기 시작했다. 그런 책은 공부 잘하는 준이 읽는 것이 시간 절약상 좋다. 준은 두꺼운 의학책 세 권의 목차를 오 분 만에 읽고, 뒤쪽의 색인을 체크하면서 페이지 사이사이에 갈피를 끼웠다. 내가 잡지 세 권을 다 읽었을 때 준도 책 세 권을 모두 읽었다. 준은 여기저기 책갈피를 끼운 책을 다이에게 건넸다. 다이는 말없이 복사기 쪽으로 가더니 오 분 후에 돌아왔다.

"각자 오십 엔씩, 십 엔짜리는 사절이야."

그렇게 말하면서 복사물을 준에게 건넸다. 책을 제자리에 꽂은 다음 우리는 도서관을 나왔다. 안에서는 큰 소리로 떠들 수 없어 도서관 뒤편에 있는 넓은 어린이 공원으로 향했다. 우리는 공원 한복판에 있는 커다란 콘크리트 구조물 위로 손잡이를 잡고 올라가, 꼭대기에 각자 자리를 잡고 앉았다. 아직 3월이었지만, 일찍 얼굴을 내민 벚꽃들이 엷은 분홍색 구름처럼 눈 아래로 펼쳐져 있다. 나른한 봄날의 햇살. 여기저기서 들려오는 아이들의 함성. 언뜻 보기에는 참으로 한가로운 세상이다. 준은 복사물을 꺼내서 읽기 시작했다.

"조기 노화 증후군은 현재 약 162종이 확인되었다. 예를 들면, 허친슨-길포드 증후군, 베르너 증후군, 색소성 건피증, 모세혈관 확장성 실조증 등. 그 가운데 가장 대표적인 것이 베르너 증후군으로, 발병 빈도는 일본인의 경우 백만 명당 3~45명. 1996년에 포지셔널 클로닝 진단법에 의해 원인 유전자가 특정되었다. 다이, 지금까지 내용, 알겠어?"

다이는 어깨를 으쓱하며 손을 들어올렸다. 나는, 이하 동문, 하고 말했다. 준이 말을 이었다.

"나도 그래. 특히 마지막 클로닝 부분은 도무지 모르겠어. 그렇지만 나오토의 병이 로또 일등에 당첨되는 것만큼이나 드물다는 것, 질병의 원인이 뭔지 밝혀졌다는 건 분명해."

"도대체 어떤 증상이 나타나?"

"임상적인 증상은 조기 백발, 조기 대머리, 양측성 백내장,

피부의 경화, 위축, 과각화증, 골다공증, 진성 당뇨병, 조기 동맥경화…… 더 읽을까?"

눈앞이 캄캄해지는 병명들이었다. 내가 말했다.

"이제 그만."

"그래야겠어. 아직도 작은 글씨로 네 줄이나 남았어. 도저히 읽을 수 없어. 그리고 이것."

준은 복사지 한 장을 내게 건넸다. 그래프가 있고, 그 위에 '생존곡선'이라는 제목이 붙어 있었다. 십대 후반부터 서서히 하강하는 곡선은 삼십대에 이르러 마치 절벽으로 떨어지는 폭포처럼 일직선을 그리고 있었다. 다시 눈앞이 캄캄해졌다. 다이에게 넘겨주었다. 다이는 한참이나 멍하니 그 검은 곡선에 눈길을 떨어뜨리고 있었다. 그러고는 화난 표정으로 얼굴을 들었다. 고함이라도 칠 것 같았다.

"알았어. 병이야 어떻든 아무래도 좋아. 이번에 나오토의 생일 선물은 눈알이 튀어나올 정도로 근사한 걸로 준비하자구."

준이 충격을 받은 표정으로 다이를 바라보았다.

"그래, 우리까지 기죽어서는 안 되지."

우리는 서로의 얼굴을 바라보았다. 나른한 봄날의 햇살 속에서 갑자기 맹렬한 투쟁심이 솟구쳐 올랐다. 병에 대해서는 잘 몰라도 그렇게 쉽게 나오토를 넘겨줄 수는 없다. 이번 생일을 생애 최고의 날로 만들어줄 테다. 마지막으로 내가 말했다.

"그런데 너희들 설날에 받은 세뱃돈 얼마나 남았어?"

그날부터 우리는 나오토의 생일 축하 파티를 위한 작전회의에 돌입했다.

활짝 갠 수요일, 우리 셋은 미쓰코시 뒤편에 자전거를 대고, 긴자 역에서 전철을 탔다. 모두들 묘하게 긴장하고 있었다. 도쿄에 살면, 오늘은 신주쿠, 내일은 하라주쿠, 그런 식으로 신나게 놀 거라고 생각하기 쉽지만, 실제로 도쿄에 사는 애들은 동네 근처의 번화가에서 잘 벗어나지 않는다. 전철로 십오 분 거리지만, 나만 해도 시부야는 반년 만이다. 그건 돈 뜯는 공갈배나 폭력배에 대한 소문이 학교에 파다하게 퍼진 탓도 있다.

그래도 오늘은 어쩔 수 없다. 나오토의 생일 선물을 살 만한 데라고는 시부야밖에 떠오르지 않으니까. 작전회의에서 우리는 나오토의 말대로 물건은 일단 제외시켰다. 사회시간에 배운 대로, 이제 남은 건 서비스뿐이다. 최고의 서비스는 무엇일까? 준의 물음에 나이가 대답했다.

"그건 나오토의 취미인, 고갸르의 출혈서비스 말고는 없어."

기세를 타고 내가 말했다.

"멋진 아이디어야. 우리 예산은 한 사람당 만오천 엔, 합하면 사만오천 엔이야. 다이가 보여준 잡지에는 불경기 때문에 원조교제 가격도 많이 내려갔다고 되어 있었어."

"그런데 어디에 가야 여고생을 살 수 있는데? 과연 병원까지 출장서비스 와줄까?"

어이없어하는 준의 말에, 다이가 자신만만한 표정으로 대답했다.

"시부야에 가면 될 거야. 지난번에 텔레비전 뉴스에서 봤어."

그렇게 해서 시부야까지 오게 된 것이다. 우리는 도큐 도요코 백화점의 하치코(시부야 역 앞에 있는 개 동상 - 옮긴이) 출구로 나와서 역 앞의 인파를 헤치고 나아갔다. 꽤 긴장했던 것 같다. 앞에서 걸어오는 여고생 한 사람 한 사람을 모두 심사했다. 솔직히 말하면, 내게는 그들 모두가 다 원조교제를 하는 여학생처럼 보였다. 하나같이 화려한 패션이었기 때문이다. 아직 날씨도 꽤 쌀쌀한데, 몸매를 드러내 보일 수만 있다면 그만, 이라는 식의 패션이었다. 그러나 우리는 너무 두려워 아무에게도 말을 붙이지 못했다. 그대로 중앙로를 빠져나가 스페인 언덕길을 올라, 공원길을 따라 내려와서 세이부 백화점으로 들어갔다. 다시 역 앞으로 돌아온 셈이다. 한 시간 이상 걸었지만 아무런 수확도 없었다. 무리도 아니다. 우리 셋 가운데 누구 하나 거리에서 여학생을 헌팅해본 적이 없고, 원조교제를 해본 적은 더욱이 없기 때문이다. 그럴 용기가 있다면 같은 반 예쁜 애한테 프러포즈 했을 것이다.

"어떡하지?"

이제는 다이마저도 초조해하기 시작했다. 준이 안달을 하며 말했다.

"할 수 없어. 지금부터 한 사람씩 차례대로 여자애에게 말을 걸어보는 거야."

"나, 일 번은 안 할래."

다이가 울상을 지으며 말했다. 그리하여 우리는 시부야 역 앞 교차로에서 파란신호를 기다리며 가위바위보를 했다. 그렇게나 신경을 바짝 곤두세운 가위바위보는 난생처음이었다. 처음이 준, 두 번째가 다이, 세 번째가 나. 그렇게 차례가 정해졌다. 나는 두 사람 가운데 하나가 성공해주기를, 스모그로 가득한 시부야의 하늘을 올려다보며 빌었다.

그로부터 세 시간에 걸친 실패담은 떠올리기도 싫다. 새빨개진 얼굴로 말을 걸어도, 여자애들은 눈 하나 깜짝하지 않고 잰걸음으로 지나쳐버렸다. 가장 반응이 좋았던 여자애조차, 혹시 너 멍청이 아냐, 라는 눈길로 웃었다. 웃어주는 것만으로도 고마울 지경이었다. 검은색 양복에 머리를 황금색으로 물들인 포르노 여배우 스카우트맨에게 물을 흐려놓지 말라는 협박까지 받았다. 나를 위한 일이었다면 벌써 백 번은 포기하고 말았을 것이다.

뻣뻣해진 다리로 패션빌딩 109의 지하 2층에 있는 소니 플라자 앞에 이르렀을 때, 우리의 고행은 벌써 네 바퀴째를 돌고 있었다. 다이는 화장실에 간다며 모습을 감춰버렸다. 준과 나는 몸을 팔 것 같은 여자애를 찾느라 열심히 눈알을 굴렸다. 109빌딩에는 섹시한 미젠이나 러브보트 같은 브랜드가 입점

해 있고, 그런 분위기에 어울리게 섹시한 물건을 좋아하는 애들이 많아서 모두가 몸을 팔 것처럼 보이기는 했지만, 겉모습에 속아서는 안 된다.

"어이, 데쓰로, 다음은 네 차례야. 저기 화장실 옆 계단에 앉아 있는 애 어때? 교복 차림에다, 네가 좋아하는 청순가련형이잖아. 한번 가봐."

그래서 나는 기계적으로 발걸음을 옮겼다. 이런 일을 할 때는 아무 생각도 하지 않는 게 상책이다. 여자는 혼자서 지겹다는 표정으로 세 번째 계단에 걸터앉아 있었다. 짧은 교복 치마에 무릎에는 아니에스의 검은색 가방이 올려져 있었다. 남색 랄프로렌 조끼에 긴 흰색 셔츠 차림. 두 번째 단추까지 풀어놓은 목덜미가 미백 화장품 모델처럼 순백색이다. 우타다 히카루를 닮은 강렬한 눈매. 내가 가까이 가는 사이에 여자는 가방에서 담배를 꺼내 불을 붙였다. 그녀 앞에 섰다. 여자의 눈높이는 내 가슴 정도.

"안녕하세요."

내 얼굴에 훅, 하고 담배 연기를 내뿜었다. 박하향. 헌팅당하는 데 익숙한 것 같았다. 미동도 없이 다음 말을 기다린다. 용기를 내어 말했다.

"사실은 사람을 찾는데요…… 원조교제…… 해줄 사람…… 친구가 입원해 있는데 깜짝 선물을 하려고…… 그래서……."

이하 횡설수설. 그녀는 다시 담배를 깊이 빨아들였다. 그리고 연기를 뿜으면서 말했다.

"흥, 그래서?"

"그래서…… 혹시 어떤가 해서…… 원조…… 해줄 것 같다는 말이 아니라, 저, 너무 예뻐서…… 친구도 좋아할 것 같아서……."

"친구 이름은?"

"나오토요. 사정 이야기라도 좀 들어주지 않을래요?"

"그야 괜찮지. 하지만 난 좀 비싸. 그 대신에……."

"그 대신에?"

다시 연기를 내뿜으며 그녀가 말한다.

"일은 확실히 해."

펄쩍 뛰면서 고함이라도 지르고 싶었다. 저편에서 눈알이 빠져라 이쪽을 바라보는 친구를 향해 오케이 사인을 보냈다. 화장실에 갔던 다이도 돌아와 합류했다. 우리 셋은 엘리베이터로 향했고, 그녀는 약간 거리를 두고 따라왔다. 109빌딩 꼭대기층에 있는 커피숍으로 들어갔다. 테이블은 커플들로 꽉 차 있다. 창 너머로 어둠이 깔린 시부야 거리가 내려다보인다. 저녁노을을 배경으로 이제 막 켜진 네온사인 불빛이 너무 아름다웠다. 선술집의 간판도 밤보다는 소박한 모습으로 엷고 투명한 빛을 발하고 있었다.

이야기는 오 분 만에 끝났다. 그녀는 과묵한 성격인 듯, 우리 말에 거의 아무런 반응도 보이지 않았다. 그 자리에서 계약금 오천 엔을 받아들고, 게임센터의 명함 프린터에서 찍은 핑크빛 명함 한 장을 내려놓고 가버렸다. '리카린'이라는 글자와 핸드폰 번호뿐이었다.

두 잔째 아이스커피를 다 마신 다이가 말했다.

"괜찮을까?"

"그건 아무도 몰라. 그렇지만 더이상 다른 여자애를 찾아볼 기력도 없어. 안 되면 어쩔 수 없는 노릇이지 뭐."

나도 준의 말에 찬성이었다. 정말 피곤한 하루였다. 그 징그러운 포르노 여배우 스카우트맨마저도 멋져 보일 정도로 기분이 좋았다. 모르는 여자애에게 말을 건다는 건 정말 대단한 에너지가 필요한 일임을 절실히 깨달았다.

따스한 봄날의 햇살이 지면에서 아지랑이를 피워 올리는 토요일. 면회객이 많아서인지 병원도 백화점처럼 밝은 분위기였다. 오후 한 시, 우리는 가방을 메고 나오토의 병실로 들어섰다. 나오토의 어머니는 오랜만에 긴자의 백화점에 쇼핑을 가야 한다고, 우리와 스치듯 병실을 빠져나갔다. 저녁 다섯 시나 돼야 돌아올 거라고 했다. 침대의 사이드테이블에는 나오토의 증상을 고려하여 단맛을 줄인 초콜릿이 든 시폰 케이크가 놓여 있었다. 포트에는 무가당 로열밀크티가 담겨 있었다.

"생일 축하해."

한마디 축하 인사를 건네고, 우리는 삼 분 정도 말 한마디 않고 정신없이 케이크를 먹어치웠다. 그리고 이런저런 쓸데없는 이야기를 하다 보니 금방 한 시 이십 분이 되었다. 준이 내게 눈짓을 보냈다.

"잠깐 나가서 선물을 가지고 올게."

나는 그렇게 말하고 병실을 나섰다. 엘리베이터를 타고 1층으로 내려와 병원 밖으로 나왔다. 눈부신 햇살. 성 누가 간호대학과 일간스포츠사 빌딩을 오른쪽에 두고, 쓰키지 역 출구로 향했다. 와 있었다. 리카린. 지난번과 같은 교복 차림으로 계단에 앉아 버지니아슬림을 피우며.

"오래 기다렸나요?"

그녀는 일순간 부루퉁한 표정을 짓다가 입술을 가볍게 비틀었다. 히트 앤드 런에 성공한 감독의 미소 같았다.

"그 병실에 샤워기 있어?"

나와 나란히 걸으며 그녀가 말했다.

"예, 샤워부스하고 화장실 그리고 비디오, 텔레비전도 있습니다."

"흥."

"그리고 이걸 건네주면 좋겠는데요."

그녀에게 마쓰야 빌딩의 지하 쇼핑센터에서 사둔 초콜릿을 건넸다. 그녀는 말없이 그것을 받아들었다. 긴장하면서 걸어서인지 금방 병원에 도착했다. 입구의 자동문에 우리의 모습이 비쳤다. 여고생 누나와 중학생 동생으로 보일지도 모른다.

그렇지만 그녀의 눈은 보기 싫은 친척을 억지로 문병하러 온 사람처럼 맥없이 풀려 있었다.

엘리베이터를 타고 7층으로. 복도를 지나 병실 앞에 섰다. 나는 둥근 유리창 너머로 안을 들여다보았다. 커튼이 쳐 있다. 노크를 했다.

"선물 도착했어."

슬라이드 도어를 기세등등하게 열었다. 그녀에게는 집게손가락을 입술에 대고 침묵을 지켜달라는 사인을 보냈다. 둘이서 안으로 들어서자 커튼 안쪽에서 준의 목소리가 들려왔다.

"이번 생일 선물은 최고 중의 최고야. 나오토, 너 대신 침대에 눕고 싶을 정도라니까."

다이가 커튼을 젖히자, 그녀는 리본을 단 초콜릿 상자를 두 손으로 가슴에 안은 채 서 있다. 침대에서 멍하니 입을 벌리고 있는 나오토. 내가 말했다.

"이쪽은 리카 씨. 나오토를 위해 준비한 우리 선물이야. 역시 물건보다는 사람이 최고잖아. 예쁜 고갸르니까, 불만 없겠지?"

그녀는 타이밍을 놓치지 않고 영업용 미소를 머금었다.

"잘 부탁해, 나오토 군."

난 벌어진 입을 다물 수 없었다. 과연 프로. 나오토의 백발을 보고도 조금도 놀라지 않았다. 준이 말했다.

"우리는 잠시 바깥에 나가 있을 테니까, 나중에 이야기나 들려줘. 리카 씨, 끝나면 핸드폰으로 전화해주세요."

그러고 나서 준은 자기 가방을 침대 밑으로 밀어 넣었다. 대체 무슨 생각일까. 우리 셋은 얼이 빠져 있는 나오토를 남겨두고, 재빨리 커튼을 닫은 다음 병실을 나섰다. 다이와 준의 발걸음이 평소보다 빨랐다. 엘리베이터를 타자마자 다이가 가방에서 핸드폰을 꺼냈다. 착신 라이트가 깜빡이고 있었다.

"병원에서는 핸드폰 사용 금지잖아."

다이는 나를 무시하고 통화 버튼을 눌렀다. 준이 말했다.

"괜찮아, 괜찮아, 다이, 잘 들려?"

핸드폰을 귀에 바짝 댄 채 다이가 낮은 목소리로 말했다.

"아싸! 어이, 데쓰로, 걱정 마. 만오천 엔이나 투자했는데 소리라도 좀 들어야 할 것 아니겠어."

"그럼, 아까 준의 가방……."

"그렇지. 다이와 통화 상태로 두고 내 핸드폰을 가방에 넣어둔 거지."

정말 대단한 놈들이다. 그렇지만 친구의 첫경험을 몰래 엿듣는다는 건 정말 스릴 있는 일이다. 우리 셋은 병원 뒷문으로 나와 오후의 햇살을 받으며 힘차게 걸어갔다.

그 길로 우리가 들어선 곳은 센터룩스타워 빌딩이었다. 에스컬레이터를 타고 2층으로 올라가 홀을 지나서, 스미다 강변쪽 테라스로 나왔다. 강변의 산책로(텔레비전 드라마에 자주 나온다)까지 바로 내려갈 수 있는 긴 계단 중간에서 우리는 핸드폰을 중심으로 둘러앉았다. 햇살이 비치는 수면은 설탕물처럼 미끈하다. 다이가 말했다.

"자, 잠깐!"

그러더니 가방에서 뭔가를 꺼냈다. 시디 플레이어 같은 데 달아서 음악을 들을 수 있는 자그만 앰프가 달린 스피커였다. 다이는 이어폰 잭에 스피커를 연결시키고 볼륨을 최대로 올렸다.

"……그랬어요. 그 친구들이 돈을 모아 리카 씨를…… 선물해주었단 말이죠."

노이즈 속에서 나오토의 쉰 목소리가 또렷이 들려왔다.

"처음에는 이상한 애들이라고 생각했지만, 이야기를 들어보니 꽤 괜찮은 애들이었어. 나 원조교제 많이 해봤지만, 이런 이상한 만남은 처음이야. 샤워기 좀 쓸게."

물 떨어지는 소리. 나오토는 지금 어떤 기분으로 물소리를 듣고 있을까, 그런 상상을 하니 가슴이 답답해졌다. 굳이 핸드폰 가까이 가지 않아도 잘 들리건만, 숨결이 닿을 정도로 얼굴을 들이밀고 있던 다이가 외쳤다.

"시발, 좋겠다. 나도 입원할래."

"이런 멍청이, 조용해!"

준이 일갈했다. 우리는 입을 꾹 다문 채 오 분간 물소리에 귀를 기울였다. 음악 소리 같았다. 영원의 반이나 지났을까, 문 열리는 소리가 들렸다. 나는 마른침을 꿀꺽 삼켰다. 리카의 목소리가 들린다.

"보고 싶어?"

미묘한 침묵의 시간이 흘렀다. 아마도 나오토가 고개를 끄덕이기라도 한 것 같았다.

"아무에게나 보여주는 건 아냐. 이렇게 밝은 데서는 말이야."

리카의 목소리가 부끄러운 듯 낮게 깔렸다. 커다란 목욕 수건이 떨어지는 소리.

"예뻐…… 정말 예뻐요."

"나, 너무 창피해. 침대에 들어가도 돼?"

"저…… 그 전에 리카 씨에게 꼭 해둘 말이 있어요."

"뭔데?"

그러자 나오토가 억지로 짜내는 듯한 목소리로 말했다. 노인 같은 목소리였다.

"나…… 그게 잘 안 돼요. ……작년 말부터 힘이 없어요. 저…… 노력해보았지만…… 지금 이렇게 리카 씨의 몸을 보고 감격하면서도 서질 않아요."

마지막 구절에 이르러 나오토는 거의 울먹이고 있었다. 리카는 상냥한 목소리로 말했다.

"좋아, 알았어. 그래도 같이 침대에 눕고 싶어. 그래도 돼?"

나오토는 아무 대답도 하지 않았다. 천과 천이 부딪치며 쓸리는 소리, 침대가 삐걱거리는 소리.

"좀더 가까이 와. 나, 가슴은 별로 안 커도 아담하면서 예쁘대. 손 이리 줘볼래."

"고마워요. 친구들에게는 절대로 말하지 마세요."

"물론이지."

"그리고……."

"그리고, 뭐?"

"리카 씨 가슴에 머리를 대고 눕고 싶어요."

"그래, 자, 어서 와."

잠시 후, 나오토의 낮은 울음소리가 스피커를 통해 흘러나왔다. 우리는 말없이 그 소리를 듣고 있었다. 눈앞에는 봄기운 가득한 스미다 강이 펼쳐져 있었다. 강변을 거니는 사람들이 산책로에 늘어뜨리는 부드러운 그림자를 포근히 감싸는 햇살. 건너편에는 고층 빌딩이 새하얗게 솟아 있다. 준이 얼굴을 들고 나를 보았다. 내가 고개를 끄덕이자, 그 시선은 다이에게로 옮겨갔다. 다이도 고개를 끄덕였다. 준의 손가락이 핸드폰의 오프 스위치를 눌렀다.

그러고 나서 우리는 멍하니 하늘과 강을 바라보았다.

얼마나 시간이 흘렀을까. 다이의 핸드폰이 울렸다. 준이 받았다. 예, 알았습니다.

"끝났어. 지금 병실을 나오고 있대. 데쓰로, 넌 리카 씨에게 잔금을 주고 와. 우리는 먼저 병실에 가 있을게."

"응, 나, 나오토를 어떻게 바라봐야 할지 모르겠어."

다이는 청바지 엉덩이를 털면서 자리에서 일어섰다. 준이 말했다.

"만일 너 때문에 도청이 발각되면, 다이 너 죽을 줄 알아. 입이 달싹거리면 뭐라도 입 안에 밀어 넣고 우물거리기라도 해."

우리는 천천히 병원을 향해 걸어갔다. 다이와 준은 2층 홀로 이어지는 다리를 건너 바로 병원으로 가고, 나는 양쪽에 화단을 두고 천천히 커브를 그리는 산책로를 따라 정문 쪽으로 갔다. 병원 앞에 돌로 포장된 광장에는 커다란 녹나무 한 그루가 홀로 우뚝 서서 짙은 그림자를 드리우고 있다. 리카는 그 그림자 아래 서 있었다. 하얀 셔츠는 처음 보았을 때처럼 단추 두 개가 풀려 있었다. 입에서 길게 뿜어져 나오는 담배 연기. 여전히 지겨운 듯한 표정이다. 무슨 말을 해야 좋을까. 내가 가까이 다가가자 리카가 말했다.

"역시 백발에 어울리게 노련했어. 나오토 정말 대단하더라. 다리가 후들거려서 서 있기도 힘들어."

그렇게 말하고는 히트 앤드 런에 성공한 감독 같은 표정을 지어 보였다. 나는 고개를 들고 리카 씨의 눈을 바라보았다. 그러나 그 눈길은 나에게는 아무런 관심도 없는 듯 먼 곳을 바라보고 있었다.

"정말 고맙습니다."

나도 모르게 머리를 숙이고 말았다. 정말 기뻤다. 황망히 가방에서 봉투를 꺼냈다. 리카 씨는 손가락 끝으로 봉투를 집어 반으로 접고는 가슴에 밀어 넣었다.

"그럼, 갈게. 내 핸드폰은 삼 개월 계약이라 얼마 후면 끊어질 거야. 일 있으면 그 안에 연락해."

그렇게 말하고 코인로커 앞에 놓인 재떨이에 담배를 비벼 끄고는 몸을 돌렸다. 리카 씨는 때맞춰 온 택시에 바람처럼 올라탔다. 긴자 방향으로 이어지는 아스팔트길은 역광을 받아 하얗게 빛나고 있었다. 나는 그 빛 속으로 보이지 않을 때까지 택시를 멍하니 바라보았지만, 리카 씨는 아마 한 번도 뒤를 돌아보지 않았을 것이다.

그런 다음 우리 셋은 자연스럽게 생일 파티를 열었다. 나오토는 묘하게 들떠 있었다. 여자애의 헤어는 남자 것처럼 뻣뻣하지 않아서 좋다고 했다. 부러워, 하고 한숨을 내쉬는 다이의 목소리는 연기가 아니었다. 준은 젖은 샤워실을 말려야 한다고 샤워부스의 환풍기를 틀었다. 역시 머리가 좋은 놈은 뭐가 달라도 다르다.

오후 다섯 시, 나오토의 어머니가 돌아왔을 때는 샤워실 바닥도 우리의 태도도 모두 원래대로 돌아와 있었다. 어머니가 말했다.

"무슨 좋은 일이라도 있었니, 나오토?"

나오토와 우리는 그냥 웃었다.

그로부터 삼 개월 후, 나는 용돈을 모아 리카 씨에게 전화를 할까 생각했다. 분홍색 명함은 내가 가지고 있었다. 그러나 무슨 이유에서인지, 전화를 걸 수 없었다. 우리는 2학년이 되었다. 자주 결석을 해야 했지만, 나오토는 여전히 우리와 함께였다. 포르노 잡지 돌려 읽기도 여전했다. 좀더 화끈한 잡지를 사려다가도, 어김없이 내 손은 청순가련형 여자애가 나오는 얌전한 잡지 쪽으로 뻗었다. 아무래도 나는 보통 여자애를 더 좋아하는 것 같다.

여름방학에 들어서자마자 큰맘 먹고 전화를 해보았지만, 리카 씨의 말대로 결번이었다. 8월 말 어느 날, 나는 은밀히 혼자서 시부야까지 갔다. 패션빌딩 109의 지하 2층, 그 소니 플라자의 구석으로 가보았다. 화장실 옆 계단 앞에 섰다. 물론 그곳엔 아무도 없었다. 그냥 어두컴컴한 비상계단만 있을 뿐이었다. 파란 형광등 아래 세 번째 계단만 눈부신 빛을 발하고 있었던 것은, 아마도 나의 과민반응이었을 것이다.

달이라도 나쁘진 않아

우리 반에 세 번째 장기결석자가 나온 것은 일 학기가 시작되고 한 달 반이 지났을 때였다. 낯선 정글에 금방 길드는 자와 길들지 못하는 자가 있다. 이때가 새로운 세력 판도가 확정되기 전의 가장 힘든 시기다. 처음 두 사람은 반 편성이 되기도 진부터 결석했기 때문에 얼굴 한 번 본 적 없는 환상 속의 반 친구에 지나지 않는다. 그래서 다치하라 루미나가 최초의 장기결석자인 셈이다. 하긴 그런 중학생이 전국에 오십만 명이나 된다고 하니, 그리 특별한 일도 아니다.

루미나에 대해 내가 기억하는 것은 커다란 눈을 대록대록 굴리는 모습뿐이다. 그러나 편의점이나 패스트푸드 광고에 나올 법한 미모는 아니다. 그런 미소녀가 우리 쓰키시마 중학교에 있을 리 없다. 눈동자도 그리 빛나는 것 같지 않았다. 넓은 들판 한가운데 버려진 다람쥐나 프레리도그처럼 천적인 족제비나 부엉이가 공격해오지는 않나 하고 눈알을 굴리는 듯한 표정이었다. 키는 150센티미터 정도. 가슴께가 좀 불룩해 보이는 듯한 느낌도 들었지만 확실하지는 않다. 눈길을 끌 만한 용모가 아니니까 당연하다. 반에서 일곱 번째 아니면 여덟 번째쯤 되는 용모의 여자애를 똑똑히 기억할 사람은 아무도 없을 것이다.

5월 중순 어느 화요일, 나는 수업을 마치고 쓰키시마 중학교 정문을 나섰다. 평소처럼 준, 다이, 나오토와 함께였다. 정문은 가우디를 좋아하는 건축가가 설계한 듯, 보디빌더의 근육처럼 구불구불하고 입체적인 양감을 드러내는 징그러운 디자인이다. 매끈한 콘크리트 표면에는 학생들이 나름대로 정성껏 도안한 도자기 플레이트가 붙어 있다. 꽃이나 동물, 컴퓨터 게임 같은 별볼일없는 그림이 많다.

내 가방에는 다치하라 루미나 앞으로 보내는 학급통신문과 숙제 프린트물이 들어 있다. 우리 중학교에서는 일주일에 두 번, 희생양을 하나 선발하여 결석한 학생에게 그런 것들을 배달하게 한다. 애석하게도 루미나는 내가 사는 아파트 바로 옆에 살고 있었다.

우리는 기요스미 로를 건너, 터벅걸음으로 버드나무 그늘을 뚫고 니시나카 로로 향했다. 대낮부터 몬자야키 굽는 냄새가 나는 산책로에서 다이가 굵직한 목소리로 말했다.

"어쩌겠어, 데쓰로도 다치하라도 같은 주닌中忍에다 집도 가가까우니까. 나 같은 게닌下忍과는 상관없는 일이지."

누가 시작했는지는 모르겠지만, 《소년 점프》에 연재되는 인기 닌자 만화를 흉내내, 우리 반에서는 그 집의 경제적 상태를 상중하로 나누어 부른다. 긴자라는 일본 최고의 번화가에서 가까워서인지 쓰키시마의 거리는 빈부의 차가 아주 심하다. 주닌은 스미다 강변에서도 보통의 아파트나 오래된 단독주택에 사는 나를 비롯하여 루미나 그리고 준이 속하는 계층이다. 아버지는 대체로 화이트컬러 샐러리맨이다. 하얀 머리칼을 콜로라도 로키스의 야구 모자로 감춘 나오토가 말했다.

"그 주닌, 게닌이란 말 그만할 수 없니? 우연히 우리 아버지가 부자긴 하지만, 왠지 차별받는 것 같아 싫어."

나오토가 쓴 모자는 이번 설에 가족끼리 미국 여행을 한 기념으로 산 것이다. 나오토는 당연히 조닌上忍이다. 오가와바타 리버시티에 우뚝 서 있는 스카이라이트타워 빌딩 34층에 있는 나오토네 집은 거품경제 시절에도 삼억 엔이 넘었다고 한다. 준은 눈을 치켜뜨고 나를 바라보더니 빙긋 웃었다.

"그거야말로 기가 찰 노릇이지. 나오토네 아파트 한 달 관리비가 다이네 집 한 달 생활비하고 맞먹으니까. 참으로 닌자의 길은 험난하도다."

나오토는 어깨를 으쓱했다.

"그렇지만 인내하면서 살아가는 건 똑같잖아."

"그건 그래."

준과 다이는 동시에 그렇게 말했다.

조닌이건 게닌이건 중학생이라는 답답한 신세에는 변함이 없다. 우리는 언제까지 주군의 명령에 따라야 한단 말인가. 닌자에게 자유란 사치에 지나지 않는 것일까. 나오토는 손을 흔들면서 니시나카 로를 오른쪽으로 돌아들었다. 아케이드 사이에 낀 좁은 공터 앞에 초고층 주상복합아파트가 미래의 성루처럼 우뚝 솟아 있다. 다이는 말없이 몬자야키집과 몬자야키집 사이의 골목길로 멀어져간다. 경차도 들어갈 수 없는 좁고 습기 찬 골목 안쪽에는 반은 사람이 살지 않는 낡은 일본식 연립주택이 남아 있다. 몬자야키 굽는 연기에 창이 기름종이처럼 변색된 다이네 집도 그 가운데 하나다.

요 십 년 사이에 쓰키시마에는 몬자야키 붐이 일어나 백 군데가 넘는 가게가 들어섰다. 그런 음식을 먹으려고 도쿄 사람들이 이런 데로 몰려든다니 참으로 불가사의하다. 초등학생 시절, 하굣길에 오십 엔을 주고 사먹던 그런 간식거리 아닌가.

준과 나는 하릴없이 스미다 강의 제방을 향해 걸어갔다. 사방을 콘크리트로 둘러 친 매립지라 그런지, 쓰키시마 주민들은 모두 녹음을 좋아한다. 어느 집이건 문 앞에는 화분이나 쓰키지 시장에서 주워온 스티로폼 박스가 놓여 있고, 거기서 화초를 키운다. 삼색 제비꽃, 포피, 코스모스, 범의귀. 아무 데서

나 볼 수 있는 흔한 풀꽃들이, 바다에 가까운데도 소금 냄새 하나 없는 희멀건 바람에 흔들린다.

"그럼, 배달 잘 하고 가."

제방으로 들어서는 입구에 이르러서 준은 주택가로 들어섰다. 10미터 정도 떨어지고 보니 준의 작은 등이 더 작아 보였다. 나는 한숨을 내쉬고 아파트가 늘어선 길을 혼자서 걸어갔다. 하얀 타일을 붙인 건물이 시야에 들어왔다.

'리버사이드 쓰키시마'.

다치하라 루미나가 사는 아파트다. 정문으로 들어선다. 1층은 주차장과 출입구다. 무엇 때문인지는 모르겠지만, 다른 아파트 단지에 들어서면 괜시리 긴장이 된다. 스윙도어를 뚫고 들어가서 관리인이 있는 경비실의 작은 창 앞을 지나, 우편함의 위치를 찾아보았다. 자동문 오른쪽으로 돌아드는 모서리, 어슴푸레한 형광등 불빛 아래 자그만 우편함이 늘어서 있었다. 가방에서 프린트물을 꺼내 들고 몇 호인지 확인해보았다. 1104호. 맨 꼭대기에서 한 층 아래. 다치하라네 우편함은 금방 찾을 수 있었다. 워드프로세서로 친 A4 용지 다발을 반으로 접어 서늘한 스테인리스 박스 안으로 밀어 넣었다.

처음에 이렇게 배달을 한 뒤, 도망치듯이 집으로 달려갔던 기억이 난다.

두 번째는 그 주 금요일, 덥지만 맑게 갠 날 저녁이었다. 교복 윗도리를 벗어든 하얀 반소매 차림이었다. 지난번처럼 학교에서 돌아오는 길에 루미나네 아파트에 들렀다. 두 번째라 우편함까지 가는 데 시간도 걸리지 않았다. 다치하라라고 로마자로 이름을 붙여놓은 우편함에 프린트물을 밀어 넣으려고 손을 들어올렸다. 몸은 벌써 반쯤 뒤로 돌아선 상태였다.

이상하다. 스테인리스 우편함 뚜껑이 꼼짝도 하지 않는다. 통신판매회사에서 보낸 두꺼운 카탈로그라도 들어 있는 것일까. 손가락 끝으로 아무리 눌러도 우편함은 열리지 않았다. 나는 어쩔 줄을 몰랐다. 여학생에게 갈 통신문을 그냥 집으로 가져가긴 싫었다. 할 수 없이 벽에 박혀 있는 자동문 조작판 쪽으로 갔다. 키보드를 누르자 네 자리 숫자가 빨간 LED로 떠올랐다. 차임벨이 울린다. 나는 침을 삼키고 기다렸다.

"예, 다치하라입니다."

젊은 목소리였다. 루미나의 어머니일까. 나는 우등생 목소리로 위장했다.

"루미나와 같은 반인 기타가와라고 합니다. 통신문을 가지고 왔는데 우편함이 가득 차서요. 어떻게 할까요?"

조작판 옆에는 검은 플라스틱으로 된 자그만 창이 있었다. 아마도 카메라가 숨어 있을 것이다. 나는 얼굴을 옆으로 돌리고 있었다. 밝고 활기찬 목소리가 들렸다.

"기타가와구나. 문 열어줄게. 잠깐 들어와."

다치하라 루미나의 목소리였다. 그와 동시에 자동문이 열리는 금속음이 들렸다.

"어이, 루미나! 내가 왜 이런 걸 너에게 가져다줘야 하는지 모르겠어."

"그런 말 하지 말고 얼른 들어와."

나는 잠기기 직전에 유리문 안으로 미끄러져 들어갔다. 엘리베이터 홀은 너무도 조용해서 마치 아무도 살지 않는 것 같았다. 늘어선 두 엘리베이터 가운데 하나를 타고 11층으로 올라간다. 복도 너머로 멀리 회색 띠를 두른 듯한 도쿄 만이 보였다. 인터폰을 눌렀다.

"……."

복식호흡 연습을 하는 듯한 거친 숨소리가 스피커에서 들려왔다. 걱정스러웠다.

"루미나, 괜찮니?"

"응, 괜찮아. 미안하지만, 현관 앞에 두고 가. 얼굴은 보지 않는 게 좋을 것 같아……. 미안해."

조금 전 그렇게 밝던 목소리가 갑자기 다 죽어가는 목소리로 바뀌어버렸다. 나는 타일 벽에 박힌 철제문 쪽으로 갔다. 안으로 사람을 불러들이는 문이 아니라, 바깥 세계를 밀쳐내는 딱딱한 병마개 같다는 느낌이 들었다.

"알았어."

나는 허리를 굽혀 복도 바닥에 프린트물을 내려놓았다.

"기타가와, 미안해……."

숨을 내쉬는 소리가 잠시 이어졌다.

"……다음에 또 와줘……. 부탁할게……."

"응, 알았어."

그렇게 말하고 인터폰 앞을 벗어나 복도로 나섰다. 엘리베이터를 탈 때 루미나네 집 쪽을 바라보았지만, 더블클립을 한 프린트물이 복도를 지나는 바람에 펄럭이고 있을 뿐이었다.

세 번째로 리버사이드 쓰키시마에 갔을 때는 우편함에 도착하기도 전에 핸드폰이 울렸다. 벨소리는 i모드 사이트에서 다운로드한 아이코의 신곡이었다. 가방에서 핸드폰을 꺼내 귀에 갖다댔다.

"기타가와……."

루미나의 목소리였다. 나는 깜짝 놀랐다.

"어떻게 내 번호를 알아?"

"나이토에게 물어봤어. 좀 올라오지 않을래."

내 허락도 없이 준이 루미나에게 내 핸드폰 번호를 가르쳐 준 모양이다. 반칙이다. 이것으로 준은 내게 빚을 졌다. 눈앞에서 유리문이 갈라진다. 엘리베이터를 타고 11층에서 내렸다. 통화는 계속되고 있다.

"우리집 현관으로 와. 문은 열려 있어."

복도를 걷던 내 발걸음이 우뚝 멈추어졌다.

"뭐? 들어오라고?"

"응. 네 얘기를 했더니, 어머니가 꼭 고맙다는 말을 전하라고 했어."

금방 1104호 앞에 도착했다. 손잡이를 잡아야 할지 말아야 할지 망설였다.

"괜찮은데. 나 너희 어머니를 만나면 긴장하고 말 거야."

귓가에 웃음소리가 들렸다.

"어머니도 회사에 다니셔. 낮에는 안 계셔. 걱정하지 말고 들어와. 너 주려고 케이크 준비해뒀어."

나는, 실례합니다, 하고 현관문을 열었다. 어디를 가나 똑같은 좁은 현관이었다. 발을 들이밀자 자동적으로 불이 들어왔다. 다운라이트가 징검다리처럼 불을 밝히고 있는 기다란 복도 끝에 격자문이 보였다. 루미나의 모습은 보이지 않았다.

"곧장 들어와."

나는 운동화를 벗고 멈칫거리면서 복도를 걸어갔다. 목소리는 핸드폰에서 들려올 뿐, 인기척은 없었다. 처음 와보는 집에 사람이 없으니 기분이 이상했다. 살며시 문을 열었다. 오른쪽이 부엌이고 왼쪽이 거실이었다. 7평 정도나 될까, L자형으로 2인용과 3인용의 갈색 가죽 소파가 놓여 있다. 소파 세트의 대각선 맞은편에는 40인치 프로젝션 TV. 바로 앞 테이블 위에는 무럭무럭 김이 나는 커피와 케이크가 담긴 접시가 놓여 있었다.

핸드폰 목소리가 밝게 울렸다.

"내가 좋아하는 초콜릿 케이크야. 난 괜찮으니까, 기타가와 혼자 먹어."

아무도 없는 거실에 서 있는 것도 어색한 것 같아 가방을 내려놓고 소파에 앉았다.

"루미나, 너 어디 있니?"

나는 거실 벽에 붙은 문을 바라보았다. 하얀 크로스를 붙였고, 벽과 같은 하얀색으로 칠한 문에, 우편함에서 본 것과 똑같은 필체로 루미나라고 로마자로 적혀 있었다. 대답이 없어 다시 물었다.

"거실의 하얀 문이 루미나 방이지? 여기까지 왔으니까, 나와봐."

내가 일어서서 하얀 문 앞으로 나아가자 루미나가 당황한 목소리로 말했다.

"절대 안 돼. 잠겼어. 열어줄 수 없어. 미안해, 기타가와 혼자 케이크 먹어."

단호한 목소리였다. 할 수 없이 나는 케이크를 들고 혼자 먹기 시작했다. 레이스 커튼 너머로 노을빛이 안으로 비쳐 들었다. 스미다 강 건너편, 쓰키지와 긴자의 빌딩 사이로 유효기간이 다 된 듯한 달걀 노른자 같은 저녁 해가 떠 있다. 나는 재빨리 케이크를 처리하고, 커피를 단숨에 들이켰다. 아직 연결된 핸드폰에 대고 말했다.

"잘 먹었어. 맛있다. 프린트는 테이블에 둘게. 어머니께 인사 전해줘."

"잠깐. 나, 하루 종일 아무하고도 이야기를 못 해서 말인데, 나랑 이야기 좀 하다 가."

반쯤 일으킨 허리를 다시 소파에 내렸다. 이야기하는 건 문제가 아니지만, 루미나하고 나 사이에 공통된 화제가 있을까. 루미나는 머뭇거리며 말했다.

"반 친구들 다 잘 지내니?"

"응, 아마도."

그렇게 대답은 했지만 난들 알 수 없는 노릇이다. 몇몇 친구를 제외하면, 우리는 우연히 같은 전철 같은 칸에 올라탄 사람들과 다를 게 없었다. 루미나도 그런 경우다. 한숨소리가 들려왔다.

"……나, 루미나라는 이름이 정말 싫어. 초등학교 때, 역전 빌딩 이름 같다고 애들이 놀렸어."

그런 비슷한 이름이 있다. 신주쿠에 있는 루미네.

"그러고 보니 이름이 좀 특이하네."

"그리고, 난 나 자신이 싫어."

아무 대답도 할 수 없었다. 잠시 흐느끼는 듯한 소리가 들렸다. 우는 걸까. 나는 말없이 기다렸다.

"……나는 예쁘지도 않고, 머리도 그냥 그렇고, 살도 쪘고……. 아침까지 잠을 못 자고 있노라면 아침 공기가 새하얗게 보일 때가 있잖니, 해가 떠오르면 금세 사라져버리지만."

봄 안개. 루미나뿐만 아니라 대부분의 중학생들처럼 나도 잠 못 이루는 날이 있다. 매립지에 말뚝처럼 박힌 새벽녘의 아파트 단지를 덮는 하얀 스크린이 눈앞에 떠올랐다.

"그런 안개처럼 아무도 모르게 조용히 사라져버리고 싶어……. 그게 내 꿈이야."

아침 햇살에 녹아내리듯 사라지고 싶다는 꿈. 루미나는 서론을 모두 빼버리고 바로 이야기의 핵심으로 들어갔다. 즐겁게 떠드는가 싶더니 갑자기 울어버린다. 그런 갑작스러운 변신이 불길하게 느껴지기도 하지만, 조금은 눈부시기도 하다.

"기타가와는 꿈이 뭐야?"

대답할 말이 없었다.

"몰라. 아직 발견하지 못했어. 어딘가 있겠지 뭐."

절대로 발견하지 못할 것 같은 생각 때문에 불안하다는 속내는 감추었다.

"미안해. 갑자기 이런 말을 해서."

"괜찮아."

"또 와줘."

"당번이니까. 금요일에 올게."

"잠깐이라도 좋으니까 말상대가 되어줘."

"응, 그럴게."

핸드폰을 껐다. 조용히 걸어서 현관을 나섰다. 아무도 없는 복도를 걸어가자니, 병원에 문병이라도 왔다가 돌아가는 듯한 기분이 들었다.

그후로 네 차례의 배달도 그런 식이었다. 슈크림, 과즙이 든 멜론빵, 치즈 케이크, 그런 식으로 매번 간식 메뉴가 바뀌었다. 나는 그것들을 재빨리 처리한 다음, 같은 공간에서 핸드폰으로 루미나와 대화를 나누었다. 때로는 심각한 화제도 나왔지만, 대체로 학교나 텔레비전 프로그램, 만화 같은 별볼일없는 이야기들이었다.

테이블의 풍경이 바뀐 것은 이 주 뒤였다. 그날 나는 자유연구 자료인 '메이지 시대 중반부터 시작된 이 거리의 축조공사'를 조사하러 쓰키시마 도서관에 들렀다. 루미나네 집에 도착했을 때는 평소보다 한 시간 늦은 시각이었다. 비가 와서인지 벌써 어둠이 내리고 있었다.

"미안해, 오늘은 늦었어."

핸드폰으로 사과하면서 거실로 들어섰는데 테이블 위에 접시 두 개, 종이 팩 두 개가 놓여 있었다. 한쪽 접시에는 생크림을 얹은 가나슈가, 다른 한쪽에는 자그만 나무토막 같은 칼로리메이트 두 개와 정제 열 알이 놓여 있었다. 마실 것은 과일우유. 귓가에 루미나의 목소리가 들려왔다.

"이제 곧 밤이니까, 저녁을 같이 먹을까 해서. 난 다이어트 중이라 어두워지면 아무것도 안 먹어."

"루미나는 저녁을 칼로리메이트로 때우니?"

"응, 그런 다음에 비타민 몇 알하고 칼슘과 철분영양제를 먹어."

접시에 드러난 거대한 여백을 바라보고 있는데, 루미나의 방문이 살며시 열렸다. 문 앞에서 목소리가 들렸다.

"아직 다이어트가 끝나지 않았으니까, 자세히 쳐다보면 안 돼."

눈을 들었다. 경악스러움을 얼굴에 드러내지 않으려고 애썼다. 그렇게 통통하던 볼은 쏙 들어갔고, 안구의 둥그런 모양이 또렷이 드러날 정도로 눈 주위가 푹 꺼져 있었다. 어깨뼈가 튀어 나왔고, 티셔츠는 세탁소의 옷걸이에 걸린 옷처럼 축 늘어져 있었다. 천 벨트로 묶은 청바지의 허리는 금속 배트의 끄트머리 정도 굵기에 지나지 않았다. 나는 황망히 눈길을 돌리고, 자리에 앉았다. 루미나는 빠른 동작으로 텔레비전 리모컨을 들고는 스위치를 눌렀다. 저녁 뉴스 화면에서 바겐세일 상품의 정보가 흘러나왔다. 뭐든 반값으로 파는 가게를 소개하는 프로그램이었다. 아마도 루미나의 체중 할인율과 비슷할 것이다.

텔레비전 덕분에 구원이라도 받은 듯한 기분이 들었다. 편안하게 눈길을 줄 대상이 생겼기 때문이다. 루미나는 내 오른편에 앉았다. 보지 않으려 했지만 테이블 위에 놓인, 관절 부근에 톱니바퀴를 박아 넣은 금속 파이프 같은 팔이 자꾸 신경이 쓰였다. 파이프 표면으로 파란 혈관이 달리고 있었다.

"재미도 없고 시끄럽기만 해."

그러면서 루미나는 리모컨으로 소리를 줄였다. 빗소리가 들려왔다. 우리는 텔레비전 화면을 마주하고 식사를 했다. 루미나는 비스킷 하나를 씹어 먹는 데만 십오 분을 투자했다. 먼저 다 먹어치운 내가 말했다.

"굉장히 날씬해진 것 같아. 언제부터 다이어트했니?"

루미나는 즐거운 표정으로 방긋 웃었다. 웃음과 함께 목의 근육이 당겨져 귓불까지 선이 그려졌다.

"학교를 쉬면서부터. 어차피 언젠가는 학교에 가야 할 테니까, 그동안 뭘 하면 좋을까 생각했어."

"그랬구나."

치조농루로 고생하는 소가 여물을 씹는 듯한 속도로 칼로리메이트를 먹은 다음, 루미나는 과일 우유와 함께 정제 한 알씩을 차례로 삼켰다. 나를 바라보며 웃는다. 눈알과 치아만이 나를 향해 웃는 것 같았다. 루미나의 목소리는 들떠 있었다.

"조금만 더 노력하면 목표한 25킬로그램이 돼. 그때까지는 참을 생각이야. 오늘은 기타가와의 얼굴이라도 볼 수 있어 정말 다행이었어. 아니? 처음 배달 왔을 때, 나, 발코니에서 봤어. 그 우편함은 내가 순간접착제로 칠갑을 해서 그런 거였어."

무슨 말을 해야 좋을지 알 수 없었다. 난 생각지도 않게 루미나에게 이런 말을 했다.

"오늘은 비가 와서 안 되겠지만, 다음에는 산책이라도 하지 않을래?"

루미나의 미간을 아래위로 가로지르는 주름이 중학생으로 보이지 않을 만큼 깊게 파였다.

"응, 얼마 동안 거의 바깥에 나가보지 못했어. 너와 함께라면 나가도 좋아."

뉴스가 끝날 때까지 텔레비전을 보고, 나는 바로 옆의 우리 아파트로 돌아갔다.

루미나에 대해서는 준이나 다이, 나오토에게는 말하지 않았다. 물론, 루미나의 부모님과 내 부모님, 담임 선생님에게도 비밀이었다. 준에게 물어보면 거식증에 대해 거침없이 가르쳐 줄 테지만, 난 그걸 조사하는 게 싫었다. 루미나는 내게 호의를 품고 있는 것 같았고, 갑자기 살이 빠졌을 뿐 딱히 병은 아닌 것 같았다. 바깥에 나가 같이 산책을 하자고 한 것도 어떤 효과를 노리고 한 말은 아니었다. 늘 방 안에서만 보니까, 장소를 바꾸어보고 싶다는 생각이 들었을 뿐이다.

다음 화요일, 나는 먼저 집으로 돌아와 교복을 갈아입었다. 청바지, 남색 긴소매 티셔츠, 소매 없는 짧은 회색 파카. 호주머니에 핸드폰과 A4 프린트물을 넣고 리버사이드 쓰키시마로 향했다. 이른 시간이었지만 식탁에는 벌써 루미나의 저녁식사가 마련돼 있었다. 하얀 나무 막대기 같은 영양 비스킷. 내 저녁은 시나몬롤.

우리는 나란히 앉아 텔레비전을 보면서 먹었다. 암석분쇄기 같은 기세로 롤을 먹어치우고, 내 옆의 접시를 바라본다. 하얀 접시에는 아직 손도 대지 않은 한 개가 남아 있다.

"한번 맛봐도 돼?"

고개를 끄덕이는 것을 확인하고, 칼로리메이트를 반으로 잘라서 입 속으로 밀어 넣었다. 치즈 맛 나는 가루가 입 안으로 퍼져나갔다. 루미나는 나머지 반을 먹고 정제를 입 안에 털어 넣은 다음 자리에서 일어섰다.

"옷 갈아입고 올게. 잠깐만 기다려."

루미나는 거실의 하얀 문 속으로 사라졌다. 그로부터 5분 동안 나는 소리도 없는 텔레비전을 보고 있었다. 광고가 종이 인형극처럼 바뀌어간다.

"어때?"

루미나의 목소리가 들렸다. 열린 문가에 손을 뒤로 맞잡은 채 무게를 잃은 소녀 하나가 서 있었다. 엷은 블루와 그린의 비스듬한 줄무늬가 들어간 여름 원피스가 바람도 없는 날의 깃발처럼 몸을 휘감고 있다. 소매가 없고 진동이 넓은 디자인으로, 쇄골 아래가 물이라도 고일 듯이 깊게 파였다. 루미나는 수줍은 듯 웃으며 얼굴을 들었다.

"어제 25킬로그램을 돌파했어. 그래서 마침내 이 원피스를 입을 수 있게 된 거야."

눈길이 마주친 것도 아니었는데, 나는 시선을 돌리며 말했다.

"멋진 것 같아."

내 얼굴이 발갛게 상기된 것을 루미나는 보았을까.

노을 진 하늘에서 불어오는 바람이 스미다 강변을 걸어가는 우리를 스쳐 앞으로 내달렸다.

"한 달 만의 외출이야. 바람이 부네."

원피스 자락이 바람에 나부꼈다. 허벅지 사이로 보도에 깔린 돌이 훤히 들여다보인다. 나는 말했다.

"어디로 갈까?"

쓰키시마에는 주택과 몬자야키집뿐 찻집은 하나도 없다. 패스트푸드점도 전철 출입구 쪽에 있는 맥도널드 하나뿐이다. 그곳은 아는 사람들이 많아 위험하다. 우물쭈물하는데 루미나가 말했다.

"날씨도 따뜻하고 바람도 시원하니까 그냥 걷는 게 좋겠어."

그래서 우리는 자연스럽게 바다 쪽으로 발길을 돌렸다. 기요스미 로를 지나고 운하를 건넌다. 쓰키시마에서 하루미로 내려가면 건물의 밀도가 낮아지고, 하늘은 점점 넓어진다. 다리 위에는 해가 떨어진 지 이십 분쯤 된 동쪽 하늘이 펼쳐져 있었다. 파란 유리판에 그려놓은 듯한 반달이 그 하늘에 착 달라붙어 있다. 루미나는 높은 다리 한가운데 서서 손잡이에 몸을 기댔다. 가느다란 목을 내 쪽으로 드러내고 루미나가 하늘을 올려다보며 말했다.

"우리는 저 달 같은 존재인지도 몰라. 태양처럼 빛나는 건 어른이고, 우리는 떨어지는 고물을 받아먹고 있을 뿐이야. 자기 손으로는 아무것도 할 수 없고, 아무것도 결정할 수 없어. 풀 한 포기 나지 않는 불모의 별이야. 아 참, 오랜만의 산책인데 이런 말을 하다니. 역시 난 바보야."

우리는 나란히 손잡이에 몸을 기댔다. 나는 얼굴을 내밀어 수면을 내려다보았다. 운하의 물은 저무는 하늘을 비추며 한층 더 어둡게 가라앉아 있었다.

"나도 나를 별로 좋아하지 않아. 그렇지만 중학생이 언제까지고 계속되는 건 아니잖아. 언젠가는 나도 루미나도 변할 거야. 빛을 반사하며 저렇게 아름다울 수만 있다면 달이라도 나쁘진 않아."

수면에 하얀 달 그림자가 흔들리고 있었다. 고개를 들자 루미나가 심각한 표정으로 나를 바라보고 있었다.

"기타가와, 나를 바꿔줄 수 없겠니?"

나는 무슨 말인지 몰라 멍하니 루미나의 얼굴만 바라보았다. 쓰키시마 거리와 다리와 운하와 하늘이, 커다란 눈으로 빨려들고 있었다. 내 앞에 선 사람의 눈이 이 세계 그 자체처럼 커져간다. 그런 느낌은 태어나서 처음이었다. 내가 멍하니 서 있자, 루미나는 화가 난 듯한 표정을 짓더니 앞서 걷기 시작했다. 나는 황망히 내리막길을 따라 뒤를 쫓았다.

우리는 팔차선이나 되는 산업도로로 들어섰다. 그 앞으로 시멘트 회사의 벽이 끝도 없이 이어지다가 막다른 길에 이른다. 그 막다른 벽에 길고 좁은 공원이 바로 붙어 있다. 어린 시절에 자주 놀던 하루미바시 공원이다. 가로등이 수십 미터 간격으로 서 있지만, 주변은 컴컴하다. 아무도 없는 공원에 들어가, 빛을 피해 어두운 벤치에 앉았다. 나는 낯선 사람 옆에라도 앉은 것처럼 루미나의 얼굴을 볼 수 없었다. 루미나의 쉰 듯한 목소리가 울렸다.

"기타가와, 나를 부숴서 마음대로 바꾸어도 좋아."

루미나가 내 어깨에 얼굴을 실었다. 가벼운 머리였다. 어깨에 온 신경이 모여들었다. 머리에서 냄새가 풍겼지만, 누군가의 땀 냄새가 그렇게 달콤하게 느껴진 건 처음이다. 우리는 그 자세로 굳어버렸다. 왼팔을 들어올려 베니어판처럼 얇은 어깨를 감싸기까지, 아마 삼십 분은 걸렸을 것이다. 우리는 누가 먼저랄 것도 없이 키스를 했다. 여자애의 부드러운 입술 감촉을 나는 평생 잊을 수 없을 것이다. 그리고 혀는 왜 그리 매끈한지. 그것이 내 입 속에서 움직였다. 첫 키스는 칼로리메이트와 치즈 내음을 풍겼다.

루미나가 몸을 떼면서 말했다.

"저쪽으로 가자."

칠이 벗겨진 벤치에서 일어나 우리는 뒤편의 잔디밭으로 갔다. 풀 밟는 소리가 났다. 얼마간 사람 손길이 닿지 않은 듯,

끝이 뾰족하게 솟아 있었다. 루미나는 잔디 위에 눕더니 눈을 감았다. 짙은 녹색을 배경으로 한 여름 원피스의 줄무늬가 너무 아름다웠다. 옷자락이 말려 올라가 허벅지의 반이 드러났다. 나는 옆에 앉아 루미나의 손을 잡았다.

"좀 축축하긴 하지만 기분 좋아."

나도 루미나 곁에 누웠다. 별이 없는 밝은 밤하늘이 펼쳐져 있다. 지면에도 바람이 스쳐 지난다. 잔디 끝이 흔들린다. 내 손을 잡은 루미나의 손에 힘이 들어갔다. 나는 루미나의 몸 위로 올라갔다.

그때 우리는 온갖 노력을 다 해보았지만 결국 실패하고 말았다. 루미나가 아파했기 때문이기도 하고, 내가 첫 키스만으로도 충분히 만족했기 때문이기도 하다. 우리는 마른 풀을 털어내면서 일어섰다. 밤하늘은 한층 더 짙은 남색으로 물들어 있었다. 손을 잡은 채 공원을 나서면서 루미나가 말했다.

"나, 너무 배고파."

"나도 너무 목이 말라."

하루미에서 쓰키시마로 돌아왔다. 아사시오 교를 건너면서 이번에는 멈춰 서지 않았다. 어두운 길가에 편의점이 등대처럼 불을 밝히고 있었다.

"들어갈까?"

내가 말하자, 루미나는 웃으면서 고개를 끄덕이더니, 혼자서 내달리기 시작했다. 뭐가 그리 재미있는지 영문도 모른 채 나도 웃으면서 그 뒤를 쫓았다. 문을 연 건 나였지만, 루미나가 나를 제치고 먼저 안으로 뛰어들었다.

가게 안은 너무 밝았다. 그 가운데서도 가장 빛을 발하는 건 식료품 코너였다. 루미나는 무언가에 홀린 사람처럼 냉장 케이스를 바라보더니, 계산대 옆에 있는 바구니를 들고 눈에 띄는 대로 집어넣기 시작했다. 슈크림, 마데라 케이크, 커스터드와 초콜릿 프린, 잼버터 빵에 크루아상 샌드위치.

커다란 종이봉지를 두 개나 들고, 우리는 리버사이드 쓰키시마로 돌아왔다. 11층 복도에서 봉지를 건넨다. 루미나는 당혹스러운 표정으로 말했다.

"왜 그럴까, 나. 도무지 식욕이라곤 없었는데, 편의점을 몽땅 사버릴 기세였어. 지금도 너무 배가 고파 현기증이 날 지경이야."

"좋은 현상이지 뭐. 오늘 정말 즐거웠어. 나 이제 가야 해."

"응, 또 금요일에 봐."

루미나는 아무도 없는 집으로 돌아갔다. 나는 천천히 닫히는 문을 끝까지 지켜보았다. 엘리베이터로 돌아오면서, 밝은 빌딩 사이에 끼어 있는 듯한 검은 도쿄 만을 보았다. 소금 냄새도 나지 않는 바람에, 콘크리트 벽 사이에 끼어 있는 바다지만, 인간은 해변에 서야만 누군가를 사랑하는 법을 배우는 것 같다.

고백하건대, 그날 밤의 루미나를 생각하면서 혼자서 두 번이나 그 짓을 했다. 아무리 폼을 재본들, 결국 내가 하는 짓이란 그것뿐이다.

배달은 그로부터 한 달 더 계속됐다. 그날 밤의 일이 너무도 갑작스러운 사태였던 탓인지, 얼마간 우리는 서로의 몸을 만지려 하지 않았다. 옆 반의 누군가가 C까지 간 사이라는 소문을 퍼뜨리기도 했지만, 루미나도 나도 아직은 너무 이르다는 느낌을 가지고 있었던 것 같다.

학교를 마치고 돌아오는 길에 프린트물을 가지고 리버사이드 쓰키시마에 들른다. 테이블에는 내가 먹을 것과, 그 두 배는 됨직한 과자 더미가 마련되어 있었다. 스펀지 케이크, 카스텔라, 라즈베리 잼을 잔뜩 바른 크림파이. 루미나는 자기가 영양 비스킷이나 비타민제가 아닌, 달고 부드러운 것에 푹 빠졌다고 말했다.

루미나가 다시 등교하기 시작한 것은 일 학기도 다 끝날 즈음이었다. 혼자서는 무서워 등교하지 못하겠다는 루미나를 위해, 그날 나는 스미다 강변 산책로에서 루미나를 기다렸다. 7월 하늘을 비추는 납빛 수면이 평소보다는 조금 밝아 보였다. 영화에서 보았던 맨해튼 같은 바다 건너편의 스카이라인을 바라보고 있자니 루미나의 목소리가 들렸다.

"기타가와, 오래 기다렸니?"

제방에 비스듬히 난 계단으로 교복 차림의 루미나가 천천히 걸어오고 있었다. 반소매 여름 교복은 단추와 단추 사이가 다이아몬드 형으로 입을 벌리고 있어 안에 입은 티셔츠가 들여다보였다. 스커트를 억지로 껴입은 듯, 허리 위아래로 갈 곳 잃은 살들이 불룩불룩 튀어나와 있었다. 이제 허벅지 사이로 아무것도 보이지 않았다.

루미나의 체중은 원래의 자리를 찾고 말았다. 제자리를 찾고도 남을 정도라 해야 할지도 모른다. 그날 밤의 두 배 이상은 될 것이다. 데니스 로드맨을 능가하는 강력한 리바운드.

나는 심하게 여윈 루미나에게 아무 말도 하지 않았던 것처럼, 뚱뚱해진 루미나에게도 아무 말 하지 않았다. 원래가 150센티미터의 작은 키에 50킬로그램이 넘는 체중이니 풍족해 보이는 것은 당연하다. 루미나는 가방 든 손을 뒤로 하고, 내 발끝을 내려다보고 있었다.

"괜찮을까? 반 친구들이 이상한 말을 하지는 않을까?"

나는 말없이 고개를 끄덕이며 발걸음을 옮겼다. 처음으로 둘이서 같이 등교한다는 사실에 나는 긴장하고 있었던 것 같다. 입이 잘 떨어지지 않았다. 나는 루미나보다 2미터 정도 앞서 아침 거리를 걸어갔다.

니시나카 로 어귀에서 멤버들이 기다리고 있었다. 평소에는 늦기만 하던 다이도 벌써 와 있었다. 몇 미터밖에 떨어져 있지 않은 자기 집에서 약속한 장소까지 오는 것 자체가 중노동이었던지, 목에 건 수건으로 연신 땀을 닦고 있었다. 준은 뒤에서 따라오는 루미나를 발견하고는 묘한 시선으로 나를 바라보았다. 내가 선수를 쳤다.

"다치하라가 오늘부터 등교한대."

준이 빙긋 웃으며 말했다.

"아, 다치하라. 난 말이야, 웬 다이가 스커트를 입고 있나 했지."

내 등 뒤에서 루미나의 몸이 작게 말려드는 듯한 느낌이 일었다. 나오토가 구원투수로 나섰다.

"관둬. 오랜만이잖아. 자, 빨리 가."

우리는 쓰키시마 중학교로 향하는 길을 천천히 걸어가기 시작했다. 준과 다이와 나오토는 열심히 입을 놀리며 재잘댔지만, 나는 뒤에서 걸어오는 루미나에게 신경이 쓰여 입을 제대로 놀릴 수 없었다. 가끔 뒤돌아보면, 루미나는 가방을 가슴에 안고 고개를 숙인 채 걷고 있었다. 짧은 통학로는 곧 끝날 것이다. 등굣길 학생 수가 점점 늘었다. 학교에 다가갈수록 나의 심장은 헐떡이며 공포에 떨고 있었다.

'말해야 해, 안 돼……, 말해야 해.'

나는 아무에게도 루미나와의 관계를 말하지 않았다. 빵집 모퉁이를 돌자, 눈부신 하늘 아래 가짜 가우디 정문이 나타났다. 나는 멈춰 서서 힘껏 목소리를 높였다. 분명 다리가 후들거렸을 것이다.

"할 얘기가 있어."

나의 심각한 목소리에 놀라 셋은 한꺼번에 뒤를 돌아보았다. 루미나가 곁에 다가오는 것을 확인한 다음, 나는 말했다.

"나, 다치하라하고 사귀고 있어."

"뭐, 정말?"

준은 즉각적인 반응을 보였지만, 다이는 멍하니 입만 벌리고 섰고, 나오토는 뭐가 부끄러운지 고개를 돌렸다. 멈춰 선 우리 옆으로 쓰키시마 교복을 입은 학생들이 무심한 표정으로 지나간다. 충격에서 벗어난 다이가 말했다.

"언제부터? 이 형님에게 빨리 말해봐."

프린트물을 건네주러 가면서 서로 이야기를 나누게 되었고, 그러다 사귀게 되었다고 솔직히 고백했다. 내 얼굴은 새빨갛게 물들었지만, 루미나는 벌써 평정을 되찾은 듯 태연한 표정으로 내 곁에 서 있었다. 이야기하는 도중에 가끔 웃는 얼굴을 보이기도 했다. 준이 마지막으로 말했다.

"알았어. 그렇다면 다치하라도 우리하고 같이 교실로 들어가자."

그래서 우리는 아무 일 없었다는 듯이 수업이 시작되기 직전인 교실 안으로 들어섰다. 루미나는 더이상 뒤에 떨어져 있지 않았다.

사건이 일어난 것은 점심시간이었다. 급식이 끝난 다음 담임이 교무실로 돌아가자마자 교실 분위기는 느슨하게 풀어졌다. 오전 수업 동안 루미나는 하나도 이상하지 않았다. 다른 학생들도 오랜만에 교실에 모습을 드러낸 루미나에 대해 조심스러워하는 것 같았다. 아니면, 단순한 무관심이었을지도 모른다.

맑은 날씨라 남학생 반 이상이 축구를 하러 운동장으로 나가버리자, 교실은 갑자기 조용해졌다. 우리는 뒤편에 있는 준의 자리에 모여 잡담을 하고 있었다. 중학생의 삶에는 바보 같은 면이 많다. 나는 혼자서 멍하니 벽 쪽으로 돌아앉은 루미나 쪽으로 가끔씩 시선을 던졌다. 그때마다 다이는 살이 오른 두툼한 손으로 내 어깨를 쳤다. 아프지는 않았지만 그 소리가 싫었다.

"제발 그만둬, 다이!"

그렇게 외치면서 손바닥으로 다이의 등을 쳤다. 손바닥의 흔적이 빨갛게 남을 정도의 강도였다. 그런 장난질을 하다가 루미나 쪽을 보았다. 어딘지 모르게 이상했다. 동그랗게 말린 어깨가 떨리고 있었다. 그때, 루미나가 우리 쪽을 돌아보았다. 짧은 머리칼이 한순간 우산처럼 열리더니, 흐트러진 머리카락 사이로 구원을 요청하는 간절한 시선이 내 눈을 파고들었다.

그런 다음 루미나는 슬픈 표정으로 고개를 가로저었다. 각도로 치자면 고작 몇 도. 아마 나 외에는 아무도 눈치채지 못했을 것이다. 루미나는 체념한 듯 정면으로 돌아앉더니 가방 속에 오른손을 집어넣었다. 책상 위로 올라온 손에는 점보 사이즈의 슈크림 봉지가 들려 있었다. 물론 교칙상 과자 종류를 교실로 가져와서는 안 된다. 루미나는 봉지를 찢더니 슈크림을 입 안으로 밀어 넣기 시작했다. 어른 주먹만 한 크기의 슈크림을 단 세 입 만에 먹어치웠다. 하나를 먹어치우자, 다시 가방 속으로 손이 들어갔다. 두 개, 세 개…… 마법의 호주머니라도 되는 걸까, 가방에서 점보 슈크림이 끝도 없이 솟아올랐다. 교실은 갑자기 정적에 감싸이고, 모두의 시선은 미친 듯이 슈크림을 먹어치우는 루미나에게로 집중되었다.

눈 깜짝할 사이에 책상 위에 여섯 개의 빈 봉지가 쌓이고, 달콤한 크림 냄새가 교실에 가득 찼다. 루미나는 그제야 만족하고 주위를 둘러볼 여유를 찾은 것 같았다. 머뭇머뭇 고개를 들어올린 루미나 앞에는 냉동고에 든 바늘처럼 차가운 반 아이들의 시선이 기다리고 있었다. 교실을 둘러보던 루미나의 시선이 마지막으로 내 얼굴에 박혔다. 크림을 입가에 묻힌 채, 울먹이는 표정으로 나에게 웃어 보였다. 나도 루미나와 같은 기분이었다. 가능하다면 그 자리에서 영원히 사라지고 싶었다.

'역시 나는 내가 싫어.'

루미나의 목소리가 들려오는 것 같았다. 그런 다음 루미나는 그 점심시간에 두 번째로 치명적인 실수를 하고 말았다. 낡은 하수관으로 구정물이 새나가는 듯한, 꾸륵꾸륵 하는 소리가 들렸다. 루미나는 눈을 동그랗게 뜨고 참 이상하다는 표정을 짓더니, 입을 동그랗게 열었다. 펌프에서 갑자기 물이 터져 나오는 듯한 기세로, 여섯 개의 점보 슈크림이 나와 달콤한 첫 키스를 나누었던 그 입에서 뿜어져 나왔다. 책상 위에 쌓여 있던 투명한 폴리에스테르 봉지는 생크림의 무게에 짓눌려 납작해져버렸다. 남학생들은 숨을 멈추고, 몇몇 여학생은 비명을 지르며 밖으로 뛰쳐나갔다. 나는 그 자리에 얼어붙었다.

정지 화면으로 변한 교실에서 최초로 움직인 것은 다이였다. 목에 두른 수건을 들고 곧장 루미나의 책상으로 향했다.

"다치하라, 괜찮니? 나도 가끔씩 과식을 하면 위장이 이상해질 때가 있어."

그렇게 말하면서 루미나의 입을 거리낌없이 닦아주었다. 루미나는 멍하니 앉아 몸을 내맡기고 있었다. 눈이 빨갛게 충혈돼 있었다. 이제 곧 눈물이 떨어질 것이다. 나오토는 면 상의를 벗어 책상으로 달려가 생크림과 빵 조각이 뒤섞인 하얀 산을 덮더니, 처리하기 좋게 둥글게 말았다.

"이건 불에 타는 쓰레기로 분류해야겠지?"

나오토는 소매를 이용하여 그 둥근 산 같은 내용물을 감아 들고는 교실 뒷문으로 빠져나갔다. 준이 내 어깨를 툭 쳤다.

"선생님에게는 내가 말할게, 루미나를 집까지 바래다줘."

나는 준을 돌아보았다. 준은 일부러 어깨를 으쓱해 보였다. 최근에 인기를 끌고 있는 어떤 디제이 흉내를 낸 것이다.

"고마워."

"아냐. 루미나에게 꼭 전해줘. 내일 아침에도 니시나카 로에서 기다리겠다고. 같이 학교에 가자고 말이야."

준의 얼굴을 바라보았다. 준은 일부러 운동장 쪽으로 시선을 돌리고 있었다. 나는 너무 기뻐 입을 열 수가 없었다. 나는 일어서서 루미나에게 다가갔다. 가방을 들고, 같이 교실을 나섰다. 돌아가는 내내 루미나는 울었다. 내가 준의 말을 전한 것은, 루미나가 샤워를 하고 새 옷으로 갈아입고 자리에 누운 다음이었다.

그때는 벌써 울음이 멈춘 상태였지만, 그 말을 듣고 루미나는 다시 울었다. 그래서 나는 5교시에나 교실에 돌아갈 수 있었지만, 그건 참으로 사소한 일에 지나지 않았다.

다음 날, 우리는 늘 만나던 그 자리에서 만나 학교에 갔다. 물론 루미나도 함께. 어쨌든 루미나는 학교에 나오긴 하지만, 지금도 체중은 짐 실은 배가 지나간 강의 수면처럼 심하게 출렁이고 있다. 그래도 좋다. 말랐을 때의 루미나와 살쪘을 때의 루미나는 마치 다른 사람 같아서 여자애 둘을 한꺼번에 사귀는 것 같은 데다가, 나는 41킬로그램±16킬로그램의 루미나를 좋아하니까.

소년, 하늘을 날다

과학실험실로 가려면 계단을 내려가야 한다. 내 가슴에는 발표할 때 쓸 OHP 시트 다발이 안겨 있다. 얼마 전에 인기를 누렸던 드라마 주제가, 아라시의 곡을 낮게 흥얼거렸다. 리듬이 너무 좋아서 발끝이 저절로 음을 타고 까딱거렸다.

활짝 열린 창에서 계단으로 불어오는 5월의 바람이 기분좋았기 때문일지도 모른다. 소금 냄새가 나지 않는 도쿄 만의 해풍이다. 딱히 즐거운 일이 없어도 문득 기분이 최고일 때가 있다. 양말 색깔이나 디자인까지 교칙으로 억압받는 중학생이라 해도.

아무도 없는 줄 알고 혼자 즐겁게 노래를 부르고 있는데, 갑자기 뒤에서 목소리가 들려왔다.

"그거 〈기사라즈 캐츠아이〉의 주제곡이잖아. 기타가와도

봤구나."

황망히 입을 다물고 몸을 돌려 계단 위를 올려다보았다. 나무 손잡이 너머로 우리 반의 골통 세키모토 유즈루가 얼굴을 내밀고 있었다. 교칙을 무시하고 파마를 한 데다 삐죽삐죽 솟은 울프컷. 두발 검사 때마다 태연한 표정으로 원래 곱슬머리라고 주장하지만, 생활지도에 별 의욕이 없는 우리 반 담임 외에 그 말을 믿는 사람은 아무도 없다. 유즈루는, 아싸, 하고 계단을 건너뛰면서 아래로 내려왔다. 괜히 친한 척 내 어깨를 툭 쳤다.

"힙합을 좋아하는 것 같군. 다른 건 뭘 좋아해?"

몇몇 그룹 이름이 떠오르긴 했지만, 내 입에서는 얼토당토않은 말이 튀어나왔다.

"별로 좋아하지는 않아. 그런데 이 곡만은 마음에 들어."

유즈루는 나의 냉랭한 대답에도 웃는 얼굴로 말했다.

"그럼 다음주 수요일을 기대해. 점심 방송을 내가 하니까. 지금 최고의 랩뮤직을 고르는 중이야."

새로 반이 편성된 뒤 열린 선거에서 유즈루는 적극적으로 방송위원을 지원했다. 이유는, 장차 연예인이 되기 위해서! 그래서 방송에 대해 알고 싶다는 것이었다. 다들 기가 차서 입을 다물지 못했지만, 딱히 반대할 이유도 없어 인기 없는 방송위원 자리는 투표도 없이 유즈루에게로 넘어갔다.

어디를 보나 하나도 그럴듯한 구석이 없는 이 방송위원은,

텔레비전에 나오는 코미디언처럼 괴이쩍은 목소리로 아라시의 곡을 노래하기 시작했다(게다가 몸짓까지 곁들여서). 제발 그만두라고 애원하고 싶었지만, 기분이 좋아서 노래하는 사람의 기를 꺾어놓을 만큼 나는 대담하지 못하다. 조금씩 계단을 내려가는 속도를 늦추어, 유즈루와 몇 계단 차이를 두었다. 다른 학생들이 우리 둘을 친구라고 생각하지 않게 하기 위해서였다.

방송위원은 뒤를 돌아보더니 이렇게 말했다.

“이 노래는 랩과 멜로디가 분리되어 있잖니. 이번 홈룸 시간에 같이 부르지 않을래?”

거품을 물고 뒤로 자빠져야 정상이지만, 나는 억지웃음을 지으며 고개를 저었다.

“아니, 난 그만둘래. 노래에는 자신도 없고, 사람들 앞에서 노래 부를 용기도 없어.”

유즈루는 애석하다는 표정으로 말했다.

“그러니. 한번 저지르고 나면, 아무리 많은 사람 앞이어도 괜찮은데…….”

나는 주위에 아무도 없는 것을 확인하고, 바로 눈앞의 뒤통수를 향해 물어보았다.

“그런데 유즈루, 넌 연예인이 되고 싶다던데, 정말이야?”

나를 바라보는 방송위원의 얼굴은 기쁨으로 밝게 빛나고 있었다. 혀를 늘어뜨리고 주인님을 바라보는 강아지 같았다.

"응. 쓰키시마 같은 매립지에서 살다 죽긴 싫어. 나는 언젠가는 반드시 도쿄의 중심지로 들어가 전 국민을 웃기고 감동시키고 싶어."

나는 전 국민을 향해 뭔가를 해보겠다는 생각을 해본 적이 없었다. 그건 대부분의 중학생이 마찬가지일 것이다. 너무도 거대한 망상이긴 하지만, 유즈루의 허풍은 어딘지 모르게 특이하고 매력이 있었다.

"도쿄의 중심이라면, 어디를 말하는 거니?"

유즈루는 계단 중간에 멈춰 선 채로 자신만만하게 대답했다.

"오다이바, 아카사카, 코지마치……"

난 유즈루의 말을 이해할 수 없었다. 유즈루는 마치 랩을 하듯 신나게 말을 이어갔다.

"……시바 공원, 시부야, 록본기."

그제야 둔한 나도 알아들을 수 있었다.

"그거 전부 텔레비전 방송국이 있는 곳이잖아."

유즈루는 활짝 웃으며 말했다.

"그렇고말고. 도쿄의 중심은 텔레비전 방송국 안에 있어. 생각해봐. 전 국민의 시선이 모이는 곳이 바로 중심이니까. 일본의 중심은 텔레비전 카메라 앞에 있는 거야."

나는 입속으로 정말 그럴까 하고 중얼거리다가 그만 입을 다물어버렸다. 유즈루는 다시 어처구니없는 랩으로 돌아갔다. 과학실험실에 도착하자, 우리는 각자의 조로 헤어졌다. 유즈루가 쉽게 떠나주어서 나는 내심 안도의 한숨을 내쉬었다.

새로운 반이 시작된 지 한 달, 유즈루에게는 아직 친구다운 친구가 없는 것 같았다. 여학생들에게는 꽤 인기가 있는 모양이지만, 남자들과는 차가운 거리감이 있었다. 노래하고 춤추고 연기도 잘하는 코미디언이 되고 싶다는 광대를 달갑지 않은 시선으로 바라보는 건 나도 마찬가지였다.

왜냐하면, 그런 캐릭터는 너무 괴롭기 때문이다.

수요일 4교시가 끝나자, 유즈루는 나에게 윙크를 하더니 의기양양하게 교실을 빠져나갔다. 급식 당번인 다이가 놀란 목소리로 말했다.

"뭐야, 데쓰로. 저놈하고 친구야?"

나는 재빨리 고개를 가로저었다. 백만 번의 NO.

"지난번 과학실험 시간에 잠깐 이야기를 나누었을 뿐이야."

준이 안경 너머로 날카로운 눈길로 나를 보았다.

"그래서 저놈이 뭐라고 하던데?"

나는 내키지 않는 목소리로 말했다.

"오늘 교내 방송은 랩 특집이래. 최고의 곡을 선별할 테니까 기대하라고 했어."

나도 모르게 친구도 아닌 유즈루를 감싸는 듯한 말투가 되고 말았다. 교실에 마흔 개 가까운 하얀 플라스틱 트레이가 늘어서고 급식이 시작되었다. 메뉴는 카르보나라 스파게티에 치

커리와 루콜라 샐러드, 닭가슴살 허브구이. 요즘 급식은 어중간한 식당보다 더 본격적인 이탈리아 요리다.

반쯤 먹었을 때, 칠판 위에 붙어 있는 스피커에서 비발디의 〈사계〉가 흘러나왔다. 누구든 알고 있는 봄의 알레그로. 교내 방송의 시그널이다.

"안녕하세요. 쓰키시마 중학교 학생 여러분, 점심 맛있나요? 오늘 방송은 세키모토 'B보이' 유즈루가 보내는 제이랩 특집입니다."

어딘지 모르게 리듬이 뒤틀린 테이프 레코더 같은 멘트가 흘러나왔다. 나는 카르보나라 스파게티를 포크로 휘저으면서, 참을 수 없이 창피했다. 다이가 닭가슴살을 볼 가득 머금은 채 말했다.

"B라면 바보의 B일 거야."

교실 여기저기서 차가운 웃음소리가 터져 나왔다. 유즈루가 학년과 반을 말하지 않은 게 고맙다, 우리 반의 명예를 더럽히지 않아서 천만다행이다, 그런 분위기였다. 방송위원은 저 혼자 즐거운 출발을 하고 있었다.

"그럼 사회자의 산뜻한 발언은 이 정도로 해두고, 오늘의 첫 번째 곡을 선사하겠습니다. 킹기드라의 〈언스터퍼블〉. 이건 세키모토의 테마곡인데, 누가 뭐래도, 우리는 멈출 수 없습니다."

나는 크림소스로 범벅이 된 포크를 떨어뜨릴 뻔했다. 무슨 유명인이라도 되는 듯이 테마곡에 자기 이름을 갖다 붙이다니. 아랫배까지 울리는 저음의 리듬트랙을 타고, 사투리로 악을 쓰는 듯한 랩이 시작되었다.

유즈루의 말이 끊어지자, 우리 반의 공기도 부드러워졌다. 다이가 말했다.

"제발 누가 저놈 좀 말려주지 않을래."

"정말이야. 저놈 하나 때문에 우리 반 분위기가 엉망이 되는 것 같아."

준이 맞장구를 쳤다. 평소에는 얌전하기만 한 나오토가 입을 열었다.

"세키모토는 왜 이렇게 인기가 없을까?"

준이 돌아보며 말했다.

"역시 재능이 없기 때문일 거야. 코미디언이 되고 싶다고는 하지만, 다른 사람이 자신을 어떻게 생각하는지 조금도 눈치채지 못하고 있어. 제발 주변의 눈치를 좀 살펴보란 말이지. 절대로 실현할 수 없는 꿈을 허풍스럽게 떠드는 게 너무 시끄럽다 이거야."

나는 입을 다물고 있었지만, 준의 말을 충분히 이해할 수 있었다. 대부분의 중학생은 미래에 대해 불안을 느끼고 있다. 입시전쟁이란 것도 있고, 학교 바깥의 사회도 감옥 같기는 마찬가지일 것이다. 유즈루의 무신경은 급우들의 그런 불안한 심리를 긁는 것이기도 했다.

스피커에서 흘러나오는 곡은 킹기드라에서 립스라임으로 옮겨갔다. 말없이 점심을 먹어치우는 동안, 경쾌한 랩의 리듬과는 정반대로 교실 분위기는 점점 무거워졌다. 간단한 곡 소개 뒤에 〈마하 25〉와 〈쿽 더 칸 크루〉가 흘러나왔다. 유즈루의 기획이란 고작 최근 히트곡을 적당히 골라 배치한 것뿐이었다. 모르는 노래가 하나도 없었다. 이십오 분간의 점심 방송은 앞으로 오 분이 남았다. 유즈루는 마지막까지 혼자 흥분하고 있었다.

"그럼 여러분에게 마지막 곡을 들려드리겠습니다. 아라시의 〈어 데이 인 아워 라이프〉."

다이가 말했다.

"뭐야, 결국 마지막은 자니즈잖아."

이어서 방송실에서 모든 교실로 폭탄발언이 흘러나오기 시작했다.

"랩은 세키모토 'B보이' 유즈루. 우리 함께 가요!"

아라시의 전주가 시작되었다. 노래방 반주 같았다. 영어와는 담을 쌓은 유즈루가 일본식 발음으로 미묘하게 리듬에서 벗어난 랩을 부르기 시작했다. 게다가 여기저기에 전혀 어울리지 않는 비명 같은 말을 집어넣었다. 오 예, 체키라, 외쳐, 캣 따위의 말이었다. 우리 교실은 그때마다 역사에 남을 최저 기온을 기록했다.

이렇게 서늘한 교내 방송은 처음이라는 데 준과 다이의 의

견이 일치했다. 딱히 합의를 본 것은 아니지만, 우리 반 모두의 공통된 견해임이 틀림없었다. 평소 때는 사사건건 대립하던 반 친구들도 이번의 유즈루 문제에 관해서만은 만장일치였다.

가능하다면 유즈루를 반에서 쫓아내고 싶다. 중학생에서 사임하게 하고 싶다. 민주주의 교실에서 미움 받는 독불장군은 설 곳이 없다.

방송이 있었던 그날 방과 후, 신발장 앞에서 신발을 갈아신고 있는데 유즈루가 어깨너머로 말을 걸어왔다. 나는 마지못해 뒤를 돌아보았다.

"오늘 랩, 어땠어? 꽤 좋았지?"

나는 무슨 말을 해야 좋을지 몰라 얼렁뚱땅 고개를 끄덕였다. 유즈루는 그게 긍정적인 반응이라 생각한 듯했다. 활짝 웃으면서 나에게 말했다.

"역시 그게 좋겠어. 다음 방송 때 우리 둘이서 같이 한번 불러보자. 기타가와의 노래, 정말 멋졌어. 요즘 유행하는 아카펠라로 하자구. 우리가 손을 잡으면 여학생들이 미친 듯이 우리 교실로 몰려들 거야."

나는 황망히 고개를 저었다.

"제말 그만둬. 주변에 신경을 써서 분위기를 좀 읽어보는 게 어떨까."

밖에서 기다리고 있던 준이 거들고 나섰다.

"어이, 데쓰로, 유즈루하고 더 할 말 있어?"

"아냐, 지금 나갈 거야."

나는 스니커즈 뒤꿈치를 꺾어 신은 채 발을 끌면서 밖으로 나왔다. 유즈루는 신발장 앞에서 섭섭한 표정으로 서 있었다. 유즈루는 내 등을 향해 말했다.

"다음주에는 좀 색다른 걸 기획할 거야. 기대해줘."

나는 다음 기획에 절대로 캐스팅 당하고 싶지 않았기 때문에 못 들은 척하며 재빨리 교정을 가로질렀다.

유즈루의 새로운 기획은 주초에 그 내용이 밝혀졌다. 교실 뒤에 있는 코르크 보드에 큼지막한 포스터가 붙어 있었기 때문이다.

'많이 먹기 배틀 로열'.

유즈루답게 이것도 텔레비전 프로그램을 따라한 것이었다. 굵직한 자색 매직으로 적어놓은 타이틀 아래 도전자를 구한다는 내용이 있었다. 챔피언 유즈루에게 도전하여 이기는 사람에게 상금 삼천 엔을 준다는 것이다.

팔짱을 끼고 포스터를 보던 다이가 말했다.

"어떻게 유즈루가 챔피언이란 거지?"

다이는 불쾌하기 짝이 없다는 표정이었다. 먹는 것과 몸무게에 관해서는 절대적인 자신감을 가지고 있기에, 너무도 당연한 반응이다. 준이 말했다.

"유즈루 정도는 잽으로 날려버려야지. 다이라면 놈에게 몇 개 접어줘도 될 거야."

나는 다이와 유즈루의 체격을 비교해보았다. 유즈루는 키도 그리 크지 않다. 몸집도 보통이다. 다이와는 몸무게로 50킬로그램, 키로 25센티미터쯤 차이가 난다. 다이 같은 거구 앞에서 많이 먹기 시합이라니, 정말 어이가 없다. 나오토가 작은 목소리로 말했다.

"그렇지만 '많이 먹기 배틀 로열'은 말 자체가 모순이야. 일대일 시합이니까."

준이 어깨를 으쓱했다.

"유즈루는 의미 따위는 모를 거야. 그냥 멋지게 보이고 남의 눈만 끌면 그만이란 거지. 다이, 코를 납작하게 뭉개버려."

다이는 자기에게 맡기라고 가슴을 탕 쳤다. 최고의 가슴을 자랑하는 옆 반 도서위원 여학생의 유방을 능가하는 가슴이 출렁거린다. 자신만만하다. 유즈루, 진심으로 저런 포스터를 붙인 것일까. 묘하게도 나는 단짝 다이가 아닌, 맛이 가버린 방송위원을 걱정하고 있었다.

대결은 즉각 결정되었다. 이상할 것도 없다. 다이 이외에 유즈루에게 도전하겠다는 사람이 없었기 때문이다. 처음에는 삼천 엔의 상금에 눈이 어두워 남학생 몇 명이 손을 들었지만,

다이가 등장하자 재빨리 꼬리를 내렸다.

시합은 수요일 점심시간으로 결정되었다. 우리 반 모두가 급식 토스트를 하나씩 제공하고, 남은 급식도 모두 끌어 모았다. 다이와 유즈루의 책상이 교실 중앙에 나란히 놓였다. 관전석을 향하여 많이 먹기 결전을 위한 정식 포지션이 마련된 것이다. 눈앞에 스물다섯 개의 토스트가 쌓였다. 갈색 탑의 높이는 약 40센티미터. 쌓아올리자 토스트의 두께도 만만치 않았다. 거구의 다이에게도 눈썹까지 닿는 높이였다.

상대의 압도적인 체구 앞에서도 유즈루는 태연자약했다. 마치 텔레비전에 나오는 미남 챔피언 같았다. 눈썹이 잘 다듬어져 있었다. 아마 어젯밤에 눈썹 손질을 했을 것이다. 다른 학생들도 동작을 멈추고 마른침을 삼키며 대결을 지켜보고 있다. 작지만 상금까지 걸린 만큼 승부는 심각했다. 예상으로는 다이의 압도적인 우세. 문제는 누가 이기느냐가 아니라, 어느 정도의 차이로 다이가 이기느냐였다. 다이가 토스트 열 개를 섭어주었다. 그래도 유즈루를 지지하는 학생 수는 손에 꼽을 정도였다. 나는 그 소수파의 하나로, 자전거 잡지 한 달 구독료에 해당하는 오백 엔을 유즈루에게 걸었다. 준은 말도 안 되는 도박이라고 했지만, 그렇게 자신만만해하는 걸로 봐서 유즈루에게 비장의 기술이 있을 거라고 나는 믿었다.

심판으로 나선 준이 가운뎃손가락으로 안경을 밀어 올리며 말했다.

"시간은 이십 분. 우유는 세 통까지. 그 사이에 하나라도 많이 먹은 사람이 승. 됐지?"

유즈루와 다이가 말없이 고개를 끄덕였다.

"준비, 시작!"

유즈루는 주위를 천천히 둘러보더니 우유를 한 모금 마시고는 토스트 하나를 들고 평범하게 먹기 시작했다. 딱히 서두르는 것 같지도 않았다. 다이는 곁눈으로 그런 방송위원을 보더니 목을 한 바퀴 휙 돌렸다. 쌓여 있는 갈색 탑에서 세 개를 집어 들더니 두 손으로 꾹꾹 눌러 캔 커피 깡통만 한 크기로 만든다. 다이는 압축 펄프 같은 빵 막대기를 입으로 쑤셔 넣더니 마구 씹어댔다.

처음 세 개를 처치하는 데 일 분 삼십 초. 다이는 마른입 속으로 우유를 살짝 부어 넣더니 엄숙한 표정으로 다시 세 개를 집어 들었다. 이번에도 똑같이 일 분 삼십 초 만에 처치해버렸다. 나오토가 내 귀에 속삭였다.

"승부는 거의 결정 난 거나 다름없어."

나는 말없이 고개를 끄덕였다. 다이가 여섯 개를 먹어치울 동안 유즈루는 한 개 반을 먹었을 뿐이다. 많이 먹기 챔피언이라는 자화자찬에 비해서는 어이가 없는 페이스였다.

승부가 거의 결정 난 거나 다름없어지자 흥분은 낙담으로 변했다. 교내 방송에서 랩이 흘러나왔을 때처럼 교실의 공기는 냉랭해져갔다. 유즈루는 이번에도 말뿐이었다. 뭐든 적당히 재미있는 이벤트를 고안해서, 자신을 중심으로 일을 벌이기만 하면 그만이라는 심산이었다. 어이가 없는 탤런트 지망생. 나는 그 승부를 지켜보면서 슬픔에 빠졌다. 누군가가 음식을 먹는 모습을 지켜보노라면 괜히 슬퍼진다. 텔레비전 여행 프로그램에서 한물간 여배우가 온천에서 진수성찬을 먹는 모습을 보고 인생의 비애를 느끼지 않는 사람이 있을까.

십오 분 후에 나온 결과는 예상대로였다. 다이의 압승. 도전자가 토스트 스물다섯 개를 먹어치울 때까지 유즈루는 고작 네 개 반을 먹었을 뿐이다. 스무 개 넘게 차이가 난다. 접어준 열 개의 두 배나 된다. 내가 걸었던 오백 엔은 제로가 되고 말았다. 다이는 당연하다는 표정으로 준의 승리 선언을 받아들였다. 그 옆에는 지고서도 싱글벙글하는 유즈루가 있다.

"삼천 엔 줘. 지금 당장."

유즈루는 호주머니에서 지갑을 꺼내더니, 지지직, 하고 테이프를 벗겨내어 구깃구깃해진 천 엔짜리 지폐들을 책상 위에 올려놓았다. 다이는 손을 책상 위로 뻗었다. 별다른 표정도 없이 유즈루가 말했다.

"다음에는 콜라 마시기 시합해볼래?"

다이는 넌덜머리가 난다는 표정이었다. 파리라도 쫓는 듯이 손사래를 치며 말했다.

"언제든 상대가 되어주겠지만, 다음번 상금은 만 엔이야. 그런데, 너 정말 해볼 마음이라도 있었던 거야? 연습이라도 좀 하고 와."

교실은 평소의 분위기를 되찾았다. 여기저기서 잡담이 시작되고, 유즈루의 많이 먹기 시합은 벌써 기억의 저편으로 사라졌다. 준은 재빨리 판돈 분배에 들어갔다. 토스트 스무 개가 쌓인 책상에서 유즈루는 내 쪽으로 다가와 어깨를 으쓱했다.

"역시 몸으로 하는 승부는 힘든 것 같아. 어때, 재미있었지?"

나는 고개를 저었다. 유즈루와 대화를 나누다 보면 고개만 젓게 되는 것 같다.

"승부가 안 돼. 그래서야 시청자가 어떻게 만족하겠어."

유즈루는 고개를 갸우뚱했다.

"역시 그렇군."

나는 짜증이 났다.

"그걸 안다면 다음부터는 이런 어중간한 이벤트는 아예 하지도 마."

나의 엄한 목소리에도 유즈루는 꿈쩍도 하지 않는 듯했다. 잠시 팔짱을 끼고 있던 방송위원이 입을 열었다.

"알았어. 다음에는 확실히 준비를 해서 할게."

나는 어이가 없었다.

"다음이라고? 또 하겠다는 거야?"

유즈루는 울프컷을 한 머리카락 끝을 손가락으로 말면서 말했다.

"응. 새로운 기획을 생각하고 있어. 그렇지만 이번에는 기타가와의 충고대로 확실히 준비해서 발표할 거야."

나는 벌어진 입을 다물 수 없었다. 아무 말 없이 가만히 있자니 유즈루는 부끄러운 듯 미소를 머금은 채 눈을 치켜뜨고 나를 보았다.

"어차피 잘되긴 힘들겠지만, 다음 기획, 나와 같이 해보지 않을래?"

절대로 못 한다는 말을 남기고 나는 유즈루가 있는 교실에서 나왔다.

유즈루는 그로부터 한 보름쯤 조용했다. 교내 방송에서 랩을 틀지도 않고, 의미를 알 수 없는 많이 먹기 시합 같은 것도 개최하지 않았다. 이상한 이벤트를 기획하지 않을 때 유즈루는 참으로 눈에 띄지 않는 조용한 학생이다. 공부에는 취미가 없고, 스포츠에도 별 소질이 없다. 개그도 자기 말고는 아무도 재미있어하지 않았다. 기타 등등에 속하는 평범한 학생 가운데 하나에 지나지 않았다.

그런 유즈루가 세 번째 이벤트를 발표한 것은 5월도 끝나갈 무렵이었다. 어느 날 아침, 내가 교실로 들어서자 하얀 교복 셔츠 위에 검은 망토 같은 걸 걸친 유즈루가 교단에 서 있었다. 칠판에는 '음양사陰陽師'라고 굵직하게 적혀 있었다. 벌써 몇 학생이 유즈루 앞에 모여 있었다.

유즈루는 나를 보더니 한 손을 치켜들었다. 손가락 끝을 잘

라낸 검은 가죽 장갑을 끼고 있었다. 왼쪽 눈 아래에는 마스카라로 검은 눈물을 그려놓았다. 나는 책상 위에 가방을 올려놓고 말했다.

"이번에는 뭐야?"

어차피 텔레비전 프로그램에서 베낀 엉터리겠지만, 그래도 나는 그렇게 물어보았다. 유즈루는 교탁에서 뭔가를 집어 들더니 나를 향해 흔들었다. 교실 안으로 비쳐드는 아침 햇살에 금속으로 된 무언가가 빛나고 있었다. 레스토랑 같은 곳에서 사용하는 스푼과 포크였다.

"이번에는 연습 많이 했어. 이 스푼을 음양사의 염력으로 구겨버리는 거야."

그렇게 말하고는 스푼 하나를 들어 가까이 있는 학생에게 확인하게 했다. 그 남학생은 두 손으로 스푼을 잡고 힘껏 구부려보려 했지만, 두꺼운 금속제 스푼은 꼼짝도 하지 않았다. 유즈루는 돌려받은 스푼으로 교탁 모서리를 탁탁 내리쳤다.

"보시다시피 아무런 속임수도 없습니다."

그런 다음 입속으로 뭐라고 중얼거리면서 스푼의 목을 손가락으로 문지르기 시작했다. 쉽게 구부러지지 않는 것 같았다. 몇 분이 흐르자 단조로운 유즈루의 퍼포먼스가 지겨워진 아이들 몇이 교단 앞을 떠났다. 그래도 방송위원은 필사적으로 스푼을 향해 염력을 보내고 있었다.

나는 왠지 유즈루가 불쌍해 보여서 더이상 보고 있을 수 없었고, 나오토와 잡담을 하기 시작했다. 첫 수업 시작 오 분 전까지 검은 장갑 음양사의 분투는 계속되고 있었다.

벨이 울렸다. 유즈루가 크게 숨을 들이쉰 것은 국어 선생이 들어오기 직전이었다. 유즈루는 살짝 굽은 스푼을 머리 위로 들어올리고 외쳤다.

"봐, 굽었어, 스푼!"

분명히 스푼은 목 언저리에서 약간 고개를 숙인 것 같았다. 준이 말했다.

"야, 축하해, 유즈루. 이제 그만하고 자리에 앉지그래."

유즈루는 교단 위에서 도구들을 정리하더니 검은 망토를 두른 채 서둘러 자리에 앉았다. 직접 보면 알 수 있지만, 텔레비전 속의 스릴 넘치는 연출이 없으면 스푼 구부리기는 참으로 볼품없는 초능력 쇼다. 유즈루는 자리에 앉은 다음 티슈로 마스카라를 닦아내면서 외쳤다.

"오늘 수업이 끝난 후에 후속편을 보여주지. 스푼은 물론이고 포크도 구부릴 수 있어. 꼭 보고 가."

그 순간, 교실 문이 열리면서 선생이 들어섰다. 대학 국문과를 졸업한 지 이 년째 되는 가정교사 같은 여선생이다. 아무도 대답하지 않자 유즈루의 말은 허공에 뜨고 말았다. 결국 어중간하게 끝나고 만 것이다.

그날 수업이 끝난 후, 유즈루는 다시 검은 망토를 걸치고 장갑을 꼈다. 장소는 교단에서 창가로 바뀌었다. 창 밖으로 쾌청한 5월의 푸른 하늘이 펼쳐져 있다. 아사시오 운하 건너편에는 쓰쿠다의 초고층 빌딩 몇 동이 하늘을 가르고 서 있다. SF영화의 미래도시 같은 풍경이었지만, 그곳에 있는 공원은 우리들의 놀이터다.

방과 후 시간이 남아도는 아이들이 유즈루의 책상 앞으로 모여들었다. 그 가운데는 나와 준과 다이와 나오토도 있었다. 유즈루는 가방에서 스푼과 포크를 꺼내더니, 열 개도 넘는 그 도구들을 주위의 아이들에게 나눠 주었다.

"내가 염을 보낼 테니까, 모두 음양사가 된 기분으로 해봐."

아무리 생각해도 스푼 구부리기는 유리 겔러의 특기로, 음양사와는 관계가 없는 것 같다. 음양사는 악령을 물리치거나 신을 불러오는 사람이다. 아마 다들 알면서도 유즈루의 열의에 감히 말을 못 하고 있는 것이리라. 준은 손으로 포크를 만지작거리고 있다.

"초능력도 좋지만, 유즈루는 이런……"

준은 주위를 둘러보며 말했다.

"……놀이를 앞으로 계속할 생각이야?"

유즈루는 기쁜 표정으로 대답했다.

"응, 친구들이 좋아한다면 언제까지라도 할 거야."

유즈루는 있는 힘을 다해 스푼의 목을 문지르기 시작했다. 오 분만 지켜보기로 하자. 나는 교실 벽에 걸린 시계로 시간을 확인한 다음, 엄지손가락으로 포크를 문지르기 시작했다. 열 명 가까운 중학생이 수업이 끝난 교실에서 스푼과 포크를 문지르고 있다. 열린 창에서 몸을 간지럽히는 봄바람이 불어온다.

염력 테스트는 오 분에서 십 분으로 연장되었다. 결과는 그런대로 좋았다. 남학생 둘, 여학생 하나가 스푼과 포크를 구부리는 데 성공했다. 그러나 별다른 감격은 없었다. 스푼 구부리기 초능력은 너무 흔한 일이기 때문이다.

다이가 구부러지지 않는 스푼을 내던졌다.

"유즈루의 염력은 내게는 듣지 않는 모양이야."

준은 뾰족한 끝이 이러저리 구부러진 포크를 흔들어 보였다.

"이걸 봐. 그렇지만 염력을 보내지 않아도 옛날부터 이 정도는 했어."

그렇다. 돈과 시간이 남아돌 때, 우리 넷은 가끔 패밀리 레스토랑으로 갔다. 거기서 준은 심심풀이로 자주 스푼을 구부리곤 했다. 스푼이나 포크는 생각보다 훨씬 쉽게 구부러진다. 딱히 놀랄 일도 아니다. 자동차의 몸체를 하루에 천 개나 만들어내는 천 톤급 프레스 기계가 아닌 만큼, 그건 참으로 쓸모없는 능력이다. 중학생의 초능력으로 움직이는 공장이 있다면 참 재미있겠지만, 그게 가능할 리 없다.

"누구든 할 수 있는 일이야."

유즈루는 아침과 마찬가지로 약간 구부러진 스푼을 내려다보며 애석하다는 듯 말했다.

"아침부터 밤까지 이 주나 연습했는데."

그러다 흘끗 내 쪽을 바라보았다. 오디션에서 탈락한 그런 슬픈 눈이었다. 남학생 가운데 누군가가 말했다.

"유즈루, 이거 말고 잘하는 것 없니? 너 초능력자잖아. 그렇지, 음양사."

방송위원의 표정이 바뀌었다. 몇 번이나 어금니를 깨물더니, 볼의 근육이 딱딱하게 굳었다. 유즈루는 절규하듯이 말했다.

"할 수 있어. 난 하늘이라도 날 수 있단 말이야."

여기저기서 한숨 소리가 터져 나왔다. 다이가 중얼거렸다.

"아, 드디어 맛이 가고 말았어."

남학생 하나가 맞장구를 치며 외쳤다.

"날아라, 날아라, 날아라."

목소리는 커져가고, 이윽고 여학생까지 합세하여 대합창이 되었다. 나는 가만히 유즈루를 보았다. 유즈루의 얼굴은 빨갛게 물들었다가 갑자기 새파랗게 질리기도 했지만, 겸연쩍어하는 웃음은 끝까지 얼굴에 착 달라붙어 있었다. 마침내 머리 위로 두 손을 들어올리고 날아오를 준비를 하기 시작했다.

"날아라, 날아라, 날아라."

필사적인 눈으로 유즈루는 다른 학생들과 함께 외쳐대고 있었다. 자리에서 일어나 오른손을 곧장 하늘로 추켜올렸다.

"세키모토 유즈루, 지금부터 날아갑니다."

엷은 미소를 머금고는 우리를 바라보았다. 그러고는 책상 앞을 지나 교실을 가로질러 달려갔다. 우리는 급히 그 뒤를 따랐다.

우리 2학년 교실은 3층으로, 쓰키시마 중학교는 전체 4층 건물이다. 유즈루는 검은 망토를 휘날리며 복도를 달렸다. 아마도 건물 끝에 있는 계단으로 갈 모양이다.

"유즈루, 기다려!"

달리는 등에 대고 외쳤지만, 유즈루는 뒤를 돌아보지 않았다. 내 뒤로 다른 학생들이 따라오고 있었다. 준이 말했다.

"저 자식, 뭘 하려는 거야."

아무도 대답하지 않았다. 초조감만 커져갈 뿐이었다. 우리가 3층 계단에 도착했을 때, 유즈루는 벌써 층계참을 빠져나가고 있었다. 나는 계단을 두 개씩 건너뛰며 올라갔다. 손잡이를 잡고 층계참을 돌아서, 4층까지 남은 계단을 단번에 올라가려 했다. 그때, 나는 보았다.

유즈루가 열린 4층 창틀을 잡고, 조금의 망설임도 없이 가벼운 몸짓으로 점프하는 모습을. 창 너머로 무거운 5월의 하늘에 검은 망토를 걸친 소년이 비스듬히 걸려 있었다. 부드러운 바람을 타고, 유즈루는 느긋한 포즈를 취하고 있었다. 바람이 망토 자락과 울프컷을 한 머리칼을 살랑살랑 흔들고 있었다. 내 뒤를 따라 온 학생들이 외쳤다.

"위험해, 그만둬!"

유즈루는 민망한 듯한 미소를 머금은 채, 창가에 선 우리들을 바라보았다. 지상에 매여 있는 우리를 연민하는 듯한 눈길이었다. 그후, 검은 망토의 방송위원은 이 지상의 모든 물질과 똑같은 움직임을 보였다. 만유인력의 법칙을 따른 것이다.

유즈루가 떨어졌다.

준이 외쳤다.

"다이, 선생님을 불러와!"

그 자리에 얼어붙어 있던 나는 그 목소리에 정신을 차렸다. 4층 창까지 뛰어올라가 얼굴을 내밀었다. 화단의 나무 사이로 유즈루가 작아진 모습으로 쓰러져 있었다. 벌써 그 주위로 사람들이 모여들고 있었다.

"괜찮니, 유즈루?"

기절한 듯, 유즈루는 꼼짝도 하지 않았다. 그로부터 몇 분 후, 구급차의 사이렌 소리가 들렸다.

그 일이 있고 난 뒤, 우리는 철저히 심문을 당했다. 학생 하나에 선생 둘이 붙어서 앞뒤 사정을 캐물었다. 나는 똑같은 이야기를 몇 번이나 반복해야 했다. 그런 참에 담임의 핸드폰이 울렸다. 작은 목소리로 뭐라고 하더니, 한숨을 내쉬었다. 매사에 성의 없는 샐러리맨 같다고 해서 '리맨'이란 별명이 붙은 담임은 핸드폰을 끄면서 말했다.

"세키모토는 다행히 목숨에는 지장이 없다고 해. 하지만 두 다리를 크게 다쳤어."

그렇습니까, 하고 나는 중얼거렸다. 이야기를 하다 보니, 리맨의 관심은 오로지 자신의 반에서 이지메에 가까운 상황이 벌어졌느냐 아니냐는 데 있다는 걸 알 수 있었다. 나는 그날의 이벤트에 대해 설명했다. 음양사의 스푼 구부리기 쇼. 꽤 자세하게 설명했지만 담임은 도무지 이해하지 못하는 듯했다. 마지막으로 내가 말했다.

"이지메 같은 건 없었습니다. 그 이벤트는 처음부터 끝까지 유즈루가 기획한 것이고, 억지로 강요한 건 하나도 없습니다."

"그럼 왜 세키모토가 4층에서 뛰어내렸어?"

그건 나도 많이 생각해본 것이었다. 나는 느낀 대로 솔직히 말했다.

"모르겠습니다. 혹시 유즈루는 갑자기 날고 싶었는지도 모릅니다."

고개를 갸우뚱하는 리맨에게, 나는 그 다음 말을 삼키고 말았다. 교실을 빠져나가던 유즈루의 그 미소가 떠올랐다. 그때 유즈루는 정말로 하늘을 날 수 있다고 생각하지 않았을까.

유즈루를 비롯한 중학생만이 아니라, 이 세상 모든 사람은 어느 순간에 뭐든 할 수 있을 것 같은 느낌을 가질 수 있다. 물론, 그런 생각은 착각에 지나지 않는다. 현실적으로 높은 곳에서 떨어지면 박살이 나고 말겠지만, 그 순간만큼은 정말로 뭐든 가능할 것 같은 생각이 든다.

그건 정말 괜찮은 느낌이다. 단순한 착각이든 망상이든, 뉴턴의 법칙보다 자기 자신을 더 믿을 수 있기 때문이다.

리맨은 그런 뉘앙스를 도무지 이해하지 못하는 것 같았지만, 어쩔 수 없는 노릇이다. 우린들 그게 착각이란 사실을 모를 리 없다. 그렇지만 때로 우리는 제정신을 잃어버리고 싶은 것이다.

쓰키시마 중학교에서 일어난 비상 사태는 아무 일 없었던 것으로 둥글게 처리되었다. 지역의 교육위원회나 경찰에는 정확히 신고한 것 같았다. 교장 선생님이 체육관에 전교생을 모아놓고 생명을 소중히 여겨야 한다고 훈시했다. 그것으로 원만히 해결된 것이다.

과연 리맨은 자기 반에서 일어난 사건을 염두에 두어서인지 평소와는 달리 충실하게 홈룸 시간을 지도했다. 학생들 대부분에게는 지겨운 시간이었을 것이다. 당사자인 유즈루가 입원 상태니 뛰어내린 동기는 알 수가 없다. 어느 누구도 4층에서 뛰어내릴 생각은 하지 않으니까, 생명을 소중히 여겨야 한다는 훈시는 휴지 조각처럼 머리 위로 가볍게 날아가버렸다.

그로부터 일주일 후, 나는 혼자서 유즈루의 병실을 찾았다. 심심해할 것 같아 가까운 편의점에서 텔레비전 잡지를 몇 권

샀다. 병원은 스미다 강 건너편에 자리한 성 누가 국제병원이었다. 어릴 때부터 자주 들락거리던 곳이라 정문에서 엘리베이터 홀을 거쳐 병실까지 일사천리로 나아갔다. 이 병원의 치료비는 좀 비싼 편이긴 하지만, 모든 병실이 일인실이다.

나는 객선의 창처럼 둥그런 유리창 안을 들여다보면서 세 번 노크했다.

"예."

유즈루의 힘찬 목소리가 들려왔다. 문을 열고 병실 안으로 들어섰다. 유즈루는 두 다리에 깁스를 한 채, 파이프 프레임 침대에서 상반신을 일으킨 자세로 누워 있었다. 나는 편의점 봉지에서 텔레비전 잡지를 꺼내 사이드 테이블 위에 올려놓았다. 그러고는 침대 곁의 소파에 걸터앉았다. 유즈루는 두 발목 위의 뼈가 모두 부러졌다고 한다.

"괜찮니, 아프지 않아?"

유즈루는 평소의 그 겸연쩍어하는 듯한 미소를 띠며 고개를 끄덕였다.

"이제 아무렇지도 않아. 약을 먹으면 통증은 금방 사라져."

"그래?"

나는 가만히 유즈루의 표정을 살펴보았다. 이 세상에서 늘 5센티미터 정도 허공에 뜬 듯이 보이는 사람이 있다. 두 발이 깁스로 꽁꽁 묶여 있으면서도 유즈루는 병실의 하얀 침대 위로 조금 떠 있는 것 같았다.

"그때는 정말 놀랐어. 갑자기 그렇게 달려가면 어떡해."

유즈루는 고개를 끄덕였다. 말없이 웃으면서.

"왜 4층에서 뛰어내렸니?"

부신 듯 눈을 가늘게 뜨고 창밖의 가로수를 바라보며 유즈루가 말했다.

"갑자기 모든 게 귀찮아져서. 아무려면 어떠냐는 생각이 들었어. 날아도 좋고 날지 못해도 좋아. 어느 쪽이든 상관없어. 죽진 않을 거라는 생각은 들더라."

대답할 말이 없었다. 유즈루는 빙긋 웃으며 말했다.

"그렇지만 그 순간은 정말로 하늘을 나는 기분이었어. 시간이 쭈욱 늘어나서 그냥 창밖의 하늘에 떠 있는 것 같은 느낌이 들더라."

"그럴지도 몰라. 층계참에서 지켜봤는데, 그냥 그대로 떠 있을 것 같은 느낌이 들었으니까. 혹시 유즈루에게 초능력이 있을지도 모른다는 생각도 들었어. 아주 짧은 순간, 하늘에 떠 있었는지도 몰라."

내가 그렇게 말하자 유즈루는 얼굴을 구기면서 웃었다. 그러다 갑자기 심각한 표정으로 변했다.

"알고 있을지도 모르겠지만, 나, 아버지가 없어. 유치원 때 죽었어. 자살이야. 높은 데서 뛰어내렸지. 그래서 다들 내게 날아라, 날아라 하니까, 갑자기 아버지처럼 한번 뛰어내려볼까 하는 생각이 들었는지도 몰라."

유즈루는 희미한 미소를 머금고 있었다. 눈에는 눈물이 고여 있었다. 나는 유즈루가 아버지와 함께 살지 않는다는 사실을 알고 있었다. 그러나 자살했다는 건 처음 듣는 말이었다.

그러나 왠지 좀 이상했다. 언젠가 학교행사 날, 유즈루의 아버지를 본 듯한 기억이 났기 때문이다. 나는 망설이다가 물었다.

"내 착각인지는 모르겠지만, 예전에 학교에 유즈루의 아버지가 왔던 것 같은데……."

유즈루는 침대 위에서 혀를 쏙 내밀었다.

"어! 기타가와, 알고 있었어? 이혼한 건 사실이지만, 자살했다는 건 거짓말이야. 어젯밤, NHK에서 정말 슬픈 다큐멘터리를 봤거든."

나는 소리 내어 웃었다.

"그래서 너도 아버지가 죽은 것 같은 기분이 들었단 말이지."

유즈루는 역시 유즈루였다. 한두 번 뛰어내리는 걸로는 이 방송위원의 성격을 바꿀 수 없을 것 같았다. 나는 말했다.

"기타가와라고 부르지 마. 지금부터는 데쓰로라고 불러."

유즈루는 힘차게 고개를 끄덕이며 말했다.

"어이, 데쓰로. 우리 아라시의 곡을 둘이서 불러보지 않을래? 나, 이 학기에 학교로 돌아가면 다시 방송위원에 입후보할 거야. 교내 방송으로 한번 튀어봐야지."

"절대 안 돼."

우리는 소리 높여 웃었다.

잠시 잡담을 나눈 후에 나는 유즈루의 병실을 나섰다. 산악 자전거에 올라탔다. 파란 프레임 위에 걸터앉아 천천히 스미다 강변을 달렸다. 납처럼 딱딱해 보이는 수면 위에는 일주일 전과 똑같은 무거운 5월의 하늘이 펼쳐져 있었다.

쓰쿠다 대교를 건너면서 나는 그 연푸른 스크린을 보았다. 많은 중학생이 가볍게 하늘에 떠서 나름대로 독특한 포즈를 취한 풍경이다. 어떤 애는 누워 있고, 또 어떤 애는 손으로 턱을 괴고, 한 애는 하늘 높이 다리를 들어올리고 있다.

거기에는 유즈루도 준도 다이도 나오토도 있었다. 물론 나도.

다들 아는지 모르겠다. 하늘을 나는 것 정도는, 중학생에게 너무도 간단하다는 사실을.

열네 살의 정사

장마로 접어들기 전 일주일간은 하늘의 에어컨이 갑자기 고장이라도 난 듯 무더워진다. 매일 최고 기온이 33도에서 35도. 쓰키시마는 도쿄 만에 떠 있는 매립지고, 땅은 모두 아스팔트 아니면 콘크리트로 포장되어 있기 때문에, 그런 날의 무더위는 말로 표현할 수 없을 정도다. 우리는 달아오른 아스팔트 위의 팝콘이 되어, 조금이라도 시원한 곳을 찾아 자전거를 타고 그 작은 섬을 마구 휘젓고 다닌다. 아직 더위에 적응하지 못한 탓에 다이처럼 뚱뚱한 몸이 아니라도 누구든 흐물흐물해져버린다.

그러나 올해 날씨는 좀 달랐다. 트럭에 깔린 고양이처럼 누구보다 먼저 무더위에 납작하게 포가 되어버렸을 준이 원기 왕성하기 이를 데 없다. 평소라면 짓궂은 농담이나 냉랭한 감각으로 현실을 비판하길 좋아하는 그 녀석이, 쓰쿠다 대교 위에서, 여름 노을은 정말 아름다워, 같은 말을 아무렇지도 않게 내뱉었다. 그 자리에 있던 나오토와 다이와 나는 약속이나 한 듯 서로의 얼굴을 멀뚱히 바라보았다. 준이 먼지가 내려앉은 난간에 기대어, 쓰쿠다에 솟구친 초고층 빌딩을 올려다보면서 그런 감상적인 말을 했던 것이다. 검은 테 속의 안경알은 반쯤 불을 켠 유리창 너머로 장밋빛으로 물든 하늘을 비추고 있었다. 바닷바람이 불어와 준의 짧은 머리를 흔들었다. 남은 우리 셋은 아무 말 없이 여름날의 저녁노을에 걸린 구름과 하늘의 쇼를 지켜보고 있었다.

지금 생각해보면, 그건 당연한 일이다. 그렇지 않은가. 그때 준은 열네 살이었고, 첫사랑의 소용돌이에 빠져 있었으니까. 맑건 흐리건, 태풍이 몰고 온 구름이 갈라지면서 썩은 생선이 하늘에서 떨어지건, 모든 것이 아름답게 보이는 게 당연하다. 그런 날벼락을 맞아도 준은 아마 똑같은 말을 했을 것이다.

"썩은 생선이 이렇게 아름다울 줄 몰랐어."

그래서 이제부터 준의 사랑 이야기를 해볼 생각이다. 거기에는 반짝반짝 빛을 발하는 것도, 썩은 냄새를 풍기는 것도 있다. 아주 멋지게 썩은 생선 같은 그런 사랑이다.

하기야 어떤 사랑이건 다 그렇겠지만.

그날, 우리는 쓰키시마 구민회관에 있었다. 3층 도서관이 아니라 1층 로비. 맨 안쪽은 구청 출장소이고, 바로 앞 로비에는 소파와 커다란 텔레비전이 있다. 냉방도 잘 된다. 할 일 없는 노인들이 평소처럼 멍하니 앉아 있다.

왜 도서관이 아닌 로비에 있었느냐 하면, 거기서는 핸드폰을 마음대로 사용할 수 있기 때문이다. 무슨 영문인지, 준이 반드시 핸드폰을 사용할 수 있는 곳에 있어야 한다고 우겼다. 우리는 너무도 구청적인 분위기를 풍기는 검은 인조가죽 소파에 앉아, 냉장고 안으로 피난 온 펭귄처럼 축 늘어져서, 주오 구의 관광지를 선전하는 텔레비전 프로그램을 보고 있었다. 벳타라 시장과 짓벤샤이치구의 묘지, 미즈가미 축제 같은 게 나오고 있었다. 그러는 동안 준은 핸드폰 폴더를 열었다 닫았다 하면서 필사적인 집중력을 발휘하며 엄지손가락으로 문자메시지를 보내고 있었다(준의 엄지손가락은 광속에 가까운 스피드로 움직인다). 메시지가 올 때마다 소파를 벗어나 멀리 떨어진 기둥 뒤에 숨어서 핸드폰 화면을 확인했다.

몇 번이나 그런 동작을 반복한 뒤인 오후 네 시, 갑자기 영화 〈어떤 사랑의 시〉의 테마곡이 준의 핸드폰에서 복잡한 장식음을 매달고 흘러나왔다. 최근 비디오로 본 마음에 드는 영화라고 했다. 준은 흘끗 화면을 본 다음, 재빨리 소파에서 일어섰다. 귓가에 핸드폰을 갖다대면서 하얀 돌을 박아놓은 기둥 쪽으로 걸어갔다. 다이가 준의 여윈 등을 바라보며 말했다.

"준, 저 녀석, 요즘 좀 이상해졌어."

나오토도 반은 은색으로 변한 머리를 흔들며 고개를 끄덕였다. 나오토는 조로증이다.

"응. 요즘 들어 계속 안절부절못하는 것 같아. 이상해."

소파에 다리를 쭉 뻗으며 내가 말했다.

"우리에게 말하기 힘든 무슨 일이 있는 게 분명해."

"맞아, 여자다!"

다이의 말에는 절대로 군더더기가 없다. 나른한 눈길로 텔레비전을 보며 말을 이었다.

"다른 애도 아닌 준이니까, 일이 잘 풀리면 우리에게 소개해줄 거야."

나는 자리에서 일어나면서 기지개를 켰다. 갑자기 의욕이 솟구쳐, 소파에 늘어져 있는 두 친구에게 말했다.

"우리 살짝 상대를 조사해볼까? 요즘 들어 사건이 없으니까 심심해 죽겠어. 어때?"

조용한 수면에 돌을 던진 듯 다이의 표정에 파문이 일었다.

"그거 재밌겠다. 시작하자."

나는 고개를 끄덕였다. 우리의 시선이 나오토에게 쏠렸다. 망설이는 것 같았다. 나오토는 작은 목소리로 말했다.

"그렇지만, 만일 상대하고 잘 안 되고 있다면……."

그때 준이 돌아왔다. 상기된 표정이었다. 우리 셋의 얼굴을 차례대로 바라보더니 들뜬 목소리로 말했다.

"무슨 이야기 했어? 어차피 별볼일없는 계획이나 세웠겠지. 미안하지만 오늘은 이만 돌아가야겠어. 갑자기 볼일이 생겨서 말이야."

"우리는 준에 대해 이야기를……."

그 순간 다이가 끼어들어 나오토의 말을 가로막았다.

"괜찮아, 괜찮아. 급한 일이라면 가봐야지. 애인이 기다리잖아?"

빙긋이 웃으면서 다이는 나오토의 허리를 쿡 찔렀다. 역시 사랑은 중병에 속하는 모양이다. 평소의 준이라면 우리의 낌새를 놓칠 리 없지만, 그때만큼은 자신의 속내를 감추지 못했다.

"미안해. 그럼, 오늘은 여기서."

오른손을 흔들며 인사하더니, 준은 등을 휙 돌리고는 걸어가기 시작했다. 사이키델릭 계통의 티셔츠가 자동 유리문을 빠져나간 후, 우리 셋은 더이상 참지 못하고 구민회관의 로비를 쏜살같이 달려나갔다.

초여름 오후 네 시는 한낮이나 다름없었다. 태양은 언제까지고 하늘 한가운데에 떡하니 자리를 잡고 있었다. 준이 자전거 보관소에서 산악자전거에 올라탈 동안 우리 셋은 구민회관 입구의 자동문 사이에 끼어 있었다. 로비만큼 냉방이 되지 않는 유리 온실 같은 곳이다. 진작부터 땀을 흘리던 다이가 목에 두른 수건으로 이마를 문지르고 있다.

"멀지 않은 곳이면 좋겠는데. 이런 날 자전거를 타면 체중이 반으로 줄어버릴 거야."

나오토는 아직도 망설이고 있는 것 같았다.

"그렇지만 준은 집으로 간다고 하지 않았니."

나는 먼지가 뿌옇게 낀 유리문 너머로 자전거 자물쇠를 풀려고 몸을 구부린 준을 지켜보며 말했다.

"그건 거짓말이야. 세상의 어느 중학생이 한창 놀다가 집으로 돌아가면서 저런 기쁜 표정을 짓겠어. 지금 전화를 건 누군가를 만나러 가는 게 분명해. 절대로 틀림없어."

준은 빨간 자전거에 올라타고는 기요스미 로를 달렸다. 신호에 걸린 것을 확인한 다음, 우리는 제각기 자전거를 타고 그 뒤를 따랐다.

준은 교차로를 건너자 플라타너스 가로수 길을 따라 니시나카 로로 접어들었다. 몬자야키 가게들이 오픈 준비로 분주했다. 집으로 돌아가려면 파출소 골목길을 돌아야 하는데, 준의 자전거는 곧바로 쓰키시마 역으로 향하고 있었다. 다이가 제일 뒤에서 외쳤다.

"역시, 수상하다 했지."

나오토도 눈을 동그랗게 떴다. 나오토가 경차 정도의 가격인 수입 산악자전거 위에서 나를 돌아보며 말했다.

"누군가를 미행하는 게 이렇게 스릴 있을 줄은 몰랐어."

나는 고개를 끄덕이며, 페달을 밟는 다리에 더욱 힘을 넣었다. 준이 막 건넌 역전의 파란신호를 놓치지 않기 위해 우리는 재빨리 교차로로 나아갔다. 장마가 시작되기 직전이라, 교차로의 열풍은 건조하고 가벼웠다.

준은 누군가가 미행한다는 사실을 꿈에도 생각하지 못하는 것 같았다. 빨간 자전거는 쓰쿠다시마의 오래된 주택가를 지나고, 흙탕물처럼 뿌연 수로를 건너, 쓰쿠다 공원으로 들어섰다. 우리가 늘 만나는 장소다. 제방 위에서 스미다 강을 오가는 짐배와 소형 탱크선이 보였다. 나오토가 이상하다는 표정으로 말했다.

"준, 저 녀석 대체 어디 가는 거야?"

짙은 녹색 나뭇잎을 빼곡 매단 왕벚나무 위에는 리버시티 21의 고층 빌딩이 몇 동이나 솟아올라 있었다. 이렇게 가까운 위치에서 최상층을 보려면 고개가 아플 정도로 뒤로 젖혀야 한다. 50층이 넘는 건물은 이 시대 사람이 지은 것이 아니라, 역사가 시작되기 전부터 그곳에 서 있었던 듯한 분위기를 띤다. 여름 더위 따위는 나 몰라라 하고 유리와 알루미늄과 콘크리트 덩어리가 스미다 강과 하루미 운하를 둘로 가르며 솟구쳐 있다.

준은 스카이라이트타워 바로 앞에서 자전거를 세우고, 공원의 철제 손잡이에 체인을 걸었다. 이런 거리에서도 좋은 자전거는 자주 도둑을 맞는다. 우리는 관목 더미 뒤에 숨어서 준을 지켜보았다. 다이가 말했다.

"이곳은 나오토네 아파트가 있는 곳이잖아. 준 저놈, 이런

데 사는 부잣집 딸하고 사귀는 모양이야."

준은 억대가 넘는 초고층 아파트 빌딩으로 들어섰다. 우리는 이십 초 정도 뜸을 두고 그 뒤를 따랐다.

입구에는 녹색과 백색 대리석이 깔려 있었다. 도심지에 있는 도청 홀 같은 느낌이 들었다. 건물 중심에는 라이트 웰이라고 해서 빛이 비치고 바람이 통하는 구멍이 최상층까지 뻗어 있다. 유명한 교회 안으로 들어온 것 같았다. 빛은 수직으로 하늘에서 내려오고, 주위는 무서울 정도로 조용했다.

준은 엘리베이터 홀 앞의 벽에 주욱 박힌 화상 인터폰 앞에 서 있었다. 번개처럼 빠른 엄지손가락으로 네 자릿수 집 번호를 두드렸다. 인터폰 마이크에 입을 갖다댔다. 한마디 하자 자동 유리문이 스르르 열리더니, 엘리베이터 홀 안으로 빨려 들어갔다.

"아주 익숙한 것 같은데. 자, 서둘러!"

나는 그렇게 말하고 로비의 기둥 뒤에서 뛰어나왔다. 나오토는 키홀더에서 열쇠를 꺼내 인터폰 사이로 밀어 넣었다. 다이는 자동문 앞에서 발을 구르며 문이 열리기를 기다렸다. 우리는 엘리베이터 홀로 뛰어들었다. 이곳 엘리베이터는 네 대나 되고, 낮에는 늘 텅 비어 있다. 그 중 한 대가 무서운 속도로 초고층 아파트를 치고 올라갔다. 숫자는 39에서 멈추었다. 다이가 말했다.

"이리하여 준의 상대가 이 아파트 39층에 산다는 사실이 확인되었어."

나오토가 불안한 표정으로 말했다.

"어떡할까? 이 정도에서 그만두는 게 좋지 않을까."

나는 층수가 표시되는 디스플레이를 바라보며 말했다.

"그래. 이 정도에서 그만두자."

다이가 낙담한 표정을 지었다. 아무도 없는 엘리베이터 홀은 노래방처럼 소리가 울린다. 아주 고급스러운 음향. 나는 내 목소리가 메아리치는 것을 들으면서 말했다.

"미행은 그만두고 로비에서 준이 나오기를 기다리자. 어차피 저녁 전에는 돌아가야 할 테니까."

다이가 표정을 되찾았다.

"자식, 좋겠다."

나오토는 힘없이 고개를 끄덕였다. 나는 다시 한 번 힘주어 말했다.

"이렇게 숨어서 미행하는 짓보다는 준에게 직접 물어보는 게 어떨까. 준도 이해할 거야."

나오토도 힘찬 목소리로 말했다.

"맞아, 그렇게 해."

다이는 즐거운 표정으로 티셔츠 가슴 위를 탁 쳤다. 텔레비전에 나오는 B급 여배우의 거대한 유방 같은 가슴이 출렁거렸다.

"결정했어. 늘 준에게 당하기만 했는데, 이번에는 복수를 해줘야지. 금방 돌아오지 않을 테니까, 편의점에 가서 먹을 거라도 사오지 뭐. 목말라 죽겠어."

그래서 우리 셋은 리버시티에 있는 고급스러운 편의점에서 캔 주스와 만화잡지를 사서, 로비 구석에 자리를 잡았다. 너무 조용해서 떠들 마음도 나지 않았다. 나는 아무래도 초고층 고급 아파트보다는 내가 사는 보통 아파트가 더 편한 것 같다.

준이 자동문 건너편에서 나타난 것은 오후 여섯 시가 다 되어서였다. 우리를 발견하고는 당했다는 표정을 지었다. 안경을 쓴 작은 체구의 우리 반 최고 수재는 고개를 갸웃하면서 로비로 나섰다.

"어떻게 들켰지?"

다이가 어깨를 으쓱했다.

"맨날 그런 정지 화면만 늘 보여주는데 누군들 모르겠어. 그런데, 어떤 여자애? 미인이야? 가슴은 커? 부자야?"

이번에는 준이 어깨를 으쓱할 차례다.

"전부 아냐. 여기는 곤란해. 바깥으로 나가."

준은 걱정스러운 표정으로 주위를 둘러보았다. 특히 우리 등 뒤에 있는 아파트 입구 쪽에 신경을 쓰는 것 같았다. 내가 말했다.

"무슨 곤란한 일이라도 있어? 데이트는 벌써 끝났을 텐데."

준은 가운뎃손가락으로 검은 테 안경을 위로 올렸다.

"어린애는 몰라. 남편이 돌아올지도 모른단 말이야."

우리는 그 말에 어떤 반응도 보일 수 없었다. 전기가 끊긴 냉장고처럼 먹통이 되고 말았다. 너무 놀라면, 인간이란 아무것도 할 수 없는 모양이다. 한참 후에야 다이가 입을 열었다.

"유부녀라고, 우와, 정말 대단해! 나, 평생 준의 뒤를 따를래."

"자, 빨리 가자."

등을 동그랗게 만 준을 선두로 하여, 우리는 높이 120미터의 빌딩을 떠났다.

쓰쿠다 공원은 제방 위와 수면 가까운 아래쪽으로 나누어져 있다. 어른들의 눈에 띄기 싫을 때는 사람들이 거의 없는 쪽을 택한다. 그날도 구르듯이 계단을 내려갔다. 파도 소리가 들리는 벤치 한가운데에 준이 자리를 잡았다. 그 곁에 나오토가 앉고, 아래쪽 바닥에는 나와 다이가 앉았다. 다이는 다급하게 말했다.

"어떻게 유부녀하고 사귈 생각을 했어?"

준은 겸연쩍게 웃으며 말했다.

"최근에 유행하는 비디오에도 유부녀 시리즈가 많잖아. 왠지 굉장히 스릴도 있고, 또 여러 가지로 배울 것도 많을 것 같아서……."

준은 말을 하면서 청바지 뒷주머니에서 핸드폰을 꺼내들었다. 폴더를 열더니 어딘가로 전화를 걸었다. 컬러 액정화면을 우리 쪽으로 돌렸다. 작은 화면에 자주색 문자가 점멸하고 있었다.

'불륜은 모든 인간의 즐거움! 린린클럽'

준은 i모드 접속을 끊고서 한숨을 내쉬었다.

"내가 발견한 불륜 전문 사이트야. 석 달치 회비를 선불로 내면, 한 달에 천오백 엔으로 얼마든지 새로운 상대에게 메시지를 보낼 수 있어."

나오토는 정말로 놀란 얼굴이었다. 뭐라 말하기 힘들다는 표정이었다.

"그럼, 상대가 모두 유부녀야?"

준은 시원시원하게 말했다.

"반 정도는 별것도 아닌 바람잡이였지만, 나머지 반은 거의 유부녀였어. 레이미 씨는 집주소가 근처라서 일단 메시지를 보내봤지. 처음에는 니시나카 로의 몬자야키집이 맛있다는 그런 이야기부터 시작했어."

다이는 달아오른 바닥이 뜨거운지 몸을 비틀었다. 가만히 있을 수 없었을 것이다. 스미다 강 하구 가까운 넓은 수면을 건너온 저녁나절의 바람은 너무 시원했다.

"좋겠다. 그래서 지금 유부녀하고 마음껏 한다는 거야?"

준은 먼 눈으로 건너편 쓰키지와 신도미초의 스카이라인을 바라보았다.

"그렇지 않아. 아직 손도 잡아보지 못했어."

"상대는 욕구불만에 빠진 유부녀잖아."

준은 흘끗 다이를 본 다음, 내 쪽으로 시선을 돌렸다. 제발 좀 알아달라는 듯한 눈길이었다. 준은 말했다.

"다이는 유부녀 포르노 비디오를 너무 봤어. 욕구불만으로 아무하고나 자는 유부녀는 이 세상에 없다고 보면 돼. 정말 그렇다면 얼마나 좋을까만, 실제로는 그렇지 않아. 손가락이 아플 정도로 메시지를 보내봐서 잘 알아. 다 똑같더라."

내가 말했다.

"무슨 뜻인데?"

"다들 아픔을 가지고 있더란 거야. 지금 이대로 살아도 되느냐는 불안 같은 게 있어. 불확실한 내일에 대한 고뇌 말이야. 즐거운 불륜 클럽에는 그런 여자들이 너무 많았어. 중학생하고 별다를 바 없더라구. 물론 제각기 문제는 다르지만서도."

준은 어딘지 모르게 화가 난 사람 같았다. 똑딱선의 엔진이 숨찬 소리를 내면서 스미다 강을 천천히 오르고 있다. 나오토가 머뭇거리며 물었다.

"그…… 레이미 씨, 그 사람 문제는 뭐였어?"

준의 목소리는 알아듣기 힘들 정도로 작았다.

"평소 때는 상냥하고 좋은 남편이래. 그런데, 때리나 봐. 일주일에 두 번 정도. 요즘에는 자신의 손으로 직접 때리는 게 아니라 옷걸이나 텔레비전 리모컨을 사용한대. 올해 들어 벌써 리모컨을 세 개나 갈았다는걸."

유부녀 전문 불륜 사이트의 가슴 두근거리는 이야기를 기대했던 우리들의 열기에 얼음 소낙비가 내렸다. 준은 다시 크게 한숨을 내쉬었다.

"그렇지만 난 아직 중학생이라 레이미 씨를 어떻게 해줄 수 없어. 중학교 졸업하고 취직해서 그녀와 함께 지내는 공상을 해보기도 하지만, 실제로 그럴 수는 없는 노릇이고, 내가 할 수 있는 일은 아무것도 없어. 메일로 격려하거나, 때로 오늘처럼 함께 차를 마시는 정도뿐이야. 그러면서 슬픈 이야기를 많이 들어. 레이미 씨는 친한 사람들에게 절대로 남편의 폭력에 대해 말할 수 없다고 해."

다이가 나지막이 말했다.

"우리 대장하고 똑같군. 바깥에선 얌전한 주제에, 집에 들어왔다 하면 맛이 가버려. 준, 그 부인하고 앞으로도 사귈 거야?"

힘없는 눈길로 우리를 둘러보고 준은 말했다.

"좋은 일이라도 있었으면 앞으로도 그런 기대를 품고 다른 사람에게 메일을 보내겠지만, 갑자기 가장 약한 면을 봐버렸으니 냉정하게 내팽개치기가 더 힘들어. 다이도 그런 심정 알 거야."

다이는 공원의 바닥에 벌렁 드러눕더니 저물어가는 하늘을 향해 말했다.

"응, 알아. 시발, 알고말고."

나도 다이 곁에 누웠다. 준의 얼굴을 보지 않으니까 하기 힘든 말도 자연스럽게 나왔다.

"준은 그 사람을 정말 좋아하니?"

준의 목소리가 떨렸다. 얼굴을 보지 않았으니 알 수 없지만, 울고 있었는지도 모른다.

"나도 잘 모르겠어. 그렇지만 다른 생각은 떠오르지 않아."

우리는 모두 침묵을 지켰다. 고작 50센티미터 아래의 강변에서 물이 찰랑이는 소리가 들려왔다. 불을 켜기 시작한 탑이 하늘의 반을 차지하고 있었다. 여섯 시가 되어 우리는 누가 먼저랄 것도 없이 자리에서 일어나 천천히 자전거 보관소로 향했다. 각기 다른 우리의 집에 각기 다른 저녁밥이 우리를 기다리고 있다.

다음 날, 아무도 준의 플라토닉 러브에 대해 말하지 않았다. 변함없이 메시지를 보기도 하고 보내기도 하는 준에게 아무도 농담을 걸지 않았다. 우리도 농담으로 삼아도 될 일과 삼아서는 안 될 일 정도는 구분할 수 있다.

그렇게 일주일 정도 지나자, 도쿄의 하늘에서 열기가 사라지고 장마가 시작되었다. 흐린 하늘에서 질금질금 비가 내리는 그런 나날들이었다. 눈 깜짝할 사이에 기말시험이 끝나고 (준은 제정신이 아니라고 하면서도 평소의 성적을 유지했다), 여름방학이 오기만을 기다리는 시기가 되었다.

맥없이 학교에서 돌아오는 길에, 니시나카 로의 아케이드 아래서 준이 말했다.

"너희들 이야기를 했더니 레이미 씨가 맛있는 거 사주고 싶대. 오늘인데, 같이 안 갈래?"

우리는 서로의 얼굴을 바라보았다. 비도 내리고, 딱히 할 일도 없다. 다이가 말했다.

"난 좋아. 데쓰로는?"

나는 회색 하늘을 올려다보았다.

"좋아. 나도 갈게. 어차피 가는데 모두 같이 가는 게 어떨까? 나오토도 갈 수 있지?"

나오토도 고개를 끄덕였다. 준은 바로 메시지를 보냈다. 나는 저편에 서 있는 고층 빌딩을 멍하니 올려다보았다. 최상층은 낮은 구름 속에 가려져 있었다. 저 탑 속에는 어떤 생활이 있는 걸까. 청국장이나 찬 두부나 닭튀김을 먹는 광경을 상상하기는 힘들었다. 준이 밝은 목소리로 말했다.

"그럼, 일단 집에 돌아갔다가 네 시에 로비에서 만나자."

사복으로 갈아입은 우리 넷은 39층에서 엘리베이터를 내렸다. 정면은 건물 중앙을 꿰뚫는 구멍이다. 다이는 손잡이 쪽으로 달려가 아래를 내려다보았다.

"와, 정말 높다."

나도 안쪽 복도를 걸어가면서 아래를 보았다. 아래쪽에서 입구의 바닥에 그려진 문양이 뿌옇게 보였다.

"이쪽이야."

준이 앞서 걸어갔다. 질서정연하게 창과 문이 이어지는 기다란 복도를 걸어 앞으로 나아갔다. 사람이 살지 않는 듯한 고요였다. 간수가 없는 하이테크 감옥이란 이런 모습일 것이다.

"여기야."

준이 멈춰 섰다. 3908호의 문패에는 사와이澤井라는 금색 글씨가 새겨져 있었다. 준이 인터폰을 누르자 금방 철문이 열렸다.

"실례합니다."

우리는 그렇게 외치면서 현관으로 들어섰다. 현관문 앞에 자그만 여자가 서 있었다. 여윈 편이지만 스타일은 괜찮아 보였다. 준이 말한 서른네 살로는 보이지 않았다. 이십 년 정도는 젊어 보였다. 부츠컷 청바지에 하얀 탱크톱, 그 위에 투명한 소재로 만든 셔츠블라우스를 걸치고 있었다. 붉은색이 감도는 갈색 머리칼은 끝이 마구 휘날리는 듯한 퍼머였다. 실내인데도 검은 테에 짙은 색 선글라스를 끼고 있었다. 마지막으로 현관에 들어선 준은 그 모습을 보는 순간 안색이 새파랗게 변했다.

"괜찮으세요? 레이미 씨."

그녀는 얼굴을 돌리면서 말했다.

"응, 괜찮아. 어서 들어와, 어서, 들어와."

우리는 안쪽으로 향했다. 다이닝룸 안으로 들어서니 정면에 희뿌연 회색 창이 펼쳐졌다. 열 평 정도 될까. 침대 대신 사용할 수 있을 듯한 하얀 목재 테이블과 소파 세트가 놓여 있었지만, 그래도 공간에 여유가 많았다. 우리 넷은 테이블에 둘러앉았다.

레이미 씨는 방금 짰다고 하면서 오렌지 주스와 빅 초콜릿과 오렌지 롤케이크를 내놓았다. 케이크는 너무 달지도 않고 정말 맛이 좋았다. 우리가 별것도 아닌 학교 이야기를 나누는 동안, 다이는 벌써 빈 접시를 내밀었다.

준만 안절부절못하고 있었다. 레이미 씨가 나오토에게 말했다.

"저, 나오토는 이 아파트에 살지 않니?"

나오토는 얼굴을 붉혔다.

"다섯 층 아래 남서쪽 모서리에 있는 아파트입니다."

"그럼, 여기와는 정반대 바다 쪽이네. 그럼……."

거기서 준이 갑자기 끼어들었다.

"레이미 씨, 어젯밤에 무슨 일 있었죠?"

대화는 끊어졌다. 그녀는 크게 한숨을 내쉬더니 선글라스를 벗어 테이블 위에 올려놓았다.

"다들 알고 있을 테니까, 말해도 되겠지."

그렇게 말하고 레이미 씨는 앞을 바라보았다. 레이미 씨의 왼쪽 눈이 새빨갛게 충혈되어 있었다. 흰자위가 충혈되어 눈동자가 마치 피의 바다에 떠 있는 섬 같아 보였다. 눈자위에는 검붉은 멍이 들어 있었다.

"어젯밤, 남편에게 당했어. 이유 따위는 기억도 나지 않을 만큼 사소한 것이지만. 여러분들이 오는 날인데, 이런 꼴을 보여 정말 미안해."

우리는 눈길을 아래로 떨어뜨리지 않을 수 없었다. 레이미 씨의 얼굴을 똑바로 바라볼 수 없었다. 그런 눈치를 챈 것일까. 그녀는 선글라스를 집어 다시 썼다.

"자, 그런 일은 잊어버리고 즐겁게 이야기나 해. 여러분 반에 예쁜 애는 없어? 준은 하나도 없다고 하던데."

다이와 나오토와 나는 필사적으로 즐거운 이야기를 짜냈다. 무슨 말을 했는지 아무 생각이 안 날 만큼 필사적으로 즐거운 그런 이야기였다. 잠시라도 틈을 두지 않기 위해 억지로 이야기를 만들기도 하고 기억을 더듬어 이야깃거리를 찾아내기도 했다. 그러는 동안 준은 표정 하나 바꾸지 않고 허공의 한 점을 응시하고 있었다.

레이미 씨네 집에 머문 것은 한 시간 정도였을 것이다. 그렇게 긴 한 시간은 치과 진료실에서도 겪어보지 못했다. 아직 할 이야기가 있다는 준을 남겨두고, 우리는 거의 녹초가 되어 스카이라이트타워를 떠났다. 밖은 내리는 비 때문에 습도 백 퍼센트였지만, 우산 속의 공기마저도 그 아파트보다는 상쾌했다.

잠깐 할 이야기가 있다고 준이 우리를 부른 것은 그 주 토요일이었다. 우리 넷은 구민회관 1층 로비에 모였다. 모두 모이자 준이 낮은 목소리로 말했다.

"레이미 씨 남편에게 들키고 말았어."

나는 그만 비명을 지르고 말았다.

"뭐라고!"

몇몇 노인이 우리를 향해 비난 섞인 시선을 던졌지만, 나는 개의치 않았다. 준은 냉정했다. 천천히 시간을 들여 손가락으로 안경의 위치를 고쳤다.

"조용히 해줘. 그러나 반쯤은 나 스스로 밝힌 것이나 다름없어."

다이는 눈을 동그랗게 떴다. 그리고 착 가라앉은 목소리로 말했다.

"왜? 그냥 그대로 레이미 씨를 만날 생각 아니었어?"

"그렇긴 하지만 참을 수 없었어. 그래서 일부러 남편이 있을 만한 시간에 전화를 걸기도 하고, 메시지를 보내기도 했어."

나오토가 걱정스러운 표정으로 말했다.

"그랬더니, 그 남편 반응은?"

준은 강인한 성인 남자의 표정으로 샐쭉 웃었다.

"내일, 집으로 오라고 했어. 그래서 너희에게 부탁이 있어."

어쩐지 불길한 예감이 들었지만, 나도 모르게 이렇게 말하고 말았다.

"좋아. 뭐든 할게."

준은 우리 셋의 얼굴을 차례차례 응시했다.

"다이와 데쓰로, 나와 같이 가주지 않을래? 나는 정식으로 이야기를 할 거야. 나오토는 같은 아파트에 살고 있으니까, 무슨 일이라도 생기면 곤란해질 수도 있어. 그러니까 로비에서 기다려줘. 무슨 일이 있으면 금방 전화를 하는 거야. 연락책이지. 알았지?"

나오토는 불만스러운 표정으로 말없이 고개만 끄덕였다. 다이가 가슴을 탁 쳤다.

"내게 맡겨. 어떤 놈인지 모르겠지만, 절대로 준에게 손을 못 대게 할게."

준은 고개를 가로저었다.

"그런 의미로 같이 가자는 게 아냐. 그 자리의 증인이 되어 달라는 거지. 나와 레이미 씨와 그 남편은 모두 당사자잖아. 누군가 제삼자가 있는 것이 이야기를 명확히 하는 데 좋을 것 같아서 그래."

다음 날을 위한 간단한 이야기를 좀더 나눈 다음, 우리는 구민회관을 나왔다. 비는 그칠 줄 모르고 내리고, 내 기분은 바닥으로 가라앉았다. 고작 열네 살에 친구의 불륜(?)에 중재를 서다니. 게다가 상대는 어느 일류 대기업에 다니는 폭력남편. NHK의 〈중학생 일기〉처럼 상쾌하고 기분 좋은 결과가 나올 리 없는 것이다.

다음 날, 하늘은 흐렸지만 비는 내리지 않았다. 준과 다이와 나는 정확히 오후 두 시에 3908호 인터폰을 눌렀다. 남자가 문을 열어주었다. 하얀 폴로셔츠를 입은 자그만 남자로, 어디를 보나 폭력을 휘두를 것 같지 않았다. 똘망똘망한 큰 눈에, 하관이 쭉 빠져서 반인반어半人半魚 같은 이미지를 풍겼다.

레이미 씨의 남편은 다이를 보자 표정이 험악해졌다. 다이는 키 180센티미터, 몸무게 100킬로그램이 넘는다. 인사도 하지 않고 말했다.

"대결이라면 일대일이면 돼. 그쪽, 덩치는 바깥에 나가 있어."

의외로 톤이 높은 금속성 목소리였다. 다이가 뭐라고 대답을 하려는데, 준이 먼저 입을 열었다.

"알았어. 다이, 미안하지만 밖에서 좀 기다려줄래."

준의 조용하고 엄한 눈길을 대하면 다이는 절대로 거역하지 못한다.

"무슨 일이 있으면 바로 전화해."

다이는 그렇게 말하고 현관 밖으로 나갔다.

"올라와."

남자는 우리를 돌아보지도 않고 안쪽으로 사라졌다. 우리는 운동화를 벗고, 다이닝룸으로 향했다. 테이블에는 레이미 씨가 몸을 동그랗게 말고 앉아 있었다. 남자는 창가에 서서 등을 돌린 채 말했다.

"쓰키시마 중학교 학생이라더군. 요즘 학교에서 대체 뭘 가르치는지, 중학교 이 학년이 불륜 사이트에 빠지다니 기가 찰 노릇이군. 둘 다 거기 앉아."

준과 나는 방 한가운데 서 있었다. 준이 비로소 입을 열었다.

"싫습니다. 여기 서 있겠습니다. 그 불륜 사이트에 당신의 부인도 빠져들었다는 것을 아셔야죠. 그리고 그렇게 만든 건 당신이잖아요."

에어컨 소리가 조용히 들려오는 방 안에 준의 목소리가 맑게 울려 퍼졌다. 남자는 그 자리에서 고개만 돌린 채 말했다.

"무슨 말이야! 나는 이 여자의 남편이고, 넌 남의 소유물에 손을 댔어. 난 너의 부모에게 위자료를 청구할 수도 있어."

준은 조금도 겁먹지 않는 것 같았다. 가슴을 펴고, 배 앞으로 두 손을 꼭 맞잡은 채 서 있었다. 아무리 대기업의 사원이라 해도 준과 논리적으로 싸우기는 그리 만만치 않을 것이다. 오늘, 준은 각오를 하고 온 것이다.

"그렇게 하고 싶으면 하세요. 그렇게 되면 당신이 레이미 씨에게 폭력을 휘둘렀다는 사실을 법정에서 상세히 증언하지요. 나는 레이미 씨를 좋아하지만, 레이미 씨는 너무 무서워서 자신의 처지를 의논할 다른 사람이 필요했을 뿐입니다. 그 누구도 중학생이 불륜 관계를 가질 거란 생각은 안 할걸요. 난 손 한 번 안 잡았어요. 창피를 당하는 건 당신일 거예요."

"뭐라고!"

남자는 외쳤다. 그런 다음에는 캇, 쉬엣, 하는 아무 의미도 없는, 주전자에서 물 끓는 듯한 소리가 입에서 새어 나왔다. 입가에 허연 거품이 물려 있었다. 창가를 벗어나 곧장 준에게 다가왔다. 그러고는 준의 멱살을 잡고 앞뒤로 마구 흔들었다. 준은 몸을 내맡긴 채 앞만 똑바로 보고 있었다.

"나는 당신을 인정할 수 없어."

"이 자식이!"

남자는 치켜든 오른손 주먹으로 준의 광대뼈 주위를 내려쳤다. 딱딱한 물체가 부딪치는 소리가 들려왔다. 준은 주먹을 막을 생각도 하지 않고 가슴을 떡 펴고 서 있었다. 그러면서 내게 눈짓을 했다. 들어오기 전에 무슨 일이 있어도 손을 대지 않는다, 말리지 않는다, 라고 굳게 준에게 약속했다.

그러나 내 속에서는 공포와 분노가 반반씩 섞여 미친 듯이 꿈틀대고 있었다. 뜨거운 소용돌이가 출구를 찾아 몸 안을 마구 헤집고 내달렸다.

"누군가를 때릴 때마다 당신은 소중한 인간을 잃고 있어. 난 당신을 인정할 수 없어."

준은 가슴을 펴고 그렇게 말했다. 왼쪽 뺨이 빨갛게 부어올랐다.

"개새끼!"

남자는 거친 숨을 몰아쉬더니, 있는 힘을 다해 준의 가슴을 내리쳤다. 준은 두세 걸음 비틀거리며 뒤로 물러났다가 다시 제자리로 돌아와 당당히 가슴을 폈다.

"건방진 새끼……."

남자는 준의 위장 부근을 노리고 다시 오른손 주먹을 찔렀다. 준은 배를 끌어안고 몸을 ㄱ자로 굽혔다가, 금세 원래의 자세로 돌아왔다.

"아무리 주먹질을 한다 해도 사람 마음까지 꺾을 수는 없어."

세 번째는 가만있지 않겠다고 나는 마음속으로 다짐하고 있었다. 만일 한 번만 더 이 남자가 준에게 손을 대면, 약속을 깨고서라도 준을 지킬 것이다. 허리를 약간 숙이고 달려들 준비를 했다. 남자의 목소리는 흥분으로 갈라져 터져 나왔다.

"꺾이는지 안 꺾이는지 어디 한번 해볼까."

남자는 준의 오른팔을 비틀려고 손을 내밀었다. 내가 몸을 던져 남자를 밀치려 하는 그 순간, 레이미 씨가 테이블에서 벌떡 일어서서 거실 벽에 달라붙었다.

"그만둬! 더이상 손대지 마."

레이미 씨는 바르르 떨리는 손으로 벽에 걸린 인터폰을 잡고 있었다. 남자는 차가운 어조로 말했다.

"무슨 짓이야, 레이미!"

"그만해요. 나도 당신을 인정하지 못해요."

"웃기고 있군. 이런 꼬맹이 흉내를 내는 거야."

남자는 준의 팔을 더 비틀었다. 준은 입술을 깨물고 비명을 지르지 않으려고 애썼다. 레이미 씨는 인터폰 곁에 있는 빨간 버튼을 눌렀다. 경보음이 울렸다. 바깥 복도에서 그 소리가 울려 퍼졌다. 고층 빌딩 전체가 경보음으로 흔들리는 것 같았다. 인터폰에서 다급한 목소리가 흘러나왔다.

"관리 사무실입니다. 무슨 일 있습니까? 괜찮습니까?"

레이미는 인터폰에 대고 외쳤다.

"버튼을 잘못 누르고 말았네요. 경보를 멈춰주세요."

몇 초 후, 뇌 속까지 뒤흔들던 경보음이 사라졌다. 갑작스러운 고요에 귀가 이상해질 것 같았다. 그러나 레이미 씨의 손가락은 빨간 버튼 위에 그대로 있었다.

"당신이 다시 한 번 준에게 폭력을 휘두르면, 난 다시 이 버튼을 누를 거예요. 이번에는 정말 경비원을 부르겠어요. 이제 그만둬요."

남자는 준의 팔을 놓더니, 갑자기 울먹이는 목소리로 말했다.

"잠깐만, 이제는 절대로 주먹질하지 않을게. 당신을 너무 사랑하기 때문에 이 애에게 손을 대고 말았어. 미안해, 이제 절대로 주먹을 휘두르지 않을게."

레이미 씨의 목소리는 그와는 정반대로 맑게 울려 나왔다.

"안 돼. 이제야 알았어. 난 당신을 사랑해서 같이 산 게 아니란 걸 이제는 알았어. 무서워서 떠나지 못한 거야. 그리고, 이제 난 당신을 인정할 수 없어. 데쓰로, 이 버튼을 좀 잡고 있어줄래. 십오 분만. 짐을 꾸려야 하니까."

나는 레이미 씨를 대신하여 보초를 섰다. 남자는 최초의 오 분간, 레이미 씨의 뒤를 따라 빙글빙글 돌면서 눈물을 흘리며 말리려 했다. 다음 오 분간은 불끈 쥔 주먹으로 자신의 가슴과 머리를 마구 때렸다. 이놈이 나빠, 이놈이 나빠, 그 말을 반복했다. 자신의 손으로 자신의 뼈를 때리는 소리를, 나는 결코 잊지 못할 것이다. 그리고 마지막 오 분간은 얼이 빠진 사람처럼 회색 창가에 주저앉아 있었다.

가방 두 개에 화장품과 옷가지를 챙긴 레이미 씨는 남자의 등을 향해 안녕, 이라고 말했다.

준과 나는 그 방을 빠져나왔다. 지상으로 내려오는 엘리베이터 속에서 레이미 씨는 상기된 표정으로 말했다.

"칠 년 동안이나 하지 못했던 일을 오늘 고작 삼 분 만에 해치웠어. 하면 되는 걸 가지고."

준은 갈라지고 터진 입술을 혀로 핥으며 나를 향해 웃어 보였다.

"정말 그래요. 난 태어나서 누구에게 맞아보기는 오늘이 처음이었어요. 처음에는 무섭기도 했지만, 하나도 아프지 않았어요."

레이미 씨는 준을 꼭 끌어안았다. 준은 그리 기분 나쁘지 않은 듯한 표정으로 가만히 안겨 있었지만, 자신의 손으로 레이미 씨를 끌어안지는 않았다.

다이와 나오토는 로비에서 기다리고 있었다. 나오토는 준의 얼굴에 난 상처를 보고 걱정스럽게 물었다.

"괜찮니, 심하게 맞은 것 같은데?"

다이가 말했다.

"준이 저 정도니, 그 남편이란 사람은 얼마나 당했겠어."

준은 입술이 꽤 아플 텐데도, 입을 벌리고 웃는 것으로 대답을 대신했다.

"몸은 괜찮지만, 여기는 나보다 놈이 더 심하게 당했을 거야."

준은 가느다란 손가락 끝으로 자기 가슴을 가리켰다. 그후, 우리는 레이미 씨를 유라쿠초 선의 쓰키시마 역까지 바래다주었다. 친정이 있는 히가와다이로 돌아가 앞으로의 일을 천천히 생각해보겠다고 했다. 역 앞 편의점에서 산 캔 커피로 우리는 축배를 들었다. 나오토는 몇 번이고 계속해서 준과 그 남편의 대결 장면에 대해 이야기해달라고 졸라댔다. 저녁나절의 구름이 갈라지면서 찬란한 햇살이 커튼처럼 매립지 위로 펼쳐졌다.

우리는 월요일에 학교에서 다시 만날 약속을 하고 헤어졌다. 다음 날 반드시 만날 친구와 작별 인사를 나누는 것은 약간 감상적이긴 하지만 기분 좋은 일이기도 했다.

그 다음 이야기는 여름방학에 들어간 후에 들었다. 수영장에서 돌아오는 길에, 구민회관 1층에서 빈둥거리며 우리는 준의 이야기를 들었다.

"레이미 씨는 남편과 이혼할 거래. 이혼 절차는 모두 변호사에게 맡기고 절대로 만나지 않는다고 했어. 그날, 그냥 맞기만 하는 나를 보고 자신이 그 사람에게 어떤 취급을 받아왔는지를 알게 되었다고 메일에 썼더라. 두려워하지 않고 맞서면 그런 남자 따위는 아무것도 아니라고 말이야."

소파에서 몸을 일으키며 다이가 말했다.

"장애물이 없어졌으니 두 사람 잘되고 있겠지."

준은 애석하다는 표정으로 고개를 저었다.

"역시 이십 년이란 나이 차이가 문제는 문제인 모양이야. 귀여운 보이프렌드로 보이기는 하는데, 도무지 남자라는 느낌이 안 든대."

그러나 그 목소리에는 어딘지 모르게 만족감이 가득 배어 있었다. 나오토도 그런 느낌을 받은 것 같았다. 나오토가 준의 어깨를 매만지며 물었다.

"그건 그렇고, 어디까지 갔넌 거야?"

준은 상처가 깨끗하게 나은 입을 활짝 열었다.

"딥 A까지. 너희들 아니? 유부녀의 입술이 얼마나 부드러운지. 혀는 또 얼마나 매끄럽게 잘 움직이는지."

다이는 시발, 하면서 자신의 가슴을 마구 긁어댔고, 나오토는 얼굴을 붉혔다. 나의 반응은 굳이 분류하자면 다이 쪽에 가까웠다. 그래서 그날 돌아오는 길에 준이 편의점에서 주스를 샀다. 당연하다.

불꽃놀이의 밤

수영장에서 금방 올라오면 피부의 센서가 작동하지 않는 모양이다. 35도의 열기도 어느 북국의 여름 날씨에 지나지 않는다. 우리는 무표백 스웨터를 맨살에 걸치고, 하얀 셔츠를 살갗으로 느끼면서 쓰키시마 중학교를 나섰다. 아직 정오 전이지만, 태양은 하늘 한가운데 떠 있다. 아스팔트길에는 작지만 딱딱하고 짙은 그림자가 떨어져 있다. 준과 다이와 나오토와 나, 사인분의 그림자. 그 그림자가 도로 위에 눌어붙는 소리가 들리는 것 같다. 가장 큰 그림자가 수건으로 땀을 닦으며 말했다.

"빨리 편의점으로 가자. 나, 녹아버릴 것 같아."

"다이는 눈사람. 반나절만 햇볕을 쬐면 체중이 반으로 줄어든대요."

준이 놀려댄다. 늘 써먹는 말장난 소재다. 아무도 다이의 제

안에 반대하지 않았다. 몸은 차갑게 식어서 아직 목이 마르지 않지만, 수영장에서 올라온 후에 마시는 청량음료의 달콤함은 잇몸까지 파고들어 기분이 너무 좋다.

우리는 아사시오 운하를 건너 기요스미 로로 향했다. 에스컬레이터가 있는 쪽의 쓰키시마 역 출구에도 편의점이 있다. 소프트 아이스크림과 빙수가 맛있는 데다 큰길가에 접하여 폭이 넓은 보도가 있고, 나무 그늘이 가게 앞까지 늘어져 우리에게는 더없이 좋은 장소다. 비쩍 마른 느티나무 아래 보도에 앉아, 차가운 음료를 마시면서 도심지 쪽에서 스미다 강 쪽으로 부는 뜨거운 바람을 맞는다. 그 다음에는 어느 사립중학교 교복을 입은 미소녀가 지나가든지, 준의 재치 있는 농담만 있으면 여름방학의 오후는 완벽하다.

사람들이 붐비는 가게 안에서 마음에 드는 것을 골라 느티나무를 둘러싸듯 자리를 잡는다. 나는 나오토의 손에 시선을 고정시키고 있었다.

"괜찮니? 그런 걸 마셔도."

나오토는 다이어트 콜라 대신에 마셔서는 안 되는 일반 코카콜라를 들고 있었다. 그것도 500밀리리터짜리 페트병이다. 당뇨병에 걸린 나오토에게는 절대 금지된 음료수다. 나오토는 길가 쪽으로 얼굴을 돌린 채 말했다.

"괜찮아. 수영을 한 후에는 절대로 포기할 수 없어. 오후에 홍차하고 케이크를 안 먹으면 돼."

나오토네는 부자다. 사는 집도 쓰쿠다시마 상공 약 100미터의 초고층 아파트다. 우리가 오후에 놀러가면 예쁜 어머니가 밀크티를 타준다. 다이가 말했다.

"그게 뭔데? 우리집은 오후 세 시의 간식이라고 해봐야 쌀과자뿐이야."

"설탕 안 든 거. 그거 정말 맛있잖아. 쩍 갈라진 끝 부분에 간장이 살짝 묻어서 말이야. 어차피 다이는 영국식 오후의 티타임과는 관계없으니까."

준이 햇빛에 부신 안경 속의 눈을 가늘게 뜨면서 말했다. 하기야 눈이 부시지 않을 때도 준의 눈은 늘 그렇다. 다이는 준을 무시하고, 1리터 병을 수직으로 세워 기린 레몬주스를 들이부었다. 하수 파이프를 청소하는 듯한 자세다. 나오토가 말했다.

"내 몸에 대해서는 그만두고, 모레 이야기나 하자."

입가를 닦으며 다이가 고개를 끄덕였다.

"일 년은 정말 빨라. 벌써 불꽃놀이 축제가 다가왔어. 작년에 중학생이 되었는데 벌써 이 년이 지나버렸네."

준과 나는 얼굴을 마주 보았다. 8월 둘째 주 토요일은 바로 옆에 있는 하루미 부두에서 도쿄 만 불꽃축제가 있다. 여름방학 전반의 클라이맥스인 셈인데, 도쿄에 사는 인구의 절반쯤이 모이는 불꽃놀이다. 레인보 브리지를 배경으로 팔십 분 동안 쉴 새 없이 허공에 불꽃 쇼가 펼쳐진다.

"작년에 거기 특등석 말이야, 아직 사용할 수 있을까. 최근에 누가 가보지 않았어?"

준이 둘러보았지만 대답이 없었다. 다이가 말했다.

"오늘 저녁에 좀 시원해지면 가보자. 데쓰로와 준은 괜찮을 테고, 나오토, 넌 어때?"

쉽게 피로해지는 나오토를 걱정하는 말이다. 나오토가 말했다.

"그렇다면 오늘은 일찍 낮잠을 자두지 뭐. 전화해줘. 신호만 한 번 보내면 돼. 아래로 내려갈게."

"좋았어!"

다이는 방송국 캠페인에서나 사용하는 듯한 포즈를 흉내내며 외쳤다. 시간은 슬슬 열두 시로 접어든다. 집으로 가면 각자의 점심이 준비되어 있을 것이다. 여기 있는 네 명이 절대로 똑같은 음식을 먹지 않는다는 생각을 하니 참 이상한 느낌이 들었다. 전국의 중학생은 모두 다른 점심을 먹을 것이다. 수천만에 달하는 천문학적인 숫자의 점심식사.

우리는 일어서서 교복 바지의 엉덩이를 털었다. 페트병 전용 쓰레기통에 병을 버리고, 교차로를 향해 느릿느릿 걸었다.

"저게 뭐지?"

나는 교차로 모퉁이에 있는 전봇대를 가리켰다. 콘크리트 전봇대에는 볼록오목한 스테인리스가 감겨 있고, 흙먼지가 잔뜩 낀 그 위에 하얀 종이가 붙어 있었다. 바짝 말라서 오른쪽

아래 끝이 벗겨진 채 바람에 말려 올라가 있었다. 준과 나는 전봇대의 포스터 앞으로 다가갔다. A4 사이즈의 복사지에는 다음과 같은 내용이 적혀 있었다.

사람을 찾습니다

아카사카 가즈마(62세)

- 키 170센티미터 정도, 몸무게 52킬로그램
- 실종 당시의 복장: 줄무늬 파자마에 흰 목욕 가운, 샌들 착용.
- 어제 쓰키지 국립암센터 앞에서 택시를 타고 쓰키시마 역 부근에서 내린 것으로 확인되었습니다. 병세가 심각해 며칠 안에 치료받지 않으면 위험한 상황에 처할 수도 있습니다. 목격하신 분은 아래 전화번호로 연락해주시기 바랍니다. 24시간 대기하고 있습니다.

그 밑에 핸드폰 번호 두 개가 굵은 매직으로 적혀 있었다. 전단지 밑에는 침대에서 상반신을 일으키고 있는 남자의 사진이 있었다. 병실에서 찍은 사진을 컬러프린트로 복사한 것 같았다. 조잡한 만화처럼 새하얀 빛과 새카만 그림자밖에 없는 사진이었다. 창을 배경으로 한 얼굴 윤곽은 너무 흐려서 거의 알아볼 수 없었다. 병아리 털 같은 짧은 머리카락이 벗어진 머리를 후광처럼 뿌옇게 감싸고 있었다. 준이 말했다.

"아, 어리석은 사람. 지금쯤 장난전화로 불통 상태일 거야."

심각한 표정으로 포스터를 응시하던 나오토가 뒤를 돌아보며 강한 어조로 말했다.

"나는 병원에 대해 너희들보다는 잘 알고 있어. 병원에는 도망치거나 자살하는 환자가 많아. 이 사람 기분도 알 것 같아. 병원의 콘크리트 상자 속에서 벗어나 자기 마음에 드는 곳에 가서 모든 것을 끝내버리고 싶었을 거야."

도망친 환자가 벌써 죽었을 거라는 확신에 찬 말투였다. 잠시 공기가 너무 무거워진 것 같았다. 다이가 껌을 씹으면서 말했다.

"그건 그래. 여름이니까, 역시 아웃도어가 기분이 좋아."

준이 덤덤하게 말했다.

"불꽃놀이 축제도 시작될 거고. 확 피었다가 싹 꺼져버리는 거지 뭐."

누군가가 너무 심각해지면, 이런 식으로 '심각하면 재미없다'는 의식이 작동하여 농담으로 공기의 무게를 줄여서 균형을 잡아준다. 깊은 우울이라는 바다에 빠져드는 나오토를 향해, 농담으로 포장된 구명보트를 던진 셈이다.

우리는 파란신호를 바라보며 터벅터벅 기요스미 로를 건너, 어깨 높이까지 손을 들고 말없이 헤어졌다. 손을 높이 들어 인사를 하기에는 너무 날씨가 더웠고, 어차피 저녁이면 다시 만날 것이다. 햇빛을 받지 못한 하얀 손바닥만 살짝 보였다가, 나른하게 굽은 등들이 각자의 집 쪽으로 사라져간다.

아무도 피곤하지 않았지만, 어쩐지 피곤한 기분이 들었다.

다섯 시 조금 전에 핸드폰이 울렸다. 스미다 강 제방에 걸쳐 있는 우리 아파트의 자전거 보관소에서 산악자전거를 빼낸다. 게이트에는 준의 산악자전거와 다이의 고물 자전거가 기다리고 있었다. 저녁인데도 30도가 넘는 것 같았다. 햇살의 각도가 바뀌는 것만으로는 한낮의 바람과 더위에 아무런 영향을 주지 못하는 것 같다.

"나오토 놈, 이런 더위에 괜찮을까."

다이는 다리를 백삼십 도로 벌리고 끝까지 내린 안장에 걸터앉아 있다.

"괜찮을 거야. 몸에 대해서 신경 쓰지 않는 게 좋을 것 같아."

나는 짧은 바지의 호주머니에서 핸드폰을 꺼내 나오토의 단축번호를 눌렀다. 신호음이 한 번 울린 다음 바로 끊었다.

우리는 자동차 한 대가 겨우 다닐 만한 좁은 강변을 옆으로 나란히 달렸다. 고가도로 아래를 지나 쓰키시마에서 쓰쿠다로 들어서면 거리의 모습이 갑자기 시대극의 무대처럼 바뀐다. 몇 백 년이나 이어져온 쓰쿠다니(생선이나 조개를 양념 조림한 것 - 옮긴이) 가게의 커다란 주렴, 스미요시 신사의 도리이鳥居와 아담한 본전, 탁탁한 운하로 이어지는 배가 많이 떠 있다. 시커먼 물에는 여드름 같은 공기방울이 떠 있다. 방송국에서 도쿄의 에도 시대 풍경을 찍기 위해 자주 오는 곳이다.

쓰쿠다 공원의 언덕길을 올라 벚나무 터널을 지나면, 고층 아파트가 솟아 있는 고급 주택가가 나온다. 보도의 돌이나 가드레일까지 전문가가 디자인한 조용하고 깨끗한 거리다. 우리는 스카이라이트타워 1층에 있는 비싸 보이는 패밀리 레스토랑 앞에서 나오토를 기다렸다. 나오토는 나와 바퀴가 똑같은 산악자전거를 타고 40층의 유리 지붕을 통과한 빛을 받으며 바깥으로 나왔다. 같은 메이커지만, 나오토가 타는 자전거는 프레임이 카본으로 되어 있고, 전후륜에 디스크 브레이크가 달린, 경차 정도의 가격이 나가는 경주용이다. 자동 유리문이 천천히 좌우로 갈라지면서 나오토의 가느다란 목소리가 들려왔다.

"기다렸어?"

이런 더위에 긴소매 윈드브레이커를 입고 챙 넓은 모자를 쓰고 있다. 이상한 복장이다. 다들 말없이 고개를 젓는다. 우리는 묵묵히 기요스미 로를 향해 달리기 시작했다.

"이런 캐디 같은 차림, 정말 싫어."

자신의 복장이 마음에 걸리는 모양이다. 선두에 선 준이 후륜 기어를 올리면서 말했다.

"좋은데 뭘. 자외선은 독이잖아. 나오토는 수영장에서도 티셔츠를 입으니까."

우리는 그늘을 가려가며 달렸다. 오에도 선 전철 공사가 끝나고, 얼마 전부터 기요스미 로는 예전의 고요를 되찾았다. 길

양쪽에는 긴자처럼 사치스럽지 않은 술집과 이발소, 헌책방 같은 예스러운 가게들이 늘어서 있다. 몬자야키 굽는 철판 같은 아스팔트에 달궈진 바람이 폭 사오 미터의 넓은 보도를 일렬로 달리는 우리 가랑이 사이로 빠져나간다. 체온보다 뜨거운 바람이다. 다이가 말했다.

"열라 덥네."

준이 페달을 힘차게 밟으며 속도를 높였다.

"죽을 정도로 덥지만, 죽고 싶을 만큼 기분은 좋아. 이대로 천 킬로미터라도 달리고 싶어."

넓은 챙의 모자 그늘에서 나오토가 말했다.

"정말 그래. 이렇게 달리면 학교도 병도 그저 꿈처럼 느껴져. 모든 게 다 거짓말이고, 지금 바람 속을 달리는 이것만 진짜 같은 기분이 들어."

지난번에 아버지가 권해서 읽은 책이 생각났다. 나는 자전거를 탄다, 고로 나는 존재한다. 진짜는 아무것도 아닌 단순한 즐거움 속에 있지 않을까. 데카르트라는 사람의 책도 알고 보면 아주 간단한 말을 하고 있다.

우리의 목적지는 기요스미 로 끝자락이다. 거리로 2.5킬로미터 정도. 쓰키시마 교를 건너서 가치도키 경찰서를 지나, 매립지 끝에 튀어나온 부두 바로 옆이다. 도쿄 만 불꽃놀이 축제는 하루미 부두 건너편에서 하지만, 구경꾼들이 너무 많아서 입장권이 없으면 축제 마당에 들어갈 수도 없다. 돌아오는 길은 도저히 자전거를 타고 달릴 수 없는 상태다. 보도에는 사람과 노점이 가득하고, 차도는 패트롤카와 자동차로 땅바닥이 보이지 않을 정도가 된다. 그래서 우리는 늘 아사시오 운하를 사이에 두고 도요미초에서 그 불꽃놀이를 느긋하게 구경한다. 그곳은 사오백 미터밖에 떨어지지 않아, 충분히 불꽃을 보며 즐길 수 있다. 바다에 비치는 스타마인(불꽃놀이 캐릭터 - 옮긴이)은 검은 해면에 빛의 폭포가 아래위에서 마구 쏟아지는 것 같아 각별한 풍경을 자아낼 것이다.

게다가 냉장창고가 늘어선 쓸쓸한 거리 한구석에, 작년에 준이 정말 멋진 자리를 발견해두었던 것이다.

"하나도 변한 게 없어."

준은 비닐 피막이 벗겨져 녹이 슨 철망을 잡았다. 철망 건너편에 잡초가 키만큼 무성히 자란 공장 부지가 펼쳐져 있다.

"그 개구멍, 어디였더라?"

다이가 주위를 둘러보고 있다. 크게 커브를 그리며 창고로 들어가는 냉동트레일러 말고는 이 거리를 지나는 사람 하나 없다.

"걱정 마. 작년에 표시해두었으니까."

준이 철망을 따라 걸어가기 시작했다. 자전거는 조금 떨어진 곳에 네 대를 체인으로 묶어 자물쇠를 걸어두었다. 우리도 그 뒤를 따라갔다. 얼마쯤 가자, 철망 중앙에 채워진 낡은 자물쇠가 나타났다.

"여기야."

준은 길 양쪽을 살펴본 다음, 운동화 발로 풀을 걷어냈다. 잡초에 가려 보이지는 않지만, 철망 아래 파인 곳이 있다.

"가볼까."

준은 그렇게 말하고 풀잎 안으로 잠수하듯이 철망을 뚫고 들어갔다. 이어서 다이가 들어가려 한다. 준은 건너편에 쭈그리고 앉은 채 말했다.

"다이는 동작이 느리니까 맨 뒤에 와. 아직 대낮이라 사람이 올지도 몰라."

그래서 내가 두 번째가 되었다. 지면 가까이 얼굴을 대자 풀 냄새가 폐 속까지 스며들었다. 숨을 멈추고 철망 아래를 빠져나간다. 조금이라도 빨리 나가려고 손으로 녹색 커튼을 밀쳐내고 얼굴을 내민다. 준이 웃으며 말했다.

"세수하기 싫어하는 꼬마 같네."

무슨 말을 들어도 싸다. 실제로 난 대담한 척하고 있었으니까. SF영화에 자주 나오는 이차원異次元의 문을 통과하는 듯한 기분이었다. 상반신이 빠져나가자 재빨리 발을 끌어당겼다. 철망 아래를 지나는 건 너무 서늘하고 찜찜하다. 챙 넓은 모자를 청바지 속으로 쑤셔 넣은 나오토와 다이가 뒤를 이었다. 준이 선두에 서서 키 큰 들풀을 헤치며 앞으로 나아가기 시작했다.

그곳은 커다란 공장 뒤편 부지였다. 철망을 따라 풀밭을 지나자 어디에 쓰는 건지 알 수 없는 강철과 드럼통이 늘어서 있었다. 발 아래 자갈은 기름으로 검게 물들어 이끼 낀 것처럼 흙먼지를 덮어쓰고 있었다. 우리는 텅 빈 공장 건물 쪽으로 다가갔다.

"아버지 말대로 불경기인 모양이야."

다이는 세수라도 한 것처럼 물이 흘러내리는 얼굴을 수건으로 닦았다. 멀리서 기계작업을 하는 소리가 들려왔지만, 활기라고는 전혀 없는 공장이었다. 나뒹구는 자재에서는 왠지 모르게 체념한 듯한 분위기가 떠돌고 있었다.

"우리에게는 불경기가 행운이야."

그렇게 말하고 준은 콘크리트 벽 옆에 있는 허리 높이의 담을 가볍게 뛰어넘어 비상계단 쪽으로 들어섰다. 그 뒤를 셋이 소리도 없이 따른다. 그 계단을 보통 집 높이의 세 배 정도 올라가면, 우리가 불꽃놀이를 구경하는 특별석이 나온다. 다이가 눈을 굴리면서 모두의 얼굴을 확인한 다음 속삭이듯이 말했다.

"누가 제일 먼저 층계참까지 가는지, 돌아가는 길에 콜라 내기해. 일등은 마음껏 마시기."

우리는 상대를 뒤로 밀쳐내면서 비상계단을 힘껏 뛰어오르기 시작했다.

그런 시합에서는 대체로 내가 일등이다. 다이는 몸이 너무 무겁고, 준은 키가 작아서 보폭이 좁고, 나오토는 근력이 약하다. 골고루 평균적인 내가 유리한 것이다. 두 팔을 높이 들어 올리고 로키의 포즈로 마지막 계단을 두 개나 훌쩍 건너뛴 내 눈앞에, 하얀 편의점 봉지 두 개가 날아들었다. 층계참 구석에 새 비닐봉지가 있었다. 큰일이다. 인기척이 난다. 온몸에 소름이 돋았다. 뒤따라오다 급정거한 준이 나의 등과 충돌했다.

"뭐 하는 거야. 앞을 가로막고."

그 순간, 준도 눈치를 챈 것 같았다. 말없이 내 어깨너머로 층계참을 보고 있다. 다이와 나오토가 숨을 헐떡이며 뒤따라왔다. 층계참의 사각지대에서 쉰 목소리가 들려왔다.

"너희들은 이 공장하고는 관계가 없구나."

나무라는 목소리가 아니었다. 힘없는 그 목소리에는 아무려 어떠냐는 체념이 짙게 깔려 있었다. 나는 뒤를 돌아보았다. 다이와 나오토는 언제든 뛰어 내려갈 자세를 취하고 있다. 눈길이 마주치자 준은 천천히 고개를 끄덕였다. 나는 조심조심 계단을 하나 올라갔다. 다시 한 단을 올라가서 층계참의 바닥 높이에서 얼굴을 내밀었다. 3평 정도의 공간. 기름얼룩이 진 콘크리트 바닥 끝에는 기계를 포장하는 데 썼음직한 얇은 스티로폼이 무릎 높이까지 쌓여 있었다. 작년에는 그것을 매트 대신 바닥에 깔고 뒹굴면서 불꽃놀이를 보았다.

그 매트에 하얀 가운을 입은 비쩍 마른 남자가 누워 있었다. 귀찮다는 듯 고개만 들어 우리 쪽을 바라보고 있었다. 눈이 마주치는 순간, 포스터 속의 남자임을 알 수 있었다. 병원에서 도망친 말기 암 환자. 남자가 안심한 듯 고개를 조용히 떨어뜨렸다.

"장난꾸러기들이로구나. 난 여기서 잠시 쉬고 있단다. 저쪽에서 조용히 있어주면 좋겠다."

맨 아래 계단에서 나오토가 말했다.

"저, 아카사카 씨 맞죠. 가족들이 걱정하며 전봇대에 온통 포스터를 붙여놓았어요. 병원에서 도망친 거죠?"

샌들을 신은 복숭아뼈가 바르르 떨리더니, 아카사카 씨가 상반신을 일으켰다. 수영장에서 나와 안약을 넣은 듯한 젖은 눈을 크게 뜬 채.

"알고 있구나."

앞에 선 내가 대표로 고개를 끄덕였다.

"쓸데없는 간섭일지는 모르겠지만요, 병원으로 돌아가시는 게 좋을 것 같은데요."

아카사카 씨는 잠시 침묵을 지키다가 우리를 가만히 바라보았다. 참으로 이상한 눈길이었다. 우리를 건너뛰어 노을 진 여름 하늘과 도쿄 만의 둔탁한 해면을 바라보는 것 같기도 하고, 그 눈으로 자신의 머릿속을 들여다보는 것 같기도 했다. 나 자신이 갑자기 전선이나 콘크리트 계단이나 편의점 비닐봉지라도 되어버린 듯한 기분이 들었다. 인간이 아닌, 그 공간을 구성하는 하나의 물질이 된 듯한 기분.

아카사카 씨는 가운의 가슴 호주머니에 손을 넣었다.

"내 운명은 벌써 정해진걸. 의사의 치료는 심심풀이로 휘두르는 폭력에 지나지 않아. 자식들은 복도에서 소리 없이 저주를 퍼붓고 있어. 거긴 내가 돌아갈 집이 아니야."

아무 감정 없는 목소리로 담담하게 말했다. 그런 다음, 아카사카 씨는 빙긋 웃었다.

"어때, 나와 거래해보지 않을래."

호주머니에서 연지색 가죽 지갑을 꺼내 들었다.

"마지막이라 생각하고 돈을 뭉텅 인출했지."

아카사카 씨가 메마른 손끝으로 열린 지갑 속을 더듬었다. 천천히 헤아리더니, 만 엔짜리 네 장을 눈앞에서 흔들어 보였다.

"너희들이 나에 대해 입을 다물어주기만 하면 이걸 주지. 그래, 내가 필요한 물건을 사다 주면 달리 용돈을 줄 수도 있어. 어때? 어차피 난 오래가지 못해. 죽을 사람 마지막 소원을 들어주는 아르바이트, 해보지 않을래?"

나는 뒤를 돌아보았다. 우리 넷의 시선은 불안하게 서로를 오가고 있었다. 준이 말했다.

"잠깐 기다려주실래요. 아래쪽에 가서 의논해보고 올게요."

우리는 한 층 정도를 내려가서 제각기 계단에 자리를 잡고 앉았다. 나오토가 작은 목소리로 말했다.

"죽어가는 사람을 내버려두고 돈을 받는 아르바이트는 싫어. 너무 심해."

다이가 허공에 시선을 던지며 나지막이 말했다.

"그렇지만 만 엔이야. 땀 흘리며 일하지 않고 그냥 입만 다물면 돼. 꽤 괜찮은 장사잖아. 게다가, 저 아저씨 마지막 소원도 들어줄 수 있고."

아르바이트를 할 수 없는 중학생에게 만 엔이란 참으로 큰 돈이다. 내 두 달 치 용돈이다. 준이 말했다.

"돈이야 어느 쪽이든 아무 문제가 안 돼."

내가 말했다.

"무슨 뜻인데?"

"그 정도로 온 길거리에 포스터를 붙였으니, 만일 우리가 전화를 해서 환자를 발견했다고 하면 사례금을 줄 거야. 저 아저씨보다 더 줄지도 모르지."

다이가 감탄스러운 표정으로 말했다.

"과연 준은 달라. 그럼 누가 전화하지?"

그러면서 끈을 스무 개도 넘게 난 핸드폰을 청바지 호주머니에서 꺼냈다. 준이 다이를 제지했다.

"문제는 바로 거기에 있어. 어느 쪽이든 돈이 된다면, 그 이외의 조건을 생각하지 않을 수 없어. 병원에서 파자마 차림으로 도망칠 정도니까 저 사람에게도 남모를 사정이 있을 거야."

나는 침묵을 지키고 있는 나오토에게 물어보았다.

"나오토는 자주 병실에 혼자 누워 있었으니까, 병원에 대해 잘 알 거야. 그 안에서 지내면 어떤 생각이 들어?"

챙 넓은 모자 아래로 나오토의 미간이 구겨졌다.

"너희들에게는 권하고 싶지 않아. 저 사람 기분도 충분히 알 수 있어. 게다가 나와는 달리 나을 가능성도 없는 것 같고. 요컨대 우리가 알리면 가족의 걱정은 없어지고 병원도 만족할 거야. 그렇지만 저 사람은 얼마 남지 않은 자유로운 시간을 잃게 돼. 나로서는 어떡하면 좋을지 모르겠어."

좁은 수로를 사이에 두고 도시바 빌딩이 눈부시게 솟구쳐 있었다. 갈매기와 수도다카하다 선의 고가도로가 사치스러운 장난감처럼 뻗어 있다. 바다 건너편에 펼쳐진 넓은 거리는 한 인간의 걱정거리와는 아무 관계도 없는 신기루처럼 아름다운 풍경으로 떠올라 있다. 저기에도 아카사카 씨 같은 사람이 있을까. 혼자 죽는 게 더 낫다고 결심하는 그런 사람이. 준이 입을 열었다.

"결국, 인생이란 어른들이 말하는 것처럼 타협의 연속이 아닐까. 양쪽 모두 조금씩 만족할 수 있게 하지 뭐."

나는 웃음을 거둬버린 준의 눈을 바라보았다.

"불꽃놀이 밤까지, 저 사람은 자유다. 그렇지만 죽을 때까지 내버려둘 수는 없잖아. 축제가 끝나면 가족에게 연락을 하자. 어때? 잘만 하면 이중으로 사례금을 받게 될지도 몰라. 불만 없지, 다이?"

과연 준이다. 나는 준을 다시 보았다. 골치 아픈 문제에 명확한 선을 긋고 이해관계를 조정하여 멋진 해답을 낸다. 과연 머리가 좋다. 그러면서도 늘 씁쓸한 표정을 짓는 게 마음에 걸리기는 하지만. 나오토와 다이가 목소리를 모았다.

"좋았어!"

그래서 우리는 고용주가 기다리는 층계참으로 천천히 돌아갔다.

"이틀 후에…… 도쿄 만에서 불꽃놀이 축제가 있단 말이지."

아카사카 씨는 누운 채 그렇게 말했다. 아무 이야기라도 해 달라는 요청에 우리는 그 층계참이라는 비밀 장소를 발견하게 된 경위와 불꽃놀이 축제가 얼마나 혼잡한지에 대해 이야기했다. 나오토와 나는 스티로폼 매트 가까이 앉고, 준과 다이는 좀 떨어진 손잡이 달린 벽에 등을 기대고 있었다. 아카사카 씨는 때로 잠든 것처럼 보이다가도, 이야기의 요소요소에 이르면 적당히 고개를 끄덕였다. 빳빳한 만 엔짜리 지폐는 벌써 우리 호주머니 속에 들어와 있었다.

건너편 빌딩숲 위에는 아직도 밝은 저녁 햇살이 남아 있지만, 하늘은 바다 쪽에서부터 서서히 밤의 색깔을 띠기 시작했다. 아카사카 씨는 우리와 이야기를 나누느라 피곤해진 것 같았다. 나오토가 걱정스럽게 말했다.

"내일 오후에 다시 들르겠습니다. 필요한 게 있으면 말씀해 주세요. 지금 사다 드릴게요."

페트병이 든 편의점 봉지에 눈길을 주면서 아카사카 씨가 말했다.

“아냐, 식욕도 없고, 음료수는 충분해. 이제 담배도 술도 그립지 않아.”

준이 조심스럽게 말했다.

“저…… 그 병은 심하게 아프다고 하던데, 괜찮으세요?”

병명은 말하지 않았다. 그건 나도 이상하게 생각하던 일이었다. 아카사카 씨는 심하게 여위어 있었지만, 통증을 참는 것 같지는 않았다. 오히려 표정은 멍하기도 하고 행복하게 빛나는 것 같기도 했다.

“그건 걱정하지 않아도 돼.”

그렇게 말하고 아카사카 씨는 가운의 가슴 호주머니에 손을 넣었다.

“병원에서 모아둔 진통제가 있으니까. 유산모르피네 정제. 한 번에 천이백 밀리그램, 하루에 두 번만 먹으면 통증은 못 느껴. 이 약이 없으면 자네들하고 이야기도 할 수 없을 거야. 미안하지만, 나 혼자 있게 해줘. 오늘은 정말 즐거웠어. 병과 상속 말고 다른 이야기를 한 게 얼마 만인지 모르겠어.”

우리는 누운 채 눈을 감고 있는 아카사카 씨에게 가볍게 머리 숙여 인사를 하고, 층계참을 뒤로했다.

다음 날도 무더운 하루였다. 7월의 온도로 이상할 정도는 아니지만, 아침 아홉 시가 넘으면서 바로 한낮의 불볕더위가 시작됐다. 우리는 점심을 먹은 다음, 곧장 쓰쿠다 공원에 모였다. 기요스미 로의 편의점에서 김밥과 냉면, 아이스크림과 초콜릿 그리고 성인잡지와 음료수를 잔뜩 사들고 그 공장으로 향했다. 자금은 두둑했다.

아카사카 씨는 불룩한 편의점 봉지 세 개를 보더니, 눈으로 웃었다.

"그렇게 많이 사와 봐야 나한테는 아무 소용이 없단다. 너희들이나 먹도록 해."

아카사카 씨가 입에 댄 것은 스포츠 드링크뿐이었다. 방금 점심을 먹은 우리는 또 배가 고팠다. 중학생은 늘 배가 고프다. 청소차가 도시의 쓰레기 더미를 삼키듯이 마구마구 음식을 먹어치운다. 이럴 때는 반드시 다이가 나선다. 김밥을 입으로 밀어 넣고 콜라를 들이켠 다음, 김치 냉면과 하겐다즈 녹차 아이스크림을 교대로 먹어치운다. 다이 앞에 눈 깜짝할 사이에 빈 봉지와 용기가 산처럼 쌓였다. 아카사카 씨는 우리가 먹는 모습을 즐겁게 지켜보았다. 음식 먹는 모습을 지켜보는 게 즐겁다니, 참 이상한 일도 다 있다. 진통제의 약효가 너무 강해서 그런 건지도 모르겠다.

한 시간 반 정도 있다가 우리가 돌아가려 하자, 아카사카 씨는 무덤덤한 표정으로 말했다.

"미안하지만, 저기 위에 있는 봉지를 좀 버려주지 않을래. 공원 쓰레기통 같은 데."

"예, 알았습니다."

나오토가 맨 먼저 움직였다. 층계참을 몇 단 올라간 곳에 있는 비닐봉지를 가지러 간다. 신문지로 싼 작은 멜론 정도 크기의 물건이 몇 개 들어 있었다. 나오토가 돌아오자, 여름의 공중변소 냄새가 풍겼다.

"미안해. 너희들에게 특별 상여금을 줘야겠어."

나오토가 부끄러운 듯이 웃었다.

"괜찮아요. 돈은 아직도 많이 남은걸요. 저도 자주 입원하기 때문에 화장실은 어떻게 하는지 걱정하고 있었습니다. 그보다는 컨디션은 좀 어떠세요?"

"그리 나쁘진 않아. 아무것도 먹지 않으니까 점점 가벼워져. 조금만 더 있으면 바람에 휙 날려서……"

아카사카 씨는 층계참 손잡이 너머로 펼쳐진 하늘을 바라보았다.

"……저 하늘로 날아오를 것 같은 느낌이 들어."

그렇게 말하고 아카사카 씨는 웃어 보였다. 오존층이 파괴되어 자외선이 많아진 탓일까, 아니면 아열대 같은 기후 탓일까, 요즘 도쿄의 여름 하늘은 리조트 광고에 나오는 남국처럼 너무 새파랗다. 나는 아카사카 씨와 하늘을 번갈아 바라보았다. 왠지, 파란 하늘에 눈물이 고여 있는 것 같았다. 그러나 나보다는 나오토의 반응이 더 직접적이었다. 검은 긴소매 티셔츠 가슴 언저리에 눈물이 방울방울 떨어져 내렸다.

"그런 말씀 마시고 더……."

그 다음 말은 흐려져 알아들을 수 없었다. 더, 더, 더, 살아주세요. 그런 말을 해봐야 아무 소용 없다는 걸 나오토도 알고 있을 것이다.

"더…… 필요한 건 없으세요? 뭐든 좋습니다. 뭐든 가져다 드릴게요."

아카사카 씨는 고개를 들기도 힘든 것 같았다. 스티로폼 매트 위에 머리를 떨어뜨리며 말했다.

"고마워. 그렇지만 더이상 필요한 건 없단다."

다이가 수건으로 얼굴의 땀을 닦고 있었다. 준은 안경 안에서 젖은 눈꺼풀을 꼭 감고 있다. 기저귀가 가득 든 비닐봉지를 전리품처럼 든 나오토를 선두로 우리는 비상계단을 내려왔다.

불꽃놀이 축제날은 아침에 눈을 뜰 때부터 특별한 기분이 있다. 나는 소풍 가는 날 아침에도 하지 않던 것을 하고 말았다. 7층에 있는 아파트 창에서 스미다 강 건너편 긴자의 빌딩 너머로 펼쳐진 하늘을 올려다본 것이다. 약간 흐릿하고 작은 구름이 여기저기 떠 있었다. 여름날 아침은 쾌청하다가도 오후 들어 갑자기 흐려지곤 한다. 이런 하늘이라면 틀림없이 한낮이 되면 불꽃을 쏘아 올리기 알맞을 정도로 더 맑게 갤 것이다.

수영이 없는 토요일 하루, 우리는 괜히 흥분하여 가만히 있지를 못했다. 일 년간 기다리고 기다리던 불꽃놀이의 즐거움과 아카사카 씨에 대한 걱정이 반씩 섞여서 복잡한 심경이었다.

에도 시대의 항로 등불을 복원한 쓰쿠다 공원의 기념물 아래에 우리 넷이 모인 것은 대낮처럼 밝은 오후 다섯 시쯤이었다. 쓰키시마 역 주변은 유카타 차림의 여자애들로 넘쳐나고, 쓰쿠다 교 위는 벌써 정체가 시작되고 있었다. 거리 전체가 부글부글 끓어오르는 것 같았다. 다이와 준과 나, 셋은 나란히 자전거를 타고 스미다 강 하구 쪽을 바라보고 있었다. 강이라고 하면 한적한 이미지를 떠올릴지 모르지만, 도쿄의 강은 좀 다르다. 평소에도 십 분에 한 척 정도 엔진 소리를 내며 배가 오가기 때문에 꽤 시끄럽다. 불꽃놀이 축제날은 놀이 보트와 지붕을 단 관광선이 넘쳐나서 강 위에도 교통정리가 필요할 정도가 된다.

늦게 나온 나오토가 뒤에서 우리를 불렀다.

"안녕. 출발하기 전에 정해둬야지. 아카사카 씨를 어떻게 할 거야?"

우리는 디자인이 다른 챙 넓은 모자를 쓴 나오토를 바라보았다. 준이 말했다.

"오늘밤은 같이 불꽃놀이를 즐기지 뭐. 밤중에 구급차를 부르면 시끄러울 테니까, 내일 아침 일찍 공중전화로 내가 119에 알릴게. 그게 좋겠지?"

다이가 말했다.

"포스터에 있는 가족에게는 연락하지 않고?"

"아, 아카사카 씨가 싫어하는 것 같아서 직접 알려주고 싶지 않아. 사례금은 안 받아도 되잖아."

다이가 고개를 끄덕이며 말했다.

"좋았어. 그렇게 정하고, 이제 즐기러 가자. 일 년에 한 번인 불꽃놀이 축제잖아. 어두운 표정을 지으면 아카사카 씨도 불편해할 거야. 자, 나오토, 기분 한번 내러 가자. 웃어, 불꽃이 안 터질 수도 있어."

나오토는 손가락으로 눈을 비비고, 우는지 웃는지 모를 표정을 지었다.

우리는 도중에 한 곳에 들렀다. 다들 아카사카 씨에게 받은 돈을 모두 써버리고 싶은 기분이 있었던 것 같다. 빨리도 영업을 시작한 기요스미 로의 노점에서 들기도 힘들 만큼 음식을 샀다. 튀김국수, 버터감자, 구운 오징어, 빈대떡, 캐러멜, 애플파이, 사탕, 빙수 아이스크림, 레모네이드, 구아라나 주스. 중고 텔레비전 게임을 파는 노점도 있었다. 준은 그 노점 앞에 쭈그리고 앉아 초대 세가 세턴용 조잡한 게임을 하나에 삼백 엔을 주고 산처럼 안아 들었다.

어제보다 더 많은 봉지를 들고 일곱 시가 넘어서야 층계참에 도착했다. 층계참에서 바라본 하늘은 어두웠고, 하루미 부두공원의 방파제에 모인 구경꾼들은 마치 바다로 밀려들 것 같은 기세였다. 선두에 선 다이가 활기 찬 목소리로 말했다.

"안녕하세요. 드디어 기다리고 기다리던 도쿄 만 불꽃놀이 축제가 시작됩니다. 아카사카 씨, 드시고 싶은 거 없으세요?"

다이는 매트 앞에 많은 과자를 늘어놓았다. 아카사카 씨는 기쁜 표정을 지었지만, 활짝 웃기도 힘든 듯했다. 나오토가 걱정스러운 표정으로 물었다.

"괜찮으세요?"

아카사카 씨는 층계참의 콘크리트 천장을 바라보며 자그맣게 말했다.

"마침내 때가 왔군. 앞으로 며칠 정도일 것 같아."

고개를 옆으로 돌려 여름 축제 과자를 보았다.

"아, 정말 오랜만이네. 그 캐러멜 좀 줄래. 작게 잘라서."

나오토는 잽싸게 캐러멜을 집어서 끝을 손으로 잘라 아카사카 씨의 입에 넣어주었다. 아카사카 씨는 눈을 감고, 입속으로 바싹 탄 사탕 조각을 굴리고 있었다.

"정말 달다. 이렇게 단 줄은 어릴 때는 몰랐어. 자네는 자주 입원한다니까 알겠지만……."

그렇게 말하고 아카사카 씨는 몸을 떨면서 상반신을 일으켰다. 온몸의 힘을 짜내는 듯했다. 나오토가 등을 받쳐주었다.

"마지막으로 한마디 해두고 싶어. 드라마 같은 걸 보면, 최후의 순간을 맞이하는 사람이 구질구질하게 굴어서 보기가 흉하지만, 그건 사실과 달라. 나는 수많은 중환자를 봐왔기 때문에 잘 알고 있어."

준이 아카사카 씨를 응시하고 있다.

"혹시 의사셨어요?"

아카사카 씨는 활짝 웃었다.

"그래. 중이 제머리 못 깎는다는 말이 있잖니. 내가 지켜본 대부분의 환자들은 자신의 마지막을 알고, 가족과 친구들에게 감사하는 마음으로 인사를 하고, 조용히 눈을 감았어. 대부분이 유명하지도 않고 부자도 아닌 그런 사람들이었지. 나도 과연 그럴 수 있을까, 정말 불안했지. 그런데 결국 이렇게 내 차례가 오고 말았어."

밤하늘에 불꽃이 피어나고, 그 다음에 배를 울리는 폭음이 들린다. 층계참 구석까지 밝아졌다가, 어둠이 돌아오면 땅울림 같은 환성이 이어졌다. 나는 불꽃놀이에서 등을 돌리고, 아카사카 씨를 보고 있었다. 연속적으로 올라가는 불꽃 구슬이 터지자, 살이라고는 하나 없는 얼굴이 형형색색으로 물들었다.

"자네들에게 폼을 잰들 아무 소용 없는 일이지만, 나도 그 사람들처럼 마지막을 맞이할 생각이야. 가능하면 피해를 주지 않고 혼자서 조용히 가고 싶어. 마지막으로 자네들을 만나 이렇게 호화로운 불꽃놀이도 보게 되었어. 정말 고맙네."

인사받을 만한 일은 아무것도 하지 않았다. 누군가에게 고맙다는 말을 듣고 울어버린 것은 그때가 처음이었다. 아마도 준이나 다이, 나오토도 처음이었을 것이다. 우리가 눈물을 훔칠 동안에도 밤하늘에는 불꽃이 피어 올랐다. 팟, 하고 피어난 꽃잎이 바닷바람에 밀려 엷은 연기가 되어 사라지면서 선명한 잔상이 남았다. 그 빛이 눈 속에 피어 있을 동안 다시 새로운 불꽃이 올라간다. 도쿄 만의 밤하늘은 대낮처럼 밝았다.

필시 이 세상도 그럴 것이다. 어디에 있는 누군가가 사라지고, 그 흔적이 아직 지워지지 않을 동안 새로운 생명이 태어난다. 그런 식으로 번잡하고 어리석기 짝이 없는 이 세상이 계속되는 것이다. 우리 다섯 사람은 그때부터 한마디도 하지 않고 불꽃을 바라보았다. 한순간 피었다가 사라지는 저 불꽃에, 말 많은 우리를 침묵하게 하는 힘이 있는 것 같았다.

도쿄 만 불꽃놀이 축제가 끝난 후에도 우리는 한 시간 정도 층계참에 남아 있었다. 인파가 줄어들기를 기다린다는 건 핑계에 지나지 않았고, 사실은 아카사카 씨 곁을 떠나는 게 불안했던 것이다. 그렇지만 아카사카 씨가 조용하고 약한 숨결을 보이기 시작한 아홉 시 반이 넘어서 발소리를 죽이고 비상계단을 내려왔다.

공장 뒤편의 철망 앞에서 나오토가 작은 소리로 말했다. 그러고는 청바지 호주머니를 뒤지기 시작했다.

"젠장, 핸드폰을 두고 왔네. 먼저 자전거 있는 데로 가고 있어. 가지고 올게."

우리 셋이 입을 열기도 전에, 나오토는 자재 야적장 뒤로 달려갔다. 비상계단을 오르는 뒷모습을 보며 우리는 냉장창고 뒷길로 나아갔다.

나오토가 자전거를 매둔 가드레일로 돌아온 것은 몇 분 후였다. 손에는 최신형 i모드가 장착된 핸드폰이 들려 있다.

"찾았어."

준이 무덤덤한 어투로 말했다.

"아카사카 씨는 괜찮니?"

"당연하지. 방금 얼굴을 보고 왔으니까."

의미심장하게 고개를 끄덕이고, 준은 산악자전거에 올라탔다. 우리는 불꽃놀이 축제의 여운으로 아직도 들떠 있는 밤의 공기를 뚫고 쓰키시마를 향해 페달을 밟기 시작했다.

우리 넷은 다음 날 아침에 다시 모였다. 아침밥을 먹고 여덟시 반에 쓰키시마 역 앞 편의점에 모였다. 가까운 공중전화 부스에서 쥬이 구급차를 부르기로 힌 깃이다.

준은 상대가 나오자 침착한 어조로 말했다.

"도요미초에 있는 오쿠라 철공소 말인데요, 그 비상계단의 층계참에 중환자가 있습니다. 빨리 구급차를 보내주세요."

상대의 요청으로, 주소와 공장 이름을 반복한 다음 준은 수화기를 내렸다. 이렇게 하면 착신기록이 남지 않는다. 준이 하는 일에는 빈틈이 없다. 부스를 나서면서 준은 이렇게 말했다.

"자, 구급차와 우리 자전거 중 어느 쪽이 빠른지 시합이다.

아카사카 씨에게 마지막 인사를 해야지."

우리는 자전거를 타고 아침의 기요스미 로를 달렸다. 그렇게 빨리 달린 적이 없을 정도였지만, 왠지 기어가는 듯해서 마음이 괴로웠다. 몸보다 먼저 마음이 목적지에 도착해 있었기 때문인지도 모른다.

그래도 우리는 구급차가 오기 전에 공장 뒤편에 도착했다. 오 분 후에 파란 들것을 가지고 구급대원 세 명이 철망과 잡초를 헤치고 나타났다. 비상계단으로 올라간다. 시야에서 벗어났던 구급대원이 계단으로 돌아와서, 난간에서 몸을 내밀고 밑에서 기다리는 다른 대원에게 팔로 엑스 자를 해 보였다. 이상한 일이었다. 아카사카 씨가 어젯밤에 사라져버린 것 같았다. 아래에 서 있던 대원이 무전기에 대고 외쳤다.

"흔적은 남아 있지만, 현장에는 아무도 없습니다."

그 주위로 구경꾼들이 모여들기 시작했다. 준이 고개를 저으며 말했다.

"나오토, 어제 마지막으로 무슨 말을 했니?"

나오토의 눈은 빨갛게 충혈되어 있었지만 울지는 않았다.

"밤새 생각했지만, 후회하진 않아. 나는 그때 마지막으로 층계참으로 올라가서 내일 아침에 구급차를 부를 거라고 아카사카 씨에게 알려줬어. 마지막 자리 정도는 자유롭게 선택할 수 있게 해주고 싶었어. 잘한 일이라고 생각하지 않니?"

아무도 입을 열지 않았다.

아카사카 씨의 유해가 발견된 것은 불꽃놀이 축제 이틀 뒤인 월요일이었다. 이른 아침에 조깅을 하던 노인이 도요미 체육공원 외진 곳, 아사시오 운하 옆 풀숲에서 파자마 차림으로 쓰러져 있는 신원 불명의 남자를 발견하고 쓰키시마 경찰서에 알린 것이다.

포스터의 주인공에 대해서는 벌써 경찰에 신고가 들어와 있었기 때문에 유해의 신원은 바로 밝혀졌다. 그날로 가족에게 인도되어, 일단 쓰키지의 병원으로 보내졌다고 한다.

상체를 일으키기도 힘들어하던 그런 몸으로 아카사카 씨가 어떻게 체육공원까지 갈 수 있었는지, 나는 상상이 가지 않았다. 직선거리로 300미터 이상이나 떨어진 곳이다. 그러나 그 층계참에서 마지막을 맞이하지 않은 것은 아카사카 씨다운 깊은 배려일 것이다. 그렇게 하면 공장에 피해를 끼칠 것이고, 거기 남아 있던 편의점 봉투 때문에 누군가가 도와주었다는 사실이 금방 알려질 것이다. 그러면 우리도 엄하게 추궁당할 가능성이 있다.

아무에게도 피해를 주지 않고, 혼자서 마음에 드는 장소를 골라 끝을 맞이한다. 대부분의 사람은 멋진 최후를 맞이한다. 지금, 아카사카 씨의 얼굴은 잘 떠오르지 않지만, 내 마음에는 그날 밤의 불꽃놀이처럼 아카사카 씨의 말이 남아 있다.

철망 아래 뚫려 있던 개구멍은 구급차가 돌아간 다음 공장 경비원에 의해 메워지고 말았다. 그래서 우리는 용돈을 모아 산 꽃다발을 그 자물쇠 아래, 녹슨 철망에 기대놓을 수밖에 없었다.

하얀 국화 다발 아래 니혼바시 수이덴구의 축제날에 산 캐러멜을 놓아두었다. 그 캐러멜은 나오토 혼자 찾아서 사온 것이다.

우리가 섹스에 대해 하는 말

"잠깐, 잠깐."

교문을 나서려는데 누군가 불러 세웠다. 돌아보니 우리 반 모리모토 가즈야가 달려오고 있었다. 멀티컬러의 머플러가 저녁 햇살을 받으며 펄럭이고 있었다. 강아지 꼬리 같았다. 다이가 지겹다는 표정으로 말했다.

"저 자식, 저렇게 여자애 같은 목소리를 내니까 이상한 소문이 나지."

우리는 평소처럼 넷이서 하교하는 길이었다. 나오토와 준은 별 관심 없는 표정으로 터벅터벅 아사시오 운하에 걸린 다리 쪽으로 가고 있었다. 가즈야는 어느 그룹에도 속해 있지 않다. 늘 멍하니 웃는 표정과 묘하게 번득이는 눈으로, 언제나 혼자였다. 몇 걸음 앞에서 달리는 속도를 늦추면서 눈을 치켜뜨듯이 나를 바라보았다.

"저, 같이 걸어도 될까."

다이는 고개를 돌렸지만, 나는 고개를 끄덕였다. 가즈야는 마음이 놓이는 듯 다이와 나 사이에서 한 걸음 떨어져 따라왔다. 한복판이 둥글게 부풀어 오른 아사시오 교 위에서 준과 나오토가 기다리고 있었다. 난간에서 얼굴을 내밀고 블루블랙 잉크 같은 수면을 내려다보고 있다. 거기에는 직경 30센티미터가 넘는 우산 같은 해파리와 콘돔이 사이좋게 떠 있었다. 둘 다 유백색이다. 다이가 말했다.

"이런 데 버리다니, 대체 어디서 했을까?"

준이 나른한 표정으로 말했다.

"멀리 상류에 있는 스미다 공원 벤치 같은 데."

고개를 들고 리버사이드 쪽을 바라보았다. 기요스미 로를 따라 나란히 늘어선 중급 아파트 위로 초고층 빌딩이 엷은 하늘을 뚫고 서 있다. 유리 벽에 비치는 가을의 저녁 햇살은 실제보다 훨씬 더 아름답다. 나오토가 말했다.

"의외로 가까울지도 몰라. 쓰쿠다 교에서 어젯밤에 발사한 건지도 모르지."

다이는 빙긋 웃었다.

"카섹스로군. 좋겠다."

나도 상상해보았다. 시속 80킬로미터 이상의 속력으로 차들이 지나치는 다리 위 갓길에 차를 세우고, 그물 스타킹 같은 걸 신은 여자와 그걸 한다. 창 너머로 방충등이 켜진 리버시티와 그 모습을 거꾸로 비추는 스미다 강이 보일 것이다. 모든 게 끝난 후, 파워윈도를 한 손가락으로 내리고 어두운 강물 속으로 콘돔을 던진다. 이 정도는 가벼운 장난에 지나지 않는다는 감각으로. 어른들은 좋겠다. 한숨이 나왔다.

"좋겠다. 언젠가 나도 해보고 싶어."

나는 가만히 입을 다물고 있는 가즈야에게 물었다.

"가즈야는 어떻게 생각해?"

가즈야는 서예용 붓으로 그린 것 같은 새카만 눈썹을 팔자로 늘어뜨리고 당혹스러운 표정을 지었다. 볼은 텔레비전에 나오는 시골 사과밭 소년처럼 빨갛게 물들어 있다.

"응, 좋아하는 사람이라면, 그래도 좋을지 몰라."

다이가 어이없다는 표정으로 말했다.

"그런데 지금 이야기는 좋아하거나 싫어하거나 그런 문제가 아냐. 카섹스를 하고 싶냐, 아니냐는 이야기라구. 야, 너 괜찮니?"

가즈야는 더욱 민망한 표정이었다. 눈썹의 각도가 급해지고, 빨갛게 물든 볼의 면적이 넓어졌다. 다이는 난간에 기댄 채 가즈야의 머리에서 발끝까지를 찬찬히 뜯어보았다.

"그런데 넌 말이야, 그런 여자 같은 차림을 하고 다니니까 안되는 거야."

우리 중학교에서는 가을이 깊어지면 여름 동안은 알 수 없었던 패션 감각의 차이가 확연히 드러난다. 감색, 검정, 베이지색이라면 코트의 패션은 자유고, 머플러나 장갑도 그리 특이한 색깔이나 형태만 아니면 기본적으로 자기가 좋은 대로 할 수 있다.

"이 코트, 멋져 보이지 않니?"

그렇게 말하면서 가즈야는 자신의 가슴께를 내려다보았다. 남색 교복 위에 검은 쇼트 트렌치코트 차림이다. 어깨와 가슴에 일부러 맞춘 듯, 착 달라붙어서 가느다란 몸의 선이 강조되고 있다. 머플러는 핑크가 주조를 이룬 여성용 갭의 크레이지 스트라이프. 털장갑도 같은 색조다. 백 번을 양보하더라도 가즈야의 패션 감각은 우리 반 남자들 가운데 최고다. 여자처럼 보이는 것도 이런 예쁘고 멋진 패션 감각 때문인지 모른다.

덧붙여서, 나오토는 십만 엔 이상은 거뜬히 나가는 오리털 백 퍼센트 몽클레어 다운코트(회색 모피를 두른 후드가 달렸다), 준과 나는 색이 다른 더플코트(남색과 베이지색), 다이는 세일할 때 산 이천구백 엔짜리 폴리에스테르 커버올이다.

다이는 얼굴을 붉히면서 발끝을 내려다보고 있는 가즈야를 더이상 추궁하지 않았다. 난간을 벗어나 호주머니에 손을 넣고 걷기 시작했다. 등 너머로 말했다.

"아무렴 어때, 자, 가자."

그리하여 우리도 다이처럼 터벅걸음으로 걷기 시작했다. 나른해서 나른한 몸짓을 하는 건지, 나른한 몸짓을 하니까 나른해지는 건지 모르겠다. 그 언저리의 중학생 심리는 참으로 복잡하다.

니시나카 로의 컬러 블록은 물청소가 되어 있었다. 어두워져야 장사를 시작하는 몬자야키집들은 영업 시작 전에 가게 앞을 깨끗이 치워놓는다. 우리는 차량 통행이 금지된 좁은 도로 한가운데를 천천히 걸어갔다. 아케이드는 600미터나 이어지는데, 다른 거리에서는 거의 사라져버린 다양한 가게들이 아직도 명맥을 유지하고 있다. 그래서 매일 지나가도 지겹지 않은 풍경이다.

할머니 고객을 위한 양품점, 샌들만 파는 신발 가게, 가게 앞에서 직접 구워 파는 쌀과자 가게에다 돈가스집, 철물점, 가구점. 그 모든 제품들이 엷은 먼지를 덮어쓰고 있는 것 같지만, 쓰키시마 사람들 대부분은 모두 이 거리에서 생활필수품을 산다.

또박또박 걸어가는 가즈야가 사는 집도 그 거리에 자리한 가게 가운데 하나다. 반들반들하게 닦아 놓은 윈도에는 테일러 모리모토라고 탁한 금색 로마자 필기체로 적혀 있었다. 꽤 오래된 듯 윈도 안의 풍경이 비뚤어져 보였다. 윈도 안에는 가봉 중인 재킷이 걸쳐진 토르소가 장식되어 있었다.

"그럼, 내일 또 봐."

가즈야는 손님들이 잡는 곳만 반들거리는 주석으로 된 손잡이를 잡고, 우리 쪽을 돌아보았다.

"저, 내일부터 나도 끼워줄래?"

가즈야의 표정이 너무도 심각하여 우리는 입을 다물 수밖에 없었다. 아무도 대답하지 않자, 겸연쩍게 웃으며 말했다.

"갑자기 이런 말을 해서 미안해. 마음에 두지 마."

문이 천천히 닫히고, 가즈야는 가게 안으로 사라졌다. 1층은 양복점이고 가족은 2층에서 생활한다. 가즈야의 할아버지는 양복 기술자로, 둘이서 위층에 산다는 말을 들은 적이 있다. 부모님은 없는 것 같다. 다이가 크게 한숨을 내쉬며 말했다.

"아까 가즈야가 한 말, 우리 그룹에 들어오고 싶다는 거겠지? 난 싫어."

나오토가 말했다.

"왜?"

"저 자식, 게이라는 소문이 있어. 나긋나긋한 게 기분 나빠. 체육시간에 옷 갈아입을 때도 여자애처럼 옷을 벗잖아."

그렇다. 가즈야는 무엇 때문인지 티셔츠 속에서 몸을 뒤틀어가며 체육복을 갈아입는다. 그런 몸짓을 하면 다른 애들의 눈길을 받을 게 뻔한데도 고치지 않는다. 입는 옷뿐만 아니라 벗는 동작도 특이하다.

"어느 쪽이든 난 상관없어."

냉랭한 목소리로 그렇게 말하고 준은 앞서 걸어가기 시작했다. 남은 셋이 그 뒤를 따랐다. 아무도 가즈야에 대해 말하지 않았다. 하기야 어느 쪽이든 상관없는 일이다. 니시나카 로의 파출소 앞에서 헤어질 때는 아무도 가즈야에 대해 생각하지 않았다.

사건이 일어난 것은 다음 날 수업을 마치고 집으로 돌아가기 바로 전이었다. 반에서 가장 아름다운(비공식 여론 조사에 의하면 학교 전체에서 최고 미인) 스기우라 이즈미가 가즈야에게 프러포즈 한 것이다. 이즈미는 아이돌 여가수와 닮은 얼굴에 머리카락도 눈동자도 색깔이 엷어 투명해 보일 정도다. 피부는 무색의 필름을 몇 십장이나 겹친 것처럼 뽀얗다. 그녀를 짝사랑하고 있는 남학생의 이름을 금방 반 다스 정도는 떠올릴 수 있다.

그런 이즈미가 수업이 끝난 후, 교실 뒤편에서 가즈야에게 갑자기 말을 건 것이다. 자신이 있어서인지 숨기려고도 하지 않았다. 우리 그룹이 한꺼번에 교실을 나서려는 순간, 이즈미의 목소리가 들려왔다.

"얘, 모리모토, 같이 가지 않을래."

가즈야는 당혹스러운 표정으로, 자기 앞에 서서 미소 짓고 있는 미소녀를 바라보다가 우리에게로 시선을 옮겼다. 우리 학교에서는 등하교를 같이 한다는 것이 바로 사귀는 것을 의미했다. 이즈미는 교복 위에 연지색 피코트를 입고, 하교 준비를 마친 상태였다. 그 자리에서 고개를 끄덕이고 이즈미와 함께 교문을 나선다면 바로 그 순간부터 가즈야는 우리 학교 모든 남학생의 부러움에 가득 찬 시선을 받을 것이다.

이즈미의 클리어파일 같은 볼에서 엷은 분홍 빛깔이 떠올랐다. 저렇게 예쁜 애도 뭔가를 고백할 때는 긴장을 하는 모양이다. 학생이 반이나 남아 있는 교실이 정적에 싸이고, 모든 시선은 가즈야에게로 쏠렸다. 가즈야는 팔자 눈썹을 내리깔고 당혹스러운 표정을 짓고 있었다.

"미안해. 오늘은 기타가와하고 같이 가기로 했거든."

잘 만들어진 인형 같은 이즈미의 얼굴에 엄한 표정이 떠올랐다. 그러나 이즈미는 얼굴 표정을 바꾸면서도 미소는 잃지 않았다. 과연 우리 학교 최고의 미인이다.

"그럼 내일로 하지 뭐, 모리모토. 달리 사귀는 사람이나 좋아하는 사람 없지?"

나는 이즈미에게 존경의 시선을 던졌다. 우리라면 그렇게 첫마디에 거절당하면 아마도 바로 교실에서 달려 나가버릴 것이다. 그러나 이즈미는 그 많은 시선 속에서도 흔들림이 없었다. 가즈야의 눈을 똑바로 보고 있다.

"미안해. 사귀는 사람은 없지만 좋아하는 사람은 있어. 앞으로도 스기우라하고는 같이 다닐 수 없을 것 같아."

가즈야는 발개진 얼굴에 또렷한 음성으로 그렇게 말했다. 그 폭탄발언은 수업이 끝나 느긋한 공기가 감돌던 우리 교실을 얼음동굴로 만들어버렸다. 나지막한 입속말로 안녕, 이란 말을 남기고 가즈야는 우리 쪽으로 걸어왔다.

"오늘도 같이 가도 돼? 괜찮을까?"

우리는 얼이 빠진 표정으로 고개를 끄덕였다. 다이는 어이없다는 표정으로 이렇게 말했다.

"너, 지금 무슨 짓을 했는지 알아? 내가 너를 대신하면 안 될까?"

가즈야는 여전히 당혹스러운 표정 그대로, 교실 뒷문을 나섰다. 이번에는 우리 넷이 그 뒤를 따를 차례다. 준이 말했다.

"도저히 내 눈을 믿을 수 없어."

다이가 가느다란 트렌치코트의 등을 바라보며 말했다.

"가즈야, 정말 멋져. 데쓰로, 나오토, 준, 그렇지 않아?"

나는 대답할 말이 없었다. 여자애들한테 우리가 어떤 모습으로 비칠지 도무지 상상이 가지 않는다. 나오토는 비싼 다운코트 호주머니에 손을 밀어 넣으면서 말했다.

"이거 버리고 나도 다음에는 짧은 트렌치코트를 입을까봐."

우리는 복도에서 점점 멀어지는 가즈야의 뒤를 천천히 따라갔다.

거기까지라면, 그 사건은 학교 최고의 미녀가 겪었던 가벼운 실연 이야기쯤으로 끝났을 것이다. 그러나 그렇게 되지 않았다. 가즈야의 방심 때문인지도 모른다. 그 다음주 월요일에 학교에 이상한 소문이 퍼졌다. 늘 듣던 게이 취향에 관련된 악질 소문이었다. 소문의 진원지는 이즈미를 둘러싼 여자애들 무리인 것 같았다. 나는 점심시간 때 그 무리 가운데 하나인 구보타(이름은 모른다)에게 이야기를 들었다. 나도 모르는 사이에 목소리가 점점 작아졌다.

"가즈야에 대한 소문, 정말일까?"

그녀는 교실 반대편에 있는 이즈미를 흘끗 보았다가, 책상 위로 엎드리면서 말했다.

"사실인 모양이야. 야나사와가 신주쿠에서 목격했대."

나도 창가 자리에 앉았다. 운동장에서 뛰어노는 학생들의 함성이 들려왔다. 나는 낮은 목소리로 물었다.

"뭘 목격했는데?"

"그러니까, 소문대로라는 거야. 모리모토가 대학생쯤 돼 보이는 남자하고 손을 잡고 걸어가고 있더래. 연인 사이처럼 즐겁게 이야기를 나누면서. 이세탄 백화점 앞 길에서 말이야."

온몸의 힘이 다 빠져나가는 것 같았다. 도저히 만들어낸 이야기로는 들리지 않았다.

"그 이야기, 스기우라도 알고 있니?"

"응, 충격받은 것 같았어. 역시 모리모토는 호모섹슈얼이었던 거야. 가까이서 보면 늘 덜렁대는 다른 남자애들하고 다르다는 걸 느꼈거든. 어딘지 모르게 불순한 것 같지 않니?"

덜렁대는 남자애들 가운데 하나인 나는 그 새로운 정보 제공자에게 고맙다는 말도 하지 않고 창가를 떠났다. 칠판 가까운 책상에 앉은 가즈야의 조그만 등을 바라보았다. 자신에 대한 나쁜 소문이 퍼져나가는 교실에서, 어느 그룹에도 속하지 않는 외톨이로 남아 있다. 가즈야는 지금 어떤 기분일까.

그날은 이상하게도 수업이 끝난 후에도 여자애들이 집으로 돌아갈 생각을 하지 않았다. 저녁 햇살이 깊게 교실을 파고들었지만, 수업 전의 쉬는 시간처럼 여기저기서 들뜬 이야기꽃을 피우고 있었다. 최초로 움직인 사람은 우리 반 최고 미녀였다. 그것을 신호로 여자애들도 자리에서 일어나 곧장 가즈야의 책상으로 모여들었다. 등을 주욱 편 게 마치 전장으로 나가는 전사들 같았다.

"모리모토, 잠깐 할 말이 있는데."

집으로 돌아갈 준비를 하던 가즈야가 놀란 눈으로 이즈미를 올려다보았다. 이즈미는 단호한 어조로 말했다.

"좀 따라올래? 모두 앞에서 할 이야기가 있어."

그렇게 말하고는 가즈야의 손을 끌며 교단 위로 올라갔다. 게이라는 소문이 퍼진 남학생과 우리 반 최고 미소녀가 손을 잡고 나란히 칠판 앞에 섰다. 교실에 무슨 일이 일어나길 기대하는 무거운 공기가 좌악 깔렸다. 둘의 키가 비슷했다. 이즈미가 자기 피부색처럼 맑은 목소리로 말했다.

"오늘 아침부터 모리모토에 관한 이상한 소문이 퍼지고 있는데, 지금 이 자리에서 그 소문이 잘못된 것임을 증명하겠습니다."

남학생들 사이에서, 아, 하는 신음 같은 탄식이 터져나왔다. 이즈미는 가즈야의 어깨를 잡더니 자기 쪽으로 돌려 세웠다.

"다들 모리모토를 게이라고 해. 나 같은 사람이라도 괜찮다면, 그게 아니라는 사실을 증명하는 의미로 키스를 해도 좋아. 모리모토, 어제 신주쿠에서 뭘 했지?"

플리츠 스커트 차림의 이즈미의 다리가 떨리는 것을, 나는 두 눈으로 똑똑히 확인할 수 있었다. 이즈미는 기다란 속눈썹을 마음껏 드러내며 눈을 감았다. 입술을 동그랗게 내밀었다. 이번에는 여자애들 사이에서, 꺅, 하는 비명이 터져 나왔다. 말도 안 돼, 대답해, 진심이야? 빨리 해! 여기저기서 추임새가 들어가고, 그것은 이윽고 박자를 맞춘 박수 소리로 바뀌었다. 결혼 피로연에서 신랑신부에게 던지는 천박한 농담 같은 것들이 거기에 곁들여졌다.

"키스, 키스, 키스!"

몇 놈은 의자 위에 올라서서 손뼉을 치고 휘파람을 불었다. 그때, 가즈야가 교단 한복판으로 나섰다. 그리고 옆에서 파랗게 질린 얼굴로 입술을 내밀고 있는 이즈미를 향해 말했다.

"나를 생각해줘서 정말 고마워. 그렇지만 미안해, 키스는 못 하겠어."

가즈야는 팔자 눈썹을 아래로 늘어뜨린 채 더 힘찬 목소리로 말했다.

"일요일 오후, 신주쿠에 간 건 사실이야. 그때 같이 있었던 사람은 내가 좋아하는 사람은 아니지만, 보이프렌드 가운데 하나인 것만은 분명해. 나는 너희들 말대로 호모섹슈얼이야."

당혹스러운 표정으로 얼굴을 붉히면서 손바닥을 비스듬히

세워 얼굴을 가렸다. 텔레비전에서 자주 보았던 게이의 특징적인 제스처였다. 가즈야는 모든 것을 웃음거리로 삼아 한꺼번에 날려버리겠다고 각오한 것 같았다.

"모두 앞에서 이런 말을 하게 만든 이즈미, 너, 정말 미워!"

그렇게 말하고, 우리 반 최고 미소녀의 어깨를 힘껏 내리쳤다. 다리를 떠는 것은 이즈미만이 아니었다. 가즈야의 다리도 눈에 띄게 떨리고 있었다. 나와 눈이 마주치자, 글썽해진 눈으로 고개를 끄덕였다.

"이제 됐지? 웃음거리로 삼는 일은 이제 그만둬. 앞으로 내가 어떻게 생활하는지 알고 싶다면 우리 가게에 와서 재킷이라도 주문해줘."

가즈야는 어깨를 축 늘어뜨리고 교단에서 내려왔다. 금방이라도 그 자리에서 무너질 것 같았다. 나는 가즈야의 어깨를 잡아주었다.

"괜찮아?"

곁에 있던 준이 감탄한 듯한 목소리로 말했다.

"대단했어. 가즈야는 정말 용기 있는 사람이야. 어이, 이런 교실에 더 있어서 뭘 하겠어. 빨리 나가자."

가즈야는 수그렸던 얼굴을 번쩍 치켜들었다.

"정말? 앞으로 같이 다녀도 돼?"

다이가 가슴을 탕 하고 치자, 하얀 셔츠 아래서 살과 지방이 물결처럼 흔들렸다. 가즈야의 가방을 가볍게 들어올리며 말했다.

"헤헤헤, 갑자기 우리를 덮치지만 않으면 돼. 자, 가자."

우리 넷과 가즈야는 원숭이 우리 같은 교실을 빠져나왔다. 흘끗 뒤를 돌아보니, 이즈미는 멍하니 입을 벌린 채 자기 자리에 앉아 있었다. 아직 상기된 얼굴은 그대로였지만, 얼음 조각 같은 자태는 역시나 아름다웠다. 그 주위를 여학생 몇이 둘러싸고 있다. 나는 이즈미라는 애가 참 좋은 여자라고 생각했다.

그러나 이 세상에는 선의로 인해 최악의 사태를 일으키는 인간이 있다. 이즈미의 아름다움은 그런 경박한 성격의 보상인지도 모른다.

우리는 저물어가는 아사시오 운하 위에 있었다. 모두 서로 조금씩 거리를 두고 먼지 앉은 난간에 기대 서 있었다. 가방은 보도 여기저기에 던져두었다. 잠든 듯 고여 있는 수면, 저녁 햇살을 받고 있는 쓰키시마 거리, 어두운 하늘과 그것을 배경으로 떠오르는 초고층 빌딩숲. 늘 낯설기만 하던 풍경이 가슴이 아릴 정도로 눈앞에 선명하게 펼쳐져 있었다.

가즈야는 난간 아래 주저앉아 구름 한 점 없는 가을 하늘을 올려다보고 있었다. 핑크 또는 자색 유리, 어느 쪽으로 묘사해도 좋을 묘한 단색조의 하늘.

"나는 유치원 다닐 때부터 남자애를 좋아했어."

가즈야가 그렇게 말하자 준이 바로 끼어들었다. 늘 냉정하기만 하던 준의 목소리가 부드럽기 짝이 없다.

"억지로 설명하지 않아도 돼."

가즈야의 목소리는 억지스러운 힘도 들어 있지 않았고, 교단 위에서처럼 자학적이지도 않았다.

"그냥 이야기를 하고 싶을 뿐이야."

아무도 가즈야 쪽을 바라보지 않았다. 제각기 다른 곳을 바라보면서 우리와 하나도 다를 바 없는 데도 어딘지 모르게 특별한 존재로 부각되는 친구의 목소리를 들었다. 그렇지만 가즈야도 열네 살, 우리와 같은 나이의 중학생이다.

"일요일에 데이트를 한 건 사실이야. 그 대학생은 나 같은 사람이 모이는 사이트에서 알게 됐어. 그렇지만 그런 데 들어가면 어떻게 처신해야 할지 정말 어려워. 나는 서로를 잘 이해하고 난 다음에 사귀고 싶지만, 다른 사람은 금방 몸을 만지거나 키스를 하려고 해. 그리고 우리는 소수파라서 사람들이 많이 모이는 장소에서는 서로를 바라볼 수 없어."

나오토가 가즈야에게서 시선을 돌린 채 더듬거리며 말했다.

"그럼, 그 대학생은 가즈야가 좋아하는 사람이 아니야?"

"응, 아냐. 좋아하는 사람은 따로 있어. 손이 닿지 않는 곳에 있지만."

나는 한순간 가즈야의 눈을 보았다. 가즈야는 나에게 고개를 끄덕여 보이고, 그 시선을 둥글고 두꺼운 다이의 등 쪽으로 돌렸다. 그러고 나서 다시 내 쪽으로 눈길을 돌리더니, 입술 한쪽을 비틀며 웃었다. 덜렁이파에 속하는 내게는 그걸로 충분했다. 정말 그건 손에 닿지 않는 존재인지도 모른다. 나도 가즈야처럼 엷은 하늘을 올려다보았다.

"친구들이 나에 대해 어떻게 말하는지 잘 알고 있고, 그건 어쩔 수 없는 일이라고 생각해. 누구든 자신들과 다르면 이상한 사람이라고 생각하는 법이니까. 그렇지만, 한 가지 이상한 게 있어."

가즈야의 목소리가 울먹이고 있었다. 우리는 말없이, 아사시오 교 위에서 그 목소리에 귀를 기울였다. 그것은 요정이나 천사처럼 성별을 넘어선 중성적인 목소리였다.

"이상한 것은, 다른 사람이 아무리 나쁜 욕을 해도, 내게는 전혀 나쁜 소리로 들리지 않는다는 거야. 왜냐하면 남자를 좋아하는 건 내가 태어나서 지금까지 한 일 중에 가장 좋은 일이라고 생각하기 때문이야. 마음 깊은 곳에서 난 알고 있어. 다른 사람이 잘못된 것이고, 사람을 좋아하는 내가 옳다는 것을. 남자나 여자가 아니라, 사람을 좋아하는 것. 유치원 때건, 지금의 중학생 시절이건, 어른이 되어서건, 그건 절대로 변함없을 거야. 누군가를 좋아하게 된다는 것은 너무 멋진 일이거든. 남자든 여자든 아무 상관없어."

그때 다이가 외치듯이 말했다.

"아, 시발. 카섹스도 좋지만, 나도 살이 빠질 정도로 열렬한 연애를 해보고 싶어."

가즈야의 말을 듣고, 내가 느낀 것도 똑같은 감정이었다. 그건 너무도 단순해서 말로 하면 바보 같은 기분이 들 정도다. 가슴이 아릴 정도로 아픈 사랑을 하고 싶다. 예쁘건 못생겼건, 머리가 좋든 나쁘든, 섹스를 하건 말건. 그 사람을 생각하면 가슴이 따스해지고 마음이 평화로워 잠이 잘 오는 그런 사랑을 해보고 싶다는 생각을 하면서, 해가 저문 지 삼십 분이 지난 저녁 하늘을 올려다보았다. 그것은 실제로 사랑을 하는 것보다 더 애절한 기분이었다. 우리는 그냥 그대로 아무 말 없이 다리 위에서 조각처럼 굳어버리고 말았다. 누군가를 좋아하고 싶은 기분이 너무 강렬해서, 아무도 몸을 움직일 수 없었던 것이다.

잠시 후, 우리 다섯은 가방을 집어 들고 어두워지기 시작한 다리를 건너, 거리로 접어들었다. 나오토는 가즈야의 트렌치코트를 바라보며 말했다.

"그런데 그거 어디 제품이니?"

가즈야는 자랑스럽게 말했다.

"버버리 블랙 라벨이야. 그렇지만 그냥 입으면 폼이 안 나."

가즈야는 매끄러운 동작으로 코트를 벗더니, 뒤집어서 허리께의 봉재선을 보여주었다.

"허리가 너무 커서 많이 줄였어. 우리집은 양복점이니까, 나도 옷을 잘 고쳐."

나오토가 말했다.

"그럼 나도 사면 고쳐줄래? 물론 비용은 낼게."

옷을 다시 뒤집어 입으면서 가즈야가 말했다.

"언제든 좋아. 테일러 모리모토를 애용해줘."

준이 다이의 불룩한 배를 보며 말했다.

"다이도 좀 날씬해 보이게, 저 코트 좀 고쳐주는 게 어떨까."

가즈야는 황망히 말했다.

"오노는 지금 있는 그대로가 제일 좋아. 일부러 다듬지 않아도……."

가즈야는 얼굴을 붉히면서 입을 다물었다. 나는 가즈야가 삼켜버린 말이 너무 이상해서 혼자 웃었다. 다이는 가즈야와는 대조적으로, 일부러 멋을 부려봐야 하나도 어울리지 않을 것이다. 나로서는 어릴 적부터 같이 자란 저런 뚱땡이의 어디가 그리 매력적이고 섹시한지 도무지 이해할 수 없는 노릇이지만, 가즈야에게는 필시 내가 모를 독특한 취향이 있는 것 같다.

여기저기 몬자야키집에 긴 줄이 이어지기 시작한 니시나카로에서 헤어질 때는, 아무도 교실에서 일어난 그 사건에 대해 생각하지 않고 있었다.

하기야 가즈야가 누구를 좋아한다 한들 우리에게는 아무런 흥미도 없는 일이니까.

이 사건은 거의 모든 남학생들의 마음에 울분과 안타까움의 씨앗을 뿌리는 결과를 낳았다. 자신의 성적 취향을 만인 앞에 공표한 가즈야는 다음 날부터 모든 여학생들에게 일약 영웅으로 취급되었다. 우리 반 최고의 미소녀 이즈미와는 연인 관계는 아니지만 친구 사이가 되었다. 때로 하굣길에 같이 걸어가기도 한다.

가즈야는 몇 달 후 밸런타인데이에 혼자서 열두 개의 초콜릿 상자를 받아 반 역사상 최고 기록을 갱신했다. 게다가 여자애들만 참가할 수 있는 수제 초콜릿 시식회에 남자로서는 유일하게 초대를 받았다.

덧붙이자면, 우리 네 명이 받은 초콜릿 수는 세 개(준이 둘, 내가 하나)로, 가즈야와는 하늘과 땅 차이였다. 초콜릿을 하나도 받지 못한 다이와 나오토는 너무 불공평한 처사고 반칙이라며 격분했지만, 반에서 선망의 대상이 된 가즈야에게도 가슴 아픈 일이 있었던 것 같다.

나 혼자 살짝 들은 이야기인데, 가즈야도 2월 14일 밸런타인데이에 초콜릿을 준비했었다고 한다. 그렇지만 가즈야는 다이에게 그것을 주지 못했다. 그 초콜릿은 스미다 강이 내려다보이는 쓰쿠다 공원 벤치에서 우리 다섯이 먹어치웠다.

달지 않고, 오히려 쓴맛이 강한 어른을 위한 초콜릿이었다. 코코아 파우더를 뿌린 스무 개가 넘는 초콜릿을 반 이상 다이가 처리한 것은, 가즈야에게는 참으로 즐거운 일이었으리라. 입을 있는 대로 벌리고 갈색으로 물든 이를 드러낸 채 웃어젖히는 다이의 섹스어필은, 아직도 내게 수수께끼로 남아 있다.

하늘색 자전거

그날 아침은 너무도 추웠다. 도쿄에서 경험하기 힘든 추위로, 아파트를 나서는 순간 마치 얼음벽에 부딪힌 듯했다. 입김이 하얗게 뻗어 머플러처럼 얼굴을 감쌌다. 나는 평소보다 십오 분 빨리 집을 나섰다. 빠른 걸음으로 약속 장소로 향한다.

쓰구다 공원은 오가와바나 리버시티 바로 아래 위치한 쾌적한 공원이다. 스미다 강을 따라 좁고 길게 이어져 있어서 봄마다 엷은 꽃을 피우는 왕벚나무 산책로는 이 지역에서도 유명한 벚꽃놀이 명소다. 그날 아침은 2월 중순이라 꽃망울도 아직 나오지 않은 상태였다.

햇빛이 드는 벤치에 가방을 내려놓고, 나오토와 준 곁으로 다가갔다. 뚱뚱한 친구 하나만이 아직 모습을 드러내지 않고 있다. 다시는 만나지 못할지도 모른다. 다이는 쓰키시마 경찰서 취조실에 있다. 나는 너무 불안해서 마지막 10미터를 잰걸음으로 달렸다.

"안녕. 다이가 대체 어떻게 된 건지 자세히 좀 얘기해봐."

나오토가 백발이 듬성듬성한 머리를 쓸어 올리며 걱정스러운 목소리로 물었다.

"몰라. 오늘 아침에 비상연락망을 통해 소식이 들어왔을 뿐이야."

나오토는 가방을 벤치 위로 집어던졌다.

"넌 무슨 얘기 들은 것 없니?"

나오토는 갑자기 눈을 내리깔았다. 소리를 낮추어 힘들게 말했다.

"다이 집에 사고가 있었대. 갑자기 아버지가 돌아가신 거야. 아직 자세한 사정은 모르지만, 다이와 동생 료헤이가 경찰서에서 조사를 받고 있대. 혹시 학교에 가는 도중에 방송국에서 질문을 할지도 몰라. 그래도 인사만 하고 절대로 입을 열어서는 안 돼."

준이 비꼬듯이 말했다.

"무슨 사건이 일어날 때마다 모두 벙어리가 되어버려. 우리나라 뉴스의 특징이지."

나도 힘이 잔뜩 든 목소리로 외쳤다.

"그럼, 준은 카메라 앞에서 마이크를 들이대면 뭐라고 할 거야?"

준은 안경 속의 눈을 번득이며 아무것도 없는 맨땅을 발로 찼다.

"다이의 아버지에 대한 진실을 가르쳐주지. 그런 놈은 죽어도 싸다고 해야 할 거야. 나오토, 데쓰로, 너희들은 그런 생각이 안 들어?"

내게는 준과 같은 용기가 없다. 말없이 강물만 내려다보고 있었다. 평소의 아침과 똑같이 고층 빌딩 아래를 흐르는 스미다 강은 납으로 된 판자처럼 평평하다.

우리는 가방을 어깨에 메고 걸어가기 시작했다. 자그만 운하에 걸린 빨간 다리를 건너, 쓰쿠다에서 쓰키시마로 들어섰다. 준이 핸드폰 화면을 보며 말했다.

"아직 시간이 좀 있어. 다이네 집에 들러보지 않을래?"

다이가 사는 낡은 연립주택은 통학로 중간, 니시나카 로 뒷골목에 있다. 나오토가 우물거리며 말했다.

"가는 건 좋지만, 괜찮을까?"

선생이나 경찰이 있을지도 모른다는 걱정이 앞섰지만, 내 입에서는 정반대의 말이 튀어나왔다.

"가보자. 무슨 좋지 않은 일이라도 있으면, 지나가는 척하지 뭐. 다이네 집을 보면 뭔가 알 수 있을지도 몰라."

그래서 우리는 샐러리맨들이 쓰키시마 역으로 향하는 몬자야키 거리를 반대 방향으로 걸어가기 시작했다. 이 거리는 몬자야키로 유명하지만, 요 몇 년 사이에 아파트가 속속 들어서서, 도심지를 오가는 비즈니스맨들의 베드타운 역할을 하고 있다. 땅값이 내려서 도심지 회귀 현상이 일어나고 있다고는 하지만, 이 거리는 멋지게 세 부분으로 나뉘어 있다.

먼저, 쓰쿠다시마에 선 높이 100미터 이상이나 되는 초고층 아파트. 억대가 넘고, 월세만 해도 삼십만 엔이 넘는 집이 많아서 당연히 나오토네 부모님처럼 부자들이 산다. 그 다음이 중급 아파트. 대기업의 샐러리맨용으로 최근에 급격히 증가한 아파트다. 그리고 마지막으로, 니시나카 로 골목 뒤편에는 메이지 시대나 다이쇼 시대의 모습을 그대로 간직한 듯한, 기와와 동판으로 지붕을 씌운 목조 연립주택이 있다.

아르데코풍 파출소를 지나 니시나카 로에 들어서자, 방송국 중계차가 몇 대 서 있었다. 일 없는 주부나 노인들이 수군거리며 골목길 구석에 모여 있다. 나는 너무 긴장하여 몸이 뻣뻣하게 굳을 지경이었지만, 낮은 목소리로 준에게 말했다.

"다이네 집 앞까지 갈 생각이야?"

준도 뻣뻣한 표정으로 고개를 끄덕였다.

"여기까지 왔으니, 가봐야지."

나오토도 반백의 머리를 끄덕이고 있다. 우리는 여기저기 콘크리트 포장이 벗겨져 나간 폭 1.5미터 정도의 골목길 안으로 들어섰다. 갑자기 아침이 저녁으로 바뀐 듯 어두워졌다. 거기서 몇 개 방송국의 팀들이 눈부신 조명 아래서 중계를 하고 있었다. 골목 옆에 있는 집들은 모두 창문을 닫아걸고 아무도 얼굴을 내밀지 않고 있다. 중간쯤에 차 두 대분 정도의 공간이 만들어져 있다. 그 앞에는 출입 금지를 나타내는 노란 비닐 테이프가 둘러쳐져 있었다.

공터 한복판에는 쇠사슬과 자물쇠를 둘둘 만 수도 계량기 뚜껑이 보인다. 어릴 적 다이와 함께 비닐 풀 속에 물을 채워 놓고 자주 놀던 곳이다. 공터 옆 연립주택 세 채 가운데 맨 오른편이 다이네 집이다. 비스듬히 겹쳐진 판벽이 거무스름하게 때에 절어 있고, 땅에 가까운 부분에는 녹색 이끼가 끼어 있다. 지어진 지 오십 년도 더 된 목조 연립주택. 옆집은 오래전부터 사람이 살지 않았는지, 깨진 창 너머로 버려진 가구들이 보인다.

테이프 앞에는 대학생처럼 보이는 젊은 경찰관이 서 있다. 준이 내 옆구리를 쿡 찌르며 말했다.

"저길 봐."

준은 수도 계량기 건너편 땅바닥을 손가락으로 가리켰다. 칙칙하게 젖은 회색 콘크리트 위에 분필로 그려놓은 사람의 윤곽. 몸을 웅크리고 있었는지, 윤곽은 작고 둥글었다. 어젯밤은 기온이 영하로 내려갔다. 다이의 아버지도 추웠을 것이다. 멍하니 선 우리를 보고 경찰관이 말했다.

"빨리 학교나 가. 여긴 너희들이 올 곳이 아냐."

우리는 아무도 없는 다이네 집을 다시 한 번 바라보았다.

현관 앞에는 백열전등 하나가 외롭게 켜져 있었다. 다이, 료헤이 그리고 어머니는 오늘 아침 사람 형태의 그 윤곽 위에 쓰러져 있는 아버지를 발견하고 어떻게 대처했을까. 그런 생각만 해도, 갑자기 눈 속에서 백열전등이 흔들리며 눈물이 흘러내릴 것 같았다.

골목길에서 니시나카 로 쪽으로 돌아왔다. 우리 셋은 다이네 집에서 일어난 사건의 무게에 짓눌려 할 말을 잃고 말았다. 터벅터벅 쓰키시마 중학교 쪽으로 걸어가는데 갑자기 밝은 불빛이 우리를 덮쳤다. 눈앞에 총구처럼 생긴 마이크가 나타났다.

"학생들은 용의자와 같은 중학교에 다니죠. 아는 학생인가요? 어떤 학생이었죠?"

빈틈없이 화장을 한 여자 아나운서가 총알보다 빠르게 물었다. 우리는 어른 다섯 명에게 둘러싸여 멈춰 섰다. 준의 안색이 바뀌었다. 황망히 내가 입을 열었다.

"이름은 말하지 않는 게 좋겠지요."

목에 두른 커다란 리본 같은 스카프를 고쳐 매면서 리포터가 말했다.

"생방송이 아니니까 나중에 지울 수 있어. 아는 사이니?"

"얼굴을 아는 정도가 아니라, 다이하고는 친한 사입니다."

어깨에 대형 비디오카메라를 멘 카메라맨이 다가왔다. 내 얼굴이 클로즈업되고 있다는 것을 알 수 있었다. 눈을 내리깔고 말했다.

"다이는 덩치도 크고 뚱뚱하지만, 폭력을 휘두를 애가 아닙니다. 아버지에게 늘 맞고 지내는 것 같았지만, 그애는 절대로 다른 사람에게 폭력을 휘두르거나 하지 않았습니다. 다이가 아버지를 죽이다니, 그건 말도 안 됩니다."

이럴 때는 자연스럽게 마음속의 말이 그냥 나온다는 걸 알 수 있었다. 마지막 한마디를 하고, 나는 눈물을 글썽였다. 준이 내 어깨너머로 찬물을 끼얹듯이 말했다.

"다이가 두들겨 맞을 때는 아무것도 해주지 않더니, 그 개똥 같은 아버지가 죽으니까 카메라까지 들고 와서 난리야. 어른들은 정말 대단합니다."

여성 리포터는 그런 비난에 익숙한 것 같았다. 준의 도발에도 눈 하나 깜짝하지 않고 눈을 반짝이며 내게 말했다.

"오노 군의 가정 분위기는?"

우리는 서로의 눈을 바라보았다. 학교는 이런 걸 금지하고 있다. 그렇지만 우리는 다이를 위해 뭐든 하고 싶었다. 입을 다물고 있던 나오토가 말했다.

"다이네 집은 어머니가 일을 하고, 아저씨는 일할 때도 있고 쉴 때도 있었습니다. 그리고 일을 할 때나 하지 않을 때나 늘 술에 절어 있었습니다."

다이의 아버지는 어느 동네에나 하나 정도는 있는, 대낮부터 술에 절어서 화를 내며 고함을 질러대는 그런 인간이다. 그는 쓰키지 시장에서 청소나 배달 같은 잡일을 했던 것 같다.

"학생은 이번 일을 어떻게 생각해요?"

정보를 얻을 수 있는 좋은 기회였다. 나도 조금의 틈도 주지 않고 말했다.

"우리는 아직 아무것도 몰라요. 다이의 아버지가 어떻게 돌아가셨는데요?"

이번에는 리포터가 스태프와 눈길을 주고받았다. 청바지를 입은 젊은 남자가 고개를 끄덕이자 리포터가 말했다.

"어젯밤에, 술에 취한 오노 토다이 씨를 장남과 차남이 바깥으로 끌고 가 그대로 방치했어. 오늘 아침 가족들이 죽은 오노 씨를 발견했지. 아직 정식 발표는 나오지 않았지만, 동사한 것으로 추정돼."

"그랬군요."

목소리가 바닥으로 착 가라앉았다. 준이 생각에 잠긴 표정으로 말했다.

"그럼 사고로군요. 다이는 죽이려고 바깥으로 내몬 게 아니죠. 술을 깨게 하려고 그랬을 거예요."

리포터는 다시 디렉터에게 시선을 던지며 확인을 요구했다. 그가 고개를 끄덕이며 우리에게 말했다.

"그렇긴 하지만, 문제는 그리 간단치가 않아. 다이스케 군은 죽일 생각이었다고 주장하고 있어. 아버지가 죽어도 좋다는 생각으로 바깥으로 끌고 나갔고, 양동이로 물을 끼얹었다고 해."

더이상 할 말을 잃은 우리는 그 자리를 떠났다.

쓰키시마 중학교에서는 1교시가 시작되기 전에 긴급 조회가 열렸다. 한겨울 체육관 바닥은 너무 차가웠다. 메가폰으로 확대된 교장의 목소리가 거칠게 전교생의 머리 위에서 울려 퍼졌다. 새삼스러운 내용은 없었다. 생명의 소중함을 둘러싼 그렇고 그런 공식적인 견해였다.

교실로 돌아오자 담임은 그런 도덕적 명제를 다시 한 번, 별로 열도 올리지 않고 강조했다. 담임의 별명은 리맨이다. 유명한 수학자 이름 같지만, 사실은 샐러리맨의 리맨이다. 학생 지도를 하기보다는 아키하바라에 가서 한정 판매 프라모델을 구입하는 것을 세상에서 가장 중요한 일로 생각하는 선생이다. 학생들과의 관계는 업무에 한정된다. 우리는 그를 존경하지 않지만, 딱히 경멸하지도 않는다. 아무 문제가 없을 때는 그런 선생과 우리의 관계는 잘 드러나지 않는다.

그러나 이런 사건이 일어나면, 리맨이 학생들에게 얼마나 무관심한지를 알 수 있다. 십 분 정도로 끝난 대화(라기보다는 교단에 서서 어디선가 들어본 것 같은 도덕적인 훈시를 일방적으로 쏟아냈을 뿐이다) 후에, 곧장 사회수업이 시작되었다. 중학생은 민주주의를 공부해야 한다.

반 학생들 대부분은 아무 일 없었다는 표정이었다. 쉬는 시간에도 다이에 대해 이야기하는 아이는 없었다. 만일 다른 학교 학생들과 패싸움을 벌였다거나, 편의점에서 물건을 훔친 사건이었다면, 이야깃거리로 삼아 떠들어댔을 것이다. 하지만 누군가의 집에서 일어난 죽음은 웃어넘기기에는 너무도 심각한 사태다. 게다가 아버지를 죽인 당사자가, 바로 어제까지 같이 농담을 주고받던 친한 친구 아닌가. 하루 종일 얼음동굴에서 수업을 받는 것 같았다. 누군가 아무 생각 없는 말을 한마디만 던져도, 교실은 그냥 얼음바다 속으로 잠겨버릴지도 모른다. 불안한 시선이 우리들 사이를 오갈 뿐이었다.

준과 나오토 그리고 나, 이렇게 셋은 수업이 끝난 뒤 교무실로 갔다. 별 기대도 없이 리맨의 책상 앞에 섰다. 책상 위에는 게임 센터에서 낚아 올린, 얼마 전에 유행한 SF영화의 캐릭터가 몇 개 놓여 있었다. 에일리언이나 그렘린, 사구砂丘에 나오는 것들이다. 내가 먼저 입을 열었다.

"다이와 면회할 수 있을까요?"

체크무늬 다운셔츠에 회색 카디건을 걸친 담임은 얼이 빠진 표정으로 앉아 있었다.

"교장 선생님도 나도 면회가 안 돼. 너희들이 간다 해도 면회는 안 될 거야."

나오토가 말했다.

"쓰키시마 경찰서에 있는 건 확실합니까? 오늘밤은 어떻게 됩니까?"

"글쎄, 저녁나절까지 조사가 계속될 테고, 그 다음은 아동 상담소 쪽으로 옮겨가겠지만, 아직 확실한 건 몰라."

"그렇습니까."

입을 다물고 있던 준이 말했다. 표본실의 벌레라도 바라보는 듯한 눈길로 리맨을 응시하며.

"만날 수는 없어도 편지는 쓸 수 있겠지요? 영화를 보면 형무소에도 편지가 가던데요. 우리도 편지를 쓰고 싶습니다."

리맨은 귀찮다는 표정으로 말했다.

"그건 너희들 자유지만, 내가 편지를 배달할 수는 없어."

준의 목소리가 맑고 날카롭게 울렸다.

"알았습니다. 우리가 경찰서로 가지고 가겠습니다. 선생님을 귀찮게 하지는 않겠습니다."

교실로 돌아와서 우리는 준의 책상 앞에 모였다. 알루미늄 새시 창 밖에서는 야구부과 축구부가 운동장을 돌고 있다. 사건 때문인지 교정 한가운데서 활기찬 연습은 삼가는 것 같았다. 교문 바깥에는 아직도 텔레비전 방송국 인간들이 모여 있었다. 나는 펼쳐놓은 리포트 용지를 앞에 두고 팔짱을 꼈다.

"뭐라고 쓰면 좋을까. 다이하고는 늘 말도 안 되는 농담만 했는데. 하루 만에 이런 꼴이 되다니……."

그대로 모두 돌처럼 굳어버리고 말았다. 이십 분이 그냥 흘렸다. 여학생 하나가 교실 뒷문을 열고 들어오려다가 우리 셋의 분위기를 보고 도망치듯이 나가버렸다. 눈앞의 리포트 용지가 새하얀 사막처럼 느껴졌다. 작문을 할 때보다 몇 백 배나 더 넓어 보였다. 내가 말했다.

"안 되겠어. 뭐라고 써야 할지 안 떠올라."

준이 딴 곳을 바라보며 말했다.

"멋지게 많이 쓸 필요는 없잖겠어. 지금 우리가 다이에게 전하고 싶은 말을 가려서 항목별로 적지 뭐."

과연 준이었다. 머리가 좋다. 나오토가 말했다.

"그럼, 난 무슨 일이 있어도 다이와 우리 사이는 변함이 없을 거라고 써줘."

나는 샤프로 ①을 쓴 다음, 나오토의 말을 그대로 받아 적었다.

"우리 셋은 다이를 정말 걱정하고 있고, 필요한 건 없냐고 써줘."

나는 ②③으로 번호를 달고, 그대로 받아 적었다. 나도 네 번째 말을 생각하며 입으로 되뇌어 보았다.

"무슨 일이 있었는지 모르겠지만, 너를 믿어, 어때?"

"좋아. 그대로 써."

준이 충혈된 눈으로 그렇게 말했다. 눈물이 앞을 가려 글자가 비뚤어지고 말았지만, 나는 ④를 적어 넣었다. 하고 싶은 말이 계속 떠올라 전부 열일곱 개로 늘어났다. 리포트 용지 삼분의 이가 채워졌다.

"이 정도면 되지 않을까."

준의 선언으로 우리의 편지는 거기서 끝났다. 하얀 종이 위에는 지렁이가 기어가는 듯한 글씨로 적은 우리의 말이 가득 차 있었다. 나는 틀린 글자가 없는지 확인하기 위해 다시 한 번 읽으면서 그만 울음을 터뜨리고 말았다. 그리고 준에게 건넸다. 준도 읽으면서 울었다. 나오토는 준과 내가 우는 걸 보고 따라 울었다. 마지막으로 우리는 사인을 했다.

"봉투 사러 가자."

울어서 부어오른 얼굴로 학교를 나설 용기가 나지 않아 우리는 화장실에서 몇 번이나 세수를 했다. 얼음처럼 차가웠지만, 그것 때문에 오히려 마음의 평정을 찾을 수 있었다. 우느라 빨개진 눈, 얼음물을 끼얹은 탓에 빨개진 얼굴을 서로 손가락질하며 배를 잡고 웃었다. 그때는 울건 웃건 기분은 마찬가지였다. 울거나 웃지 않으면 가슴이 터져버릴 것 같았다.

쓰키시마 경찰서는 쓰키시마 교와 니지마 교를 건너 가치도키 6초메에 있다. 우리 중학교에서 1.5킬로미터 정도 떨어져 있었지만, 우리는 가방을 어깨에 메고 기요스미 로를 걸어갔다. 앞쪽은 저녁 햇살이 남아서 밝았지만, 돌아보니 벌써 어둠이 하늘 아래로 펼쳐져 있었다. 쓰키시마는 매립지라서 기복도 없고 하늘도 넓다. 그날의 저녁 하늘은 보는 것만으로도 몸이 얼어붙을 정도로 무섭게 맑았다.

경찰서는 하얗게 칠을 한 건물이었다. 앞은 차를 몇 대 댈 수 있는 주차장이고, 그 공간의 반을 패트롤카가 점령하고 있었다. 허리에 무전기 코드를 늘어뜨린 경찰관이 우리를 노려보았다. 우리는 가볍게 인사를 하고 그 앞을 지나쳤다. 열린 유리문을 지나 마주 보이는 안내 창구에 섰다. 벽에는 교통안전 시범 지구, 어제 사망자 0, 부상자 3이라 적힌 칠판이 매달려 있다. 지명수배자 사진과 운전면허 갱신 절차 등을 알리는 벽보가 붙어 있다. 나는 안내 건너편의 책상을 바라보고 선 경찰관을 불렀다.

"저, 실례합니다. 청소년과가 어디입니까?"

볼펜을 내려놓고 중년 남자가 다가왔다.

"쓰키시마 중학교 학생이로군. 무슨 일로 왔어?"

준이 한 걸음 앞으로 다가가며 말했다.

"오늘 아침에 여기 온 오노 다이스케와 같은 반 친구입니다. 면회는 안 된다고 해서요. 편지를 가지고 왔습니다. 다이에게 편지를 전하고 싶은데요."

우리의 성실하고 심각한 태도에 경찰관의 반응이 달라졌다. 바로 전화를 걸어주었다.

"잠깐 기다려봐."

로비에 있는 검은 인조가죽 소파에 앉아 십 분 정도를 기다렸다. 남색 윈드브레이커를 입은 남자가 내려왔다. 흘끗 우리를 살펴본 다음, 앞으로 성큼 다가왔다.

"청소년과의 시마다라고 해."

우리는 일어서서 인사를 했다.

"오노의 친구라고 했나?"

머리 모양, 교복을 입은 모양, 가방 끈의 길이 등 우리의 모습을 세심하게 훑어보는 경찰관의 시선이 느껴졌다. 내가 말했다.

"저, 편지를 전할 수 있을까요?"

청소년과 경찰관의 머리는 유명한 만화에 나오는 해결사와 비슷했다. 전체적으로 짧게 깎았지만, 앞머리만 길게 위로 솟구쳐 있었다. 그는 곤란하다는 표정을 지었다.

"아직까지 약간 흥분 상태에 있으니까, 내일 안정이 되면 건네주도록 하지."

나는 가방 안에서 봉투를 꺼내 시마다 씨에게 건넸다.

"미안하지만, 오노에게 보여주기 전에 내가 먼저 읽어봐야 하는데, 그래도 괜찮니?"

준이 불만스러운 표정으로 경찰관을 노려보았다. 나는 서둘러 입을 열었다.

"예. 괜찮습니다. 다이에게 내일 또 편지를 가지고 오겠다고 전해주세요."

그런 말을 남기고 돌아서려 하는데, 경찰관이 우리를 불러 세웠다. 손에는 검은 수첩이 들려 있었다.

"너희들 이름 좀 가르쳐줄래."

이름이 적힌다는 사실이 찜찜했지만, 우리는 제각기 이름을 불러주었다.

편지 배달은 그후 나흘간 계속되었다. 매일 쓰다 보면 쓸 말이 없어질지도 모른다고 걱정도 했지만, 오히려 편지는 하루하루 더 길어졌다. 수업이 끝나면 우리는 준의 책상에 모여, 셋이서 이야기를 나누며 편지를 썼다.

두 번째로 쓰키시마 경찰서에 갔을 때는 시마다 씨가 반갑게 우리를 맞아주었다. 그 편지를 읽고 감동하고 말았다고 했다. 참 이상한 일도 다 있다. 그는 우리에게 명함을 주었다. 쓰키시마 경찰서, 청소년과 제2계, 주임. 행을 바꾸어, 경시청 경찰부장 시마다 쓰네오. 무슨 추리소설 주인공이 된 것 같은 기분이 들었다.

"무슨 일이 있으면 여기로 연락해."

네 번째 방문으로 쓰키시마 경찰서 출입은 끝났다. 시마다 씨는 다이에 대한 조사가 끝났기 때문에 그날 정오쯤이면 아동상담소의 복지과로 이송된다고 했다. 쓰키지 7초메에 있는 그 시설의 주소를 확인하고, 우리는 머리 숙여 시마다 씨에게 인사를 했다. 그즈음에 이르러, 시마다 씨도 다이를 새롭게 평가하기 시작하여 부드럽게 대해주었다고 한다.

쓰키지는 스미다 강 건너편이라 매일 편지를 배달하기는

어려울 것 같았다. 걸어서 갈 수 없는 거리는 아니지만, 쉽지는 않았다. 다음 날부터 편지는 우편으로 보내기로 했다.

한 가지 마음에 걸리는 것은 다이에게서 답장이 한 통도 오지 않는다는 사실이었다. 나오토는 이렇게 해석했다.

"아마도 그 안에서는 편지를 쓸 수 없을 거야. 나쁜 놈이라면 동료들에게 연락해서 증거를 없애버릴 수도 있을 테니까."

그런 사정은 아닐 것 같았지만, 나는 입을 다물었다.

다이가 아동상담소를 벗어난 것은 삼 주 후였다. 신문은 그 사실만을 보도했지만, 주간지는 가족에게 폭력을 휘두른 알코올중독자 아버지에 대해 비판적이었고 빌딩 청소부로 일하면서 가족의 생계를 책임져온 어머니와 형제에 대해서는 동정적이었다. 다이의 증언은 사건 직후의 흥분 상태에서 비롯된 실언으로 처리된 듯했다. 동생을 지키려고 다이는 모든 것을 자신의 탓으로 돌리려 한 것이다. 형제는 모두 불기소 처분을 받고 가정재판소로 이관되었다. 아동상담소에서 빠른 복귀가 바람직하다는 의견이 나오자, 다이는 그로부터 일주일 후, 삼학기가 끝날 무렵에 학교로 돌아왔다. 어색하고 냉랭한 표정, 꼭 다문 입, 살이 빠진 얼굴선이 한층 엄하게 보였다.

그날 아침의 사건 이후 다이의 내면에 아무런 변화가 없을 리 없었던 것이다.

여러 가지 어려운 일을 겪고, 오늘 오노 다이스케가 우리에게로 돌아왔습니다. 변함없이 사이좋게 지내기 바랍니다. 리맨의 말은 사무적이고 산뜻해서 좋다. 다이는 1교시가 시작되기 직전에 교실 안으로 미끄러지듯 들어와서 우리와는 눈길도 마주치지 않고 자기 자리에 앉았다.

참으로 불안하고 어색한 여섯 시간의 수업이 끝나자, 다이는 바람처럼 모습을 감춰버렸다. 다음 날 아침, 늘 모이던 장소에도 나타나지 않았다. 우리는 조심스럽게 다이에게 말을 걸었다. 편지 읽었어? 응. 편지를 못 쓰게 했어? 응. 다이의 어깨에는 힘이 들어가 있었고, 우리의 질문에도 허공을 헤매는 듯한 짧은 대답만 할 뿐이었다. 다이는 등하굣길도 일부러 우리를 피해 다른 길로 가는 것 같았다. 아침저녁으로 얼굴을 볼 수 없었다. 수업시간에도 굳은 표정으로 책상만 바라보았다.

다이가 돌아온 지 사흘째 되는 수요일, 돌아가는 길에 나오토가 말했다.

"알고 있니? 다이는 요즘 A그룹과 같이 다닌대."

준이 혀를 끌끌 찼다.

"쳇, 정말이야 그 말? 그놈들은 다이를 망쳐놓을 거야."

A라는 별명으로 불리는 아리노 요시미는 쓰키시마에서도 유명한 아리노 형제의 막내다. 바로 옆 반의 문제아인데, 좋지 않은 소문이 떠돈다. 오토바이를 훔쳐 팔았다, 야쿠자인 형에게 각성제를 얻어 복용한다, 누가 발 힘이 좋은지 겨룬다고 식

기 열 개를 발로 부숴버렸다. 확실한 증거도 없는 소문이지만, A라면 하고도 남을 만한 일임은 분명하다. 어느 도시의 어느 중학교에도 있음직한 전형적인 불량 그룹이다. 내가 말했다.

"어떻게든 해보자. 다이는 그런 놈들과는 달라."

준이 말했다.

"그렇지만 다이는 자기가 그놈들하고 똑같다고 생각하고 있어."

다음 날 수업이 끝난 후, 우리는 반쯤 떨면서 옆 반으로 갔다. A를 불렀다. A는 졸개 둘을 데리고 복도로 나왔다. 버버리 브이넥 스웨터를 허리에 둘렀다. 바지 자락이 바닥에 쓸려 발목 부분까지 온통 너덜너덜하다. 그룹의 제복이다. A는 느글느글하게 웃으며 말했다.

"무슨 일이야."

다른 학생들은 우리 주위에서 멀어져갔다. 용기를 내어 말했다.

"다이 때문에 할 말이 있어."

복도에 침을 뱉으며 A가 말했다.

"그 일이라면 조용한 곳으로 가지. 여기서는 좀 곤란해."

A가 졸개에게 말했다.

"너, 다이를 불러와. 수영장 뒤로."

우리는 그 뒤를 졸졸 따라 수영장으로 걸어갔다.

수영장 뒤에 있는 펌프실 계단에 A그룹은 자리를 잡고 앉았다. 우리 셋은 일 년 내내 햇빛 한 번 들지 않아 곰팡내가 가득한 공기 속에 서 있었다. 다이가 와서 A그룹 편에 서자 4대 3의 그림이 그려졌다. 다이는 우리들 중 누구하고도 눈길을 마주치지 않았다. A는 두 팔을 계단에 대고 윗몸을 뒤로 젖혔다.

"할 말이 뭐야?"

"다이를 우리에게 돌려줘."

A는 웃었다.

"다이는 너희 같은 꼬맹이와는 달라. 어려운 일도 있었고 말이야. 우선, 고양이가 아니니까 주거나 받거나 할 수 없어. 다이, 넌 어쩌고 싶어?"

다이는 아무하고도 눈을 마주치지 않고 몸을 웅크린 채 고개를 저었다.

"봐. 우리 그룹 입장에서는 아직 초보라서 돌려주어도 그만이지만 말이야."

느글느글한 웃음이 얼굴에서 떠나질 않았다. 나오토가 힘차게 말했다.

"정말이야?"

A의 얼굴에 웃음이 더 크게 번졌다.

"그럼, 한 사람당 십만 엔, 삼십만 엔 어때? 친구 하나를 나쁜 놈들에게서 구하는 일이니까 그 정도는 지불해야지. 돈이 모이면 다시 와. 그때까지 다이를 잘 보살펴줄게. 끝."

다이는 A를 중심으로 한 그룹이 일어선 후에도, 그 자리에서 머뭇거리고 있었다. 날카로운 목소리가 울렸다.

"다이, 빨리 와!"

무슨 말을 하고 싶은 표정이었지만, 다이는 그냥 가버렸다. 나는 호주머니에 손을 넣은 채 준에게 물었다.

"괜찮을까?"

준은 가볍게 고개를 끄덕였다. 나오토가 말했다.

"우리 엄마에게 삼십만 엔 빌려올게. 그 정도로 정리된다면 싼 거 아닌가."

나는 고개를 저었다.

"안 돼. 그건 애완동물 가게에서 고양이를 사는 거랑 다를 게 없어. 다이도 달가워하지 않을 거야."

준이 말했다.

"우리집은 나오토네처럼 부자가 아니니까 십만 엔은 어려워. 우리 힘으로 어떻게 해보자."

가능하다면 좋겠지만, 어떻게 하면 좋을지 그때의 나로서는 도무지 길이 보이지 않았다.

갑자기 핸드폰이 울렸다. 토요일 저녁 여섯 시쯤이었다. 오랜만에 다이의 굵직한 음성이 귓가에 울렸다.

"데쓰로, 나야."

"응."

"할 이야기가 있어. 지금 쓰쿠다 공원으로 와줄래. 준하고 나오토도 불러서."

한 시간 후면 저녁을 먹어야 하지만 그건 문제가 아니다. 나는 부엌에 있는 어머니에게 사정을 이야기하고 집을 나섰다. 1층 뒤편의 자전거 보관소로 가서 산악자전거를 빼냈다. 일기예보로는 그날의 최고 기온이 4월 말 수준으로 올라갔다고 했다. 자전거를 타고 달려도 볼을 스치는 바람이 미지근할 정도였다. 나는 어두컴컴한 방파제 길을 달려갔다.

쓰쿠다 공원 벤치에는 세 명이 벌써 와 있었다. 오랜만에 사인조가 모였다. 그러나 왠지 모르게 분위기가 다르다. 나오토의 카본 파이버로 된 고급 자전거, 준과 나는 똑같은 산악자전거(내 건 파랑, 준 건 빨강). 거기까지는 평소와 하나도 다를 게 없었다. 그러나 벤치 곁에 쓰러져 있어야 할 다이의 고물 자전거가 보이지 않았다. 그 대신 처음 보는 자전거가 우리 셋 앞에 자랑스럽게 버티고 있었다.

엷은 블루의 Y자형 프레임에 26인치 타이어, 전후륜 모두 디스크 브레이크. 리어서스펜션은 에어와 스프링 겸용 타입이었다. 부품은 모두 시마노의 프로 사양이다. 프레임 중앙에는 자이언트사의 로고가 새겨져 있었다.

정말로 멋진 하늘색 산악자전거였다. 어렴풋이 남은 저녁 햇살을 비스듬히 받아, 금속 부품의 모서리가 핑크빛으로 물들어 있다.

나는 자전거에서 내려 벤치 앞 바닥에 앉았다.

"좋은 자전거네. 다이, 이거 어떻게 된 거야?"

준이 벤치에서 일어나 내 곁에 앉았다. 정면에서 다이의 이야기를 들을 생각일 것이다. 나오토도 땅바닥에 앉았다. 다이는 혼자서 나무 벤치에 앉아 있다. 멍하니 새 자전거를 바라보며 말했다.

"오늘 오후에 갑자기 자전거 가게에서 전화가 왔어. 주문한 산악자전거가 도착했다고."

그 가게는 펑크 수리를 할 때 자주 가는 기요스미 로에 있는 자전거방이다.

"나는 주문한 적이 없다고, 도대체 어떤 자전거냐고 물어보았어. 그랬더니 자이언트라고 하는 거야. 주문 사양이 하도 복잡해서 그걸 바꾸는 데 한 달이나 걸렸다면서."

그렇다면 사건이 일어나기 전이다. 나오토가 작은 목소리로 물었다.

"그럼 다이의 아버지가……."

다이는 하늘 높은 곳에서 점점이 불을 밝히기 시작한 초고층 아파트를 올려다보면서 말했다.

"그 개똥 같은 아버지가 죽기 이삼 일 전, 희한하게도 술을 마시지 않은 날이 있었어. 그날 내게 가지고 싶은 게 없냐고 묻더라. 나는 일반 자전거를 타고는 친구들과 다니기 힘드니까, 산악자전거 한 대 새로 사달라고 했지. 브랜드는 이런 걸로 하고, 특별히 핸들 바를 달고, 어차피 도심지를 달리니까 타이어는 블록 패턴의 오프로드용보다는 슬릭으로, 그렇게 말했더니 아버지가 응응, 하고 고개를 끄덕였어."

길게 숨을 토해내고 다이는 하늘을 올려다보며 귀 쪽으로 눈물을 떨어뜨렸다.

"나를 놀래주려고 몰래 주문한 거야. 돈도 없는 주제에. 이 산악자전거는 모두 내가 말한 그대로야. 정말 웃겨. 계약금도 만 엔밖에 지불하지 않았어. 나머지는 십팔 개월 할부야. 자전거 한 대 값을 지불하는 데 일 년 반이야. 그 돈은 내가 아르바이트를 해서 갚아야 해."

나는 그만 울음을 터뜨리고 말았다. 준은 안경 속으로 손가락을 밀어 넣고 눈물을 닦은 다음, 아무렇지도 않은 표정을 지었다. 다이는 여전히 하늘을 보며 말했다.

"난 아버지가 미워. 그날 밤도 그랬어. 어느 집이건 일요일 밤은 특별한 분위기가 있잖아. 내일 다시 새로운 일주일이 시작되니까. 아버지는 밤중에 돌아와서는 가족 모두를 깨우더니, 이유도 없이 마구 욕을 해대기 시작하는 거야. 어머니는 여자로서 매력이라고는 없고, 나는 밥벌레고, 동생은 기개도 없는 게이 같은 놈이라고 말이야. 그만 자라고 하자 어머니와 나를 마구 때렸어. 그렇게 소동을 부리더니 새벽 두 시에 바닥에 쓰러졌어. 그렇게 자면서 방에다 똥을 쌌어. 바지를 입은 채로. 이런 생각이 들었어. 이제부터 걸레로 이놈의 똥을 닦아야 하고 그 냄새 속에서 잠을 자야 한다고. 내일은 즐거운 월요일인데 말이야."

우리 셋은 입을 다문 채 다이의 말을 들었다. 위로해줄 말이 없었다.

"나는 바지를 벗기려는 어머니를 제지하고, 료헤이와 함께 아버지를 바깥으로 끌어냈어. 도저히 냄새를 참을 수 없어서 양동이로 물을 끼얹었어. 아버지는 몸을 동그랗게 말았을 뿐, 아무렇지도 않은 것 같았어. 그래서 방으로 돌아와 자버렸어. 아침이 되어보니 죽었더라구. 놀라긴 했지만, 난 울지 않았어. 이제야 아버지에게서 자유를 찾았다는 생각이 들었어. 큰일이라는 생각과 함께, 마음 한구석에서 안도감이 들었어."

밤이 내려와 우리 주변을 덮었다. 멀리 쓰쿠다 쪽에서 자동차 달리는 소리가 들려왔다. 공원의 수은등이 눈부셨다.

"우리 아버지는 최악이야. 죽은 후에 내게 이런 선물을 하다니. 계속 미워해줄 생각이었는데, 이렇게 미워할 자유도 주지 않아. 이 자전거를 볼 때마다 그런 아버지에게도 부드럽고 상냥한 마음이 있었다는 생각이 들고 마는 거야. 이걸 그냥 스미다 강에 던져버리고 싶은 마음이 얼마나 들었는지 몰라. 그렇지만 안 되더라. 자전거방에서 우리집까지 울면서 끌고 왔어. 아버지가 죽고 나서 내가 운 건 그때가 처음이야. 준, 데쓰로, 나오토, 내 말 믿을 수 있니?"

다이는 더이상 눈물을 감추려 하지 않았다. 닭똥 같은 눈물을 뚝뚝 떨어뜨리며 우리 얼굴을 차례차례 바라보았다.

"그 개똥 같은 아버지에게도 상냥한 마음이 있었던 거야. 난 그런 아버지를 죽였어. 아버지가 만일 살아 돌아온다 해도 아마 똑같은 짓을 하고 말 거야. 난 살인자가 돼버렸어. 나 같은 놈하고 같이 다니면 너희들에게도 좋지 않은 일이 생길 거야. 너희가 보낸 편지를 몇 십 번이나 읽었는지 몰라. 답장을 쓰고 싶었어. 그렇지만 이제 너희들과는 같이 다닐 수 없어."

다이는 두 팔로 머리를 감싸고 통곡했다. 우리는 벤치로 다가가 다이의 어깨에 손을 올렸다. 얼마 동안 우리는 같이 울었다. 이윽고 준이 감정을 억누르며 말했다.

"나쁜 일은 절대로 없어. 가장 나쁜 일은 벌써 지나갔으니까."

평소의 비꼬는 듯한 준의 목소리가 믿을 수 없을 정도로 부드럽게 변해 있었다. 나도 참을 수 없어 입을 열었다.

"만일 아버지가 다이와 어머니와 료헤이를 저주한다면, 상대가 뺘건 유령이건 우리가 가만있지 않겠어. 절대로 가만두지 않을 거야. 그렇지만 아버지는 너를 이해한 거야. 그래서 이 자전거가 네게 온 거고."

나오토가 광대뼈를 두 손으로 누르며 말했다.

"아아, 너무 울어서 머리가 아파. 다이, 다음주부터 A그룹 그만두고 우리한테로 돌아와."

다이는 어리광부리는 아이처럼 고개를 저었다.

"이제 무리야. 이걸 봐."

다이가 왼쪽 소매를 걷어 올렸다. 팔뚝 안쪽에 검은 화상 흔적이 보였다.

"이게 그룹의 표시야. 이제 간단히 빠져나올 수 없어. 나가려다가는 집단 폭행을 당할 거야."

준이 젖은 눈으로 나를 바라보았다. 나는 고개를 끄덕이며 말했다.

"다이, 정말 애썼어. 이번에는 우리가 나설 차례야. 그놈들 일은 우리에게 맡겨둬."

몇 번이나 심호흡을 하고 머리를 식힌 다음, 다시 하나가 된 우리는 헤어졌다. 저녁시간에 삼십 분이나 늦었지만, 다이 때문이라고 하자 어머니는 아무 말도 하지 않았다. 아버지는 친구를 잘 보살펴주라고 했다. 물론 나는 다이를 잘 보살펴줄 생각이다.

월요일, 수업이 끝난 후, 이번에는 우리 넷이서 함께 옆 반으로 갔다. A를 불렀다. 우리 넷의 긴장된 표정이 재미있어 보이는지, A는 빙긋 웃으며 말했다.

"뭐야. 벌써 돈을 마련했어?"

준이 말했다.

"돈은 없지만, 다이를 돌려받아야겠어. 조용히 얘기 좀 하자."

A그룹은 저희들끼리 놀란 눈길을 주고받았다. A가 말한다

"뭐야? 벌써 발을 빼려고? 그렇다면 학교에서는 무리야. 다섯 시에 볼링장 주차장으로 와. 네 명 모두. 도망치지 마."

나오토가 떨리는 목소리로 말했다.

"도망치지 않아. 너희들이야말로 꼭 와."

그런 다음 우리는 집으로 돌아가지 않고, 요즘 유행하는 니시나카 로의 후줄근한 몬자야키집으로 갔다. 쓰키시마에 살다 보면 몬자야키집에는 안 가게 되지만, 그날만은 달랐다. 명태알 치즈 떡과 소시지 카레가 든 놈을 주문했다. 다이는 기린 레몬주스를 숨도 쉬지 않고 다 마셔버렸다. 칠 초 만에. 이제부터 쓰키시마 최고의 불량 그룹과 대결을 벌여야 할 처지였지만, 우리는 여유만만했다.

다이와 헤어져 지내야 했던 한 달간의 고통과 슬픔에 비한다면, 그 아무리 무서운 그룹이라도 문제가 아니었다. 약속 한 시간 십 분 전에 가게를 나서, 우리는 보행자 전용도로로 변한 니시나카 로에서 어깨를 나란히 하고 운하 옆 볼링장으로 향했다.

도쿄 에스렌 볼링장은 장사가 잘 안 되는 곳이다. 그날도 주차장은 텅 비어 있고, 사람 그림자도 찾아보기 힘들 정도였다. 키가 큰 A가 있었다.

"잘 왔어."

저편에는 A를 중심으로 모두 다섯 명이었다. 허리에 걸친 오버 사이즈 청바지, 스웨터에 다운재킷의 패션이었다. A는 손톱을 만지작거리면서 느글느글한 웃음을 머금고 있었다.

"어떻게 된 거야, 다이?"

다이는 가슴을 편 채 앞으로 나아갔다. 여기 있는 아홉 명 가운데서도 가장 허리가 굵고 몸이 큰 다이.

"나는 이 친구들에게 돌아가겠어. 오늘 무슨 짓을 당해도 할말은 없지만, 얘들에게는 손대지 마."

다이는 각오를 한 것 같았다. A그룹이 다이를 빙 둘러쌌다. 거리가 점점 좁아들었다.

"잠깐만."

준이 새된 소리로 외치며 그들을 제지했다. 호주머니에서 핸드폰을 꺼내 머리 위로 들어올렸다.

"하고 싶으면 맘대로 해도 좋지만, 그 전에 이걸 들어봐."

준은 핸드폰의 재생 버튼을 눌렀다. A의 낮은 목소리가 흘러나왔다.

"그럼, 한 사람당 십만 엔, 삼십만 엔 어때? 친구 하나를 나쁜 놈들에게서 구하는 일이니까 그 정도는 지불해야지. 돈이 모이면 다시 와. 그때까지 다이를 잘 보살펴줄게. 끝."

목소리는 거기서 끝났다. 준이 고개를 끄덕이며 내 쪽을 돌아보았다. 나는 호주머니에서 쓰키시마 경찰서 시마다 씨의 명함을 꺼내, 잦은걸음으로 다가가 A에게 건네주었다. 청소년과 제2계 경시청 경찰부장. 진짜 명함을 본 A의 안색이 달라졌다.

나는 우리 그룹 쪽으로 돌아온 다음 핸드폰을 꺼냈다. 나오토도 나와 똑같은 동작을 취했다. 우리는 동시에 재생 버튼을 눌렀다.

"그럼, 한 사람당 십만 엔, 삼십만 엔 어때? 친구 하나를 나쁜 놈들에게서 구하는 일이니까……."

세 개의 핸드폰에서 약간의 간격을 두고 A의 목소리가 흘러나왔다. 내가 말했다.

"그때 준의 전화기로 네 목소리를 녹음해뒀어. 이건 제대로 걸려든 협박이야. 단축 버튼을 누르면 이 자리에서 시마다 주임이 네 목소리를 듣게 될 거야."

준이 말했다.

"목소리는 핸드폰만이 아니라 우리집 컴퓨터와 나오토 그리고 데쓰로의 컴퓨터에도 들어 있어. 폭력은 그만두는 게 좋을 거야."

준이 우리 쪽을 돌아보며 고개를 끄덕였다. 나오토와 나도 고개를 끄덕였다.

"그 대신 우리에게 한 방은 날려도 좋아. 두 방은 안 돼. 그러면 다른 애들에게도 체면이 설 거야. 그 대신, 내일부터 다이는 그쪽 그룹하고 아무런 관계도 없어. 이걸로 어때? 물론 우리도 청소년과에 알리지 않을 거고."

여전히 웃음을 머금은 채 A는 알았다고 말했다. 그리하여 우리 넷은 순서대로 한 방씩 맞았다. 주먹이 볼에 닿자 화상을 입은 것처럼 뜨거웠다. 그러나 다이의 아픔에 비한다면, 한 방 정도는 아무것도 아니었다. 우리 넷은 뜨거운 볼을 감싸 쥐고 유유히 볼링장 주차장을 뒤로했다.

실제로는 그 정도로 여유가 없었지만, 내 머릿속에서는 황야의 결투에서 승리한 총잡이의 뒷모습이 떠올랐다. 주차장을 나서자마자 우리는 꽁지가 빠져라 뛰었다. 따스한 바람을 맞으며 우리는 웃었다.

준이 말했다.

"자기 목소리를 들을 때 놈의 표정, 정말 죽여주더라."

"맞아."

준이 녹음한 A의 목소리는 첨부 파일로 나오토와 나의 메일에 전송되어 왔다. 그걸 컴퓨터에 저장하는 일은 너무도 간단하다. 자신을 파멸시키는 솜씨에서는 도저히 우리가 따를 수 없지만, 머리는 그놈들과 비교하는 것 자체가 실례다.

니시나카 로로 돌아왔을 때는 모든 가게들이 불을 밝히고 있었고, 여기저기 몬자야키집 앞에는 줄이 늘어서기 시작했다. 고개를 들어보니 쓰쿠다의 고층 빌딩이 허공에 맑게 떠올라 있다. 부드러운 바람 속에서, 맑은 저녁 하늘을 뚫고 달려가는 하늘색 자전거가 보이는 것 같았다.

그러나 그건 환상이 아니었을 것이다. 다이와 준과 나오토와 나는, 그때, 똑같은 광경을 같이 보았을 테니까.

열다섯 살로 가는 길

복도를 걸어오는 발소리가 들렸다. 우리는 테이블에 펼쳐 놓은 정보지와 포르노 잡지를 싸서 하얀 가죽 소파 뒤로 던졌다. 준은 키홀더 끝에 달린 레이저 포인터로 벽에 걸린 보소 반도의 지도를 가리키고 있다. 오백 엔 주고 산 홍콩제 포인터의 빨간 도트가 산뜻한 장방형으로 그려진 쓰키시마 매립지 부근을 오가고 있었다. 나오토가 복도 쪽을 바라보며 말했다.

"역시 첫날 기사라즈까지 80킬로미터가 힘들겠어."

도쿄 만을 따라 이어지는 반원형의 루트는 거의 시가지와 다름없는 핑크빛이었다. 준은 집게손가락으로 안경테를 밀어 올렸다.

"지로 데 이탈리아의 하루 주행거리는 대충 160킬로미터야. 그쪽은 고지 훈련을 거친 괴물 같은 프로들이지만, 그 반이라면 우리라고 못할 게 없잖겠어."

다이는 긴자 아케보노에서 산 겐고쓰(간장 맛이 나는 쌀과자 - 옮긴이)를 소리 내어 씹고 있었다.

"역시 나오토네는 부자야. 우리가 먹는 간식이 긴자의 브랜드라니. 우리집은 고작해야 동네에서 만든 쌀과자뿐인데."

똑, 똑, 문을 두드리는 소리가 들리고, 나오토의 어머니가 얼굴을 내밀었다.

"차 좀 마셔. 다들 열심이네."

소파 색과 똑같은 하얀 센터 테이블 곁에 새로운 포트를 내려놓았다. 벽에 걸린 지도를 올려다보며 나오토의 어머니가 말했다.

"이렇게 보니 꽤 멀구나. 식사는 괜찮을까, 나오토."

나오토는 지겹다는 표정으로 어머니를 올려다보았다.

"치바는 외국이 아냐. 우리 힘으로 충분히 밥을 해 먹을 수 있고, 힘들면 편의점에 가면 돼. 해안을 따라 국도를 달릴 텐데 뭘."

준은 나오토의 어머니를 안심시키려고 말했다.

"저도 요리를 잘하고, 나오토의 몸에 맞는 메뉴도 생각해두었습니다. 사흘 정도니까 괜찮을 겁니다."

우리 가운데 가장 성적이 좋고 나오토의 어머니에게 좋은 인상을 심어놓은 준이 부끄러운 듯 얌전한 어조로 그렇게 말했다. 홈쇼핑 진행자를 하면 딱 알맞겠다. 준이라면 어떤 물건이라도 전국의 주부들에게 팔 수 있을 것이다.

"이제 됐으니까 빨리 나가."

나오토가 쏘아대자 어머니는 알았어, 알았어 하고 등을 돌려 밖으로 나갔다. 카펫 위를 미끄러지며 멀어져가는 슬리퍼 소리. 우리의 등에서는 긴장감이 사라지고 방 안의 분위기도 둥그스름한 모습을 되찾았다. 베르너 증후군에 걸린 나오토는 당뇨병에다 고혈압까지 있다. 그래서 짠 음식은 절대 금지다. 나오토는 테이블에 놓인 겐고쓰를 집더니 입가에 노인 같은 잔주름을 잡으며 반을 깨물었다.

"정말 잔소리꾼이라니까. 이거, 옛날에 내가 정말 좋아했는데. 다이, 나머지 부탁해."

나오토는 손목에 힘을 주어, 텅 빈 속까지 간장이 배어든 겐고쓰를 던졌다. 절묘한 컨트롤이다. 다이는 큰 입을 쩍 벌리고 덥석 받아먹었다.

"생큐!"

다이는 고개도 들지 않고 소파 아래로 손을 뻗어 패션 헬스, 터키탕, 스트립 극장을 가득 실은 정보지를 꺼냈다. 특집은 'H의 원더랜드 신주쿠'. 어깨에 페가수스 문신을 새기고 거대한 유방을 자랑스럽게 드러낸 포르노 여배우 사진이 표지를 장식하고 있다. 알리바이는 벌써 완성되었다.

어째서 일이 이렇게 되어버렸을까. 나는 나오토의 방에서 멍하니 발코니 건너편을 바라보았다. 처음에는 정말로 자전거 여행을 할 생각이었다. 3월 봄방학 동안 보소 반도의 최남단 시라하마를 왕복하는 우리끼리의 2박 3일. 그렇지만 나오토의 방에 모여 몇 번 작전회의를 하는 사이에 스르르 방향이 바뀌어버렸다.

시원하게 땀을 흘리며 보소 플라워 라인을 자전거로 달리는 것은 우리에게는 어울리는 않는다. 그런 건강한 여행보다 어딘가 위험한 거리로 가서 어른들 세계를 한껏 엿보고 싶다. 어느새 결론은 백팔십도 바뀌고 말았다. 시라하마의 캠핑장 대신 신주쿠 중앙공원에 홈리스처럼 텐트를 치는 것이다. 그쪽이 가슴이 두근거릴 정도로 스릴이 있으리란 건 너무도 당연하다.

알루미늄 손잡이 건너편에는 냄비 바닥 같은 도쿄 만이 빛을 발하고 있었다. 맑은지 구름이 꼈는지 알 수 없는 그런 날씨였다. 어딘지 나사가 하나 빠져버린 듯한 봄날의 저녁나절이었다. 그때 다이가 말했다.

"이번 여행길에 말이야, 한 사람씩 아직 아무에게도 말하지 않은 비밀을 고백하는 게 어때?"

다이의 손가락 끝은 도쿄 데이트클럽이라는 타이틀이 붙은 페이지를 펼치고 있었다. 수영복 차림의 여자애가 손으로 자신의 눈만 가리고 있다. 나오토가 말했다.

"그거 좋지, 준은?"

준은 두꺼운 안경 너머로 차가울 정도로 맑은 눈으로 한 점을 뚫어져라 바라보고 있었다.

"나도 좋아, 데쓰로는?"

내게 비밀 같은 게 있나, 라는 생각이 들었다. 나는 다이나 나오토, 준과는 달리 남과 특별히 다른(몸무게나 질병이나 두뇌) 게 하나도 없는 평범한 열네 살이었다.

"좋아, 뭐가 있는지 생각해볼게."

그렇게 말하면서 머릿속으로는 다음 일정을 확인하고 있었다.

"내일 아침, 일곱 시에 쓰쿠다 공원에 모여."

나오토가 연극 대사를 하는 것처럼 말했다.

"정말 가슴이 두근거려."

부모님에게 거짓말을 하고 사흘이나 신주쿠에서 놀 생각을 하며 우리는 두근거리는 가슴으로 어쩔 줄 몰라 하고 있었다. 준은 레이저 광선으로 다이가 펼친 포르노 잡지의 페이지를 가리켰다. 성조기 문양의 브래지어 위에 빨간 도트가 흔들리고 있다.

"나는 저런 금발의 글래머가 좋아. 내일은 빨리 일어나야 하니까, 오늘은 이쯤에서 해산하는 게 좋겠어."

나오토와 내가 고개를 끄덕이자, 다이는 접시에 남은 과자를 오버올 호주머니에 모두 쓸어 담았다.

"우리 동생 줄 거야."

줄을 지어 거실로 나가 나오토의 어머니에게 인사했다. 고속 엘리베이터는 십여 초 만에 우리를 100미터의 초고층에서 지상으로 내려주었다.

출발하는 날 아침은 정말 날씨가 좋았다. 눈부신 엷은 구름이 떠 있는 하늘에서 따스한 햇살이 쏟아져 내렸다. 지면에는 윤곽이 흐릿한 그림자뿐이었다. 쓰쿠다 공원의 왕벚나무는 가지 끝에 엷은 색 봉오리를 가득 매달고 있지만, 아직 꽃이 피려면 멀었다.

스미다 강 제방 위에 나 있는 산책로에 산악자전거의 앞바퀴를 나란히 세웠다. 조는 듯한 수면에서 퐁퐁 하고 물방울 퍼지는 소리가 들려온다. 건너편 쓰키지나 긴자의 빌딩숲은 아직도 이른 아침의 회색 공기에 잠겨 있다. 준이 손목시계를 보았다.

"일곱 시 정각. 출발!"

연극적이지만 긴장감은 없는 목소리. 다이는 느긋하게 고개를 끄덕이고, 나오토는 응 하고 고개를 끄덕이고, 나는 맨 먼저 페달을 밟으며 제방 아래로 내려가는 길로 들어섰다. 도심지는 바로 코앞이고, 샐러리맨의 러시아워까지는 아직 한 시간 넘게 남았다. 쓰키시마의 아침은 정말 조용하다.

우리는 미지근한 봄바람을 가르며 몬자야키집이 늘어선 니시나카 로를 달렸다. 파친코 가게, 꼬치구이집, 잡화점에 양품점, 모두 아직 셔터를 내린 채였다. 좁은 일방통행로 양쪽으로 아케이드를 형성하고 있는 상점가를 두 열로 줄을 지어 나아간다. 완만한 아치를 그리고 있는 운하의 다리를 건너면 그 바로 앞이 가치도키다.

처음에 마주친 큰길을 오른쪽으로 돌아든다. 거기서부터는 벌써 정체가 시작되고 있었다. 공사 차량이나 트럭이 상행선을 가득 메워, 가치도키 교까지의 긴 언덕길을 천천히 움직이는 성벽으로 바꾸어버렸다. 우리처럼 매립지에서 태어나 자란 인간에게는 스미다 강을 건너는 것이 꽤 중대한 의미를 가진다. 인공섬에서 육지로, 도쿄의 끄트머리에서 중심으로 나아간다는 그런 이미지가 떠오르는 것이다. 우리 셋보다 훨씬 많은 짐을 실은 다이는 언덕길에 접어들면서 맨 먼저 땀을 흘리기 시작했다.

"시발, 되게 힘드네."

목에 감은 수건으로 이마의 땀을 닦고, 한 손으로 핸들을 조정하고 있다. 다이의 아버지가 죽기 직전에 주문한 산악자전거다. 나와 준은 기어를 바꾸지도 않고 한달음에 긴 언덕길을 올랐다. 삐걱삐걱 철골이 비명을 질러대는 오래된 다리에 이르러서 기어를 내리고 나오토와 다이를 기다린다. 다리 위에 서보니, 아래쪽에서는 느끼지 못했던 바닷바람이 불어와 땀에 젖은 등을 시원하게 식혀주었다. 준은 한쪽 발을 난간에 걸치고 있었다.

"이 다리가 매일매일 올라갔다 내려갔다 했다니, 믿을 수가 없어."

역사적 사실이었던 모양이다. 트레일러가 지나갈 때마다 흔들리는 다리 중앙에는 약간의 틈이 나 있고, 그곳을 들여다보면 아래쪽 수면이 파랗게 보인다. 옛날에는 사이렌과 신호등을 달아놓고, 하루에 몇 번 다리를 들어 올렸다고 한다. 각도는 70도. 대단한 장관이었을 것이다.

"첫 휴식 지점은 어디였지?"

겨우 뒤를 따라온 다이가 숨을 헐떡이며 물었다.

"사람들이 붐비기 전에 긴자를 빠져나가야 해. 첫 휴식 지점은 요쓰야. 다이, 출발."

준이 구령을 붙이자, 우리는 영화 세트 같은 가치도키 교를 건넜다. 무슨 일이든 그렇지만, 뭔가를 시작하는 순간에는 불가사의한 에너지가 솟구치는 법이다. 물론, 거의가 기대에 어긋난 결말을 맞이하는 게 보통이지만, 다음 시작 때에도 똑같이 에너지가 일어난다.

그날 아침, 스미다 강은 파랗고, 등으로 불어오는 바닷바람은 기분 좋고, 하늘은 눈부시게 빛나고, 도심은 신비로운 아침 안개에 잠겨 있었다. 긴 언덕길을 내려가면서 우리 넷이 동시에 아무런 의미도 없는 비명을 질러댄 것은 너무도 당연한 일이다.

오른편에 이슬람 사원 같은 쓰키지 혼간지本願寺, 왼편에 중앙도매시장을 바라보면서 하루미 로를 달렸다. 시장 사람들이 움직이는 시간대라서 오가는 차량이 많았다. 하루미 로는 긴자에 놀러갈 때면 우리가 늘 애용하는 루트지만, 그날 아침은 평소보다 더 활기차 보였다. 저런 걸 뭐라고 하는지 모르겠지만, 둥근 핸들이 달렸고 선 채로 운전하는 소형 트레일러 같은 전동차가 생선을 가득 실은 짐차를 매달고 소금쟁이처럼 미끄러져 가고 있다.

쓰키지를 빠져나가, 수도고속을 넘어 육교를 건너서 히가시긴자로. 무슨 농담처럼 서 있는 가부키자 건물을 지나면 긴자가 나온다. 아침의 긴자는 쇼핑객의 거리가 아니라 여기서 일하는 사람들의 거리다. 과연 일류 가게들이 늘어선 거리답게 깨끗이 물청소된 보도 위를 자전거 네 대가 미끄러져 간다. 흐린 하늘에서 때로 햇살이 비쳐, 불이 꺼진 하루미 로의 네온사인을 선명하게 조명해준다. 아무리 사람이 많고 배기가스로 오염되어 있어도 역시 도심이 좋다. 우리는 녹음 속보다는 번잡한 상가 사이를 달리는 게 더 좋다.

긴자에서 히비야까지는 거리 전체가 거의 빌딩으로 연결된 것 같았다. 교차로 건너편에 황거(천황의 거처 - 옮긴이)를 둘러싼 해자와 히비야 공원의 녹음이 눈에 들어오면, 긴자를 벗어난 것이나 다름없다. 빨간신호를 받아 멈춰 있는데, 수건으로 땀을 닦으면서 다이가 말했다.

"아, 힘들어. 요쓰야는 아직 멀었지?"

준은 파란신호가 떨어지기를 기다리며 페달에 올려놓은 발끝의 위치를 조정하면서 말했다.

"여기서부터 2킬로미터는 처음의 언덕길과는 비교할 수 없을 정도로 힘들 거야. 더 길고 완만한 언덕길이니까. 기합을 넣어봐."

신호가 파랑으로 바뀌자 나오토와 준이 먼저 치고 나갔다. 나는 다이와 나란히 꼬리가 되었다. 해자에 접한 산책로는 정말 멋진 자전거 코스다. 사쿠라다몬 부근까지는 그리 힘든 언덕길이 아니니까 오른편에 펼쳐진 시원스러운 수면을 바라보며 기분좋게 페달을 밟을 수 있다. 왼편은 수도고속도로 정도의 속도로 자동차가 달려가기 때문에 가능한 한 눈길을 돌리지 않는 게 좋다. 나는 뒤를 돌아보며 다이에게 말했다.

"괜찮니? 힘들면 준에게 좀 쉬자고 할까?"

다이는 하늘색 자전거를 찍어누르듯 허리를 굽힌 채 말했다.

"아냐, 괜찮아. 난 힘들수록 터프해지는 사내니까."

이중으로 접힌 턱에서 땀방울이 떨어져 내린다. 빙긋 웃는다. 이런 모습이 바로 우리 그룹의 다이이다. 나는 후단 기어를 두 단 떨어뜨리고 힘차게 페달을 밟았다.

그러나 사쿠라다몬 바로 앞 미야케 언덕에서 한조몬까지 언덕길은 정말 힘들었다. 히비야에서는 손이 닿을 듯했던 해자의 수면이 점점 아래로 내려갔다. 수면의 위치는 그대로니까, 이 길은 황거를 둘러싸고 굽이치면서 급격한 경사를 만들고 있는 게 분명하다. 나는 별로 땀을 흘리지 않는 체질이지만, 여기서만큼은 다이처럼 목에 수건을 두르지 않을 수 없었다. 그건 나오토나 준도 마찬가지였다. 다이가 뒤편에서 소리쳤다.

"데쓰로, 내가 지금 무슨 생각 하는지 알아?"

언덕 위에서 불어오는 바람 저편을 향해 외쳤다.

"점심이겠지, 다른 게 뭐 있겠어!"

"아냐! 돌아가는 길에는 이 언덕길을 페달 한 번 밟지 않고 내려가주겠다는 거야. 그것뿐이야."

나는 웃었다. 자전거는 조금 편리한 문명의 이기일 뿐, 맞바람이 불어오는 언덕길에 이르면 너무나 약해진다. 그런 만큼 내리막길은 몇 십 배로 편하다. 다이의 말대로 한조몬에서 히비야까지 페달 한 번 밟지 않고 갈 수 있을지도 모른다.

미야케 언덕길을 지나 애교 없는 원목 덩어리 같은 최고재판소 건물을 옆으로 바라보며 황거 주변로를 계속 올랐다. 이 부근까지 오면 해자는 녹색 경사면 저편 아래에 붓을 씻은 물처럼 보인다. 언덕길을 거의 다 올라가 도쿄FM 방송국 부근에 준과 나오토는 멈춰 서 있었다. 가드레일에 자전거를 걸쳐 놓고, 보도 곁의 잔디에 앉아 있다. 우리 쪽을 향해 손을 흔들었다.

"빨리 와! 출발해버릴 거야!"

지독한 놈들. 나는 다이에게 신경을 끊고 핸들을 단단히 잡고는 페달을 밟기 시작했다. 지로 데 이탈리아의 험한 길에는 고작 13킬로미터 거리에 고도 1200미터나 되는 아찔한 지대가 있다고 한다. 최대 기울기가 20도를 가볍게 넘는. 어떤 세계건 프로란 괴물 같은 존재라는 생각이 든다. 나에게는 히비야에서 한조몬까지 50미터의 오르막길이 한계다. 그래도 봄날의 햇살과 부드러운 맞바람 속에서 온몸의 근육을 좌우 교대로 짜내면서 언덕길을 정복한 순간에는, 아랫배에서 통쾌한 웃음이 솟구쳐 올랐다.

입시 준비, 고등학교, 사회에서 할 일, 연애. 늘 마음속에 무거운 찌꺼기로 가라앉아 있던 그 모든 것을 힘껏 날려 보내고 싶었다. 나는 마라톤 선수처럼 거칠게 2박자로, 코로 숨을 들이쉬고 입으로 내뱉으면서 혼자 웃었다. 해자 건너편은 손을 대지 않은 정글 같고, 멀리 우리가 떠나온 가스미가세키 관청거리는 주사위처럼 보였다. 세계는 이제 막 시작된 봄 속에 접어들어 뭐라 말할 수 없을 정도로 아름답고, 큰 소리로 웃어젖히고 싶을 정도로 바보스러웠다.

그때, 내가 뭘 했느냐고?

나는 준과 나오토가 쉬고 있는 곳에 이르러, 자전거를 잔디밭에 쓰러뜨렸다. 윈드브레이커를 벗어 허리에 감고, 자전거의 프레임에 매단 홀더에서 물병을 떼냈다. 그 안에는 얼음을 가득 넣어두었다. 병은 수직, 얼굴은 하늘을 바라본다. 눈을 떠보니 갈라진 엷은 구름 사이로 파란 하늘이 듬성듬성 얼굴을 내밀고 있다. 폭포처럼 목 안으로 떨어지는 물의 맛, 그 차가움. 나는 물 반 리터를 목 안으로 부어 넣고, 그대로 잔디 위에 쓰러졌다.

다이가 도착하자 모두 자리에서 일어나 박수를 쳤다. 놈은 아카데미 시상식장의 스타처럼 과장된 제스처로 박수를 잠재웠다.

"이렇게 마중까지, 고마워. 나, 좀 쉬어야겠어."

다이는 물병을 들어 올려 머리 위에 쏟아 붓고는 잔디 위로 쓰러졌다.

한조몬에서 오로지 서쪽으로 신주쿠 로를 향해 달리는 것뿐이었다. 요쓰야까지 1킬로미터는 콧노래를 부를 정도로 가뿐했다. 지나가는 길은 아침 러시아워에 휩싸여 있지만, 폭 넓은 보도를 걸어가는 사람들을 피하면서 우리는 순조롭게 달렸다.

요쓰야 역 부근을 지나 처음 눈에 들어온 패밀리 레스토랑에서 이른 점심을 먹었다. 우리는 가장 싼 런치 메뉴를 골랐다. 길가에 접한 창 밖에는 평일의 비즈니스 가가 우리를 무시하고 넓게 자리 잡고 있다. 나오토가 컵에 든 얼음물을 단숨에 들이켜고 말했다.

"좀 바보 같다는 생각이 들긴 해. 전차를 타면 이삼 분에 올

것을, 이런 생고생을 하다니."

다이는 네모난 얼음 조각을 와작와작 깨물었다.

"하긴 그래. 평소 때 멀리 나가보는 거랑 하나도 다를 바 없어."

주문한 이탈리안 햄버거가 나오자 우리는 아귀처럼 달려들었다. 새벽 다섯 시 반에 일어나서 처음 입에 대는 음식은 마법처럼 맛있었다. 그 레스토랑은 점심시간에 한해서 밥은 마음껏 먹을 수 있었다. 평소 때는 소식이던 나오토조차 두 그릇을 먹었다. 다이는 치즈를 듬뿍 얹은 햄버거를 크게 5등분하여, 작은 밥 한 그릇과 한 조각씩을 짝으로 먹어치웠다. 반찬이 없어지자 밥에다 소금을 뿌리고 먹었다. 레스토랑 입장에서 보면 반갑지 않은 손님일 것이다.

아직 본격적인 점심시간이 시작되기 전 텅 빈 레스토랑에서 커피와 냉수를 마음껏 마시며, 삼십 분을 느긋하게 쉬었다. 점심을 먹고 밖으로 나오니, 거리는 이윽고 아침에서 점심으로 얼굴을 바꾸었다. 준은 호주머니에서 지도를 꺼내 살펴보았다.

"이제 신주쿠는 바로 코앞이니까, 천천히 가자. 보행자도 많고 신호등도 많으니까 그렇게 서둘지 않아도 시간에는 별 차이가 없을 거야."

나는 안장에 걸터앉으면서 여기서 신주쿠까지 마루노우치선으로 몇 정거장인지 생각해보았다. 요쓰야 3초메, 신주쿠교엔마에, 신주쿠 3초메, 신주쿠. 전철을 타보면 온통 신주쿠에 가까운 이미지를 가진 역 이름뿐이다.

신주쿠교엔을 지나자, 점점 거리의 풍경이 바뀌기 시작했다. 거리는 오피스 가에서 백화점과 영화관이 늘어선 번화가로 모습을 바꾸었다. 보도는 사각형 콘크리트 타일에서 하얀 대리석으로, 가로등은 밝기만 한 현대식 디자인에서 가스등을 흉내낸 유리 제품으로.

한낮이 지난 신주쿠의 인파는 평일에도 대단하다. 안장에서 내리지는 않았지만, 이세탄 백화점이나 기노쿠니야 서점 앞에서는 아무리 고성능 자전거라도 팔짱을 끼고 천천히 걸어가는 커플과 똑같은 속력밖에 낼 수 없다. 스튜디오 알타의 전광판 아래서 우리는 자전거를 멈추고 기념 촬영을 했다. 촌놈 같아 보일지는 모르겠지만, 도쿄에 태어나서 자랐다고 해도 쉽게 할 수 있는 일은 아니다.

나오토는 새로 산 육백만 화소의 디지털카메라로 데이트 상대를 기다리는 사람들 속에서 묘하게 들떠 있는 우리 셋을 찍었다. 수학여행이라도 온 기분이었다. 하나씩 차례대로 사진사가 되어 네 장을 찍었다. 머리 위의 전광판에서는 유명 코미디언과 탤런트가 백만 번째의 리듬 게임을 하고 있었다. 준이 브라운 운동처럼 대류현상을 보이는 동쪽 광장의 인파를 바라보며 자전거에 올라탔다.

"번화가는 정말 재미있어. 다들 자신이 얼마나 자유로운 시간을 가지고 있고, 또 얼마나 부자인가를 자랑하는 것 같아."

다이가 말을 이었다.

"그리고 자신이 얼마나 매력적인가 하는 것도 넣어야겠지."

거기 있는 사람들은 모두 화사하고 자유롭고 풍요로워 보였다. 다들 남의 눈에 잘 띄는 방법만 연구하는 것 같다.

습기가 가득 찬 JR 가드를 지나 서쪽 출구로 나섰다. 선로 몇 개만 건너면 신주쿠는 완전히 다른 모습을 보인다. 자전거를 타고 니시신주쿠의 고층 빌딩가를 달리는 것은 마치 〈로드 오브 더 링〉 특집 촬영 장면으로 뛰어든 듯한 느낌이다.

도쿄의 하늘을 지탱하는 수십 개의 기둥 아래에는 의외로 녹색 공간이 많아서, 잘 정리된 거대한 공원 속을 빠져나가는 듯한 느낌이 든다. 사람의 수도 가부키초나 남쪽 출구만큼 많지는 않기 때문에 어딘지 모르게 우아한 분위기가 풍긴다. 우리는 우주기지 같은 도청 앞에서 자전거를 멈추고 기념 촬영을 했다.

"그럼, 오늘 밤의 캠프장을 보러 갈까."

다이가 먼저 하늘색 자전거에 올라타며 그렇게 말했다. 도청 1청사와 2청사 사이를 빠져나가 공원길로 접어들었다. 니시신주쿠의 고층 빌딩가가 끝나자 갑자기 녹음이 짙어졌다. 우리가 이틀간 머물 신주쿠 중앙공원이다. 이 공원은 신주쿠 교엔만큼 넓지는 않지만, 거기와는 달리 밤에도 문을 닫지 않아 출입이 자유롭다.

우리는 우선 자전거로 장방형 공원을 천천히 돌아보았다. 남북으로 500미터, 동서로 300미터 정도 되는 꽤 넓은 공원이다. 그 안에는 원형 광장이나 구민 갤러리, 신사와 분수도 있다. 물론 공중화장실 위치도 확인해두었다. 여기저기 녹음 속에 파란 시트를 깐 홈리스의 종이박스 집도 보인다. 여기라면 텐트를 쳐도 문제가 없을 것이다.

공원을 두 바퀴 돌고 구마노 신사 뒤편에 좋은 자리를 찾아 그 주변을 철저히 둘러보았다. 쥬니소 로를 따라 잠시 달려가면, 세븐일레븐과 에이엠피엠이 있다. 아오메 가도 쪽으로 100미터 정도에서 우메쓰기유라는 목욕탕을 발견했다. 우리는 빌딩가의 목욕탕 앞에서 기념 촬영을 했다. 과연 적당한 곳이 있을까 염려했던 캠핑 장소도 해결되었고, 목욕과 식사 걱정도 깨끗이 해결했다. 나머지는 이 거리에서 이틀 반 동안 놀 일뿐이다.

공원 쪽은 사람들 눈이 닿을 것 같아서 길 건너 반대편의 넓은 보도에 자전거를 세웠다. 두 대씩 와이어를 걸어 자물쇠를 걸고, 가드레일의 파이프에도 체인으로 단단히 고정시켰다. 다이는 아버지의 마지막 선물인 자전거에 정성을 다해 자물쇠를 채웠다.

각자 자전거에서 내린 짐은 커다란 나일론 더플백 하나에 웨이스트파우치 하나였다. 남자의 2박 여행에서 짐의 양이나 무게는 그리 문제가 되지 않는다. 텐트도 간이 5인용으로 고작 5킬로그램밖에 나가지 않는다.

"자, 짐을 정리하러 가자."

우리는 느티나무 가로수의 그늘을 따라 걸어갔다. 쥬니소로를 따라 목욕탕 가까이까지 가서 코인로커에 짐을 밀어 넣었다. 이제 몸이 가벼워졌다. 자전거와 짐을 정리한 다음, 우리는 신주쿠 한구석에서 서로의 얼굴을 바라보았다. 다이가 빙긋 웃었다.

"우리, 꽤 불량하다는 생각 안 들어?"

나는 친구들의 모습을 새삼 인식했다. 오버 사이즈의 윈드브레이커에 카고 바지, 허리에는 기다란 체인이 달린 웨이스트 파우치를 걸치고 있다. 십대 중반의 힙합 그룹 같은 모습이다. 나오토는 백발이 듬성한 머리를 흔들며 손으로 사인을 보냈다.

"예! 우리는 슈퍼배트."

나도 발가락 끝에 찌릿한 전기를 느끼고 몸을 부르르 떨었다. 최근에 익힌 감전댄스다.

"정말 쿨해."

"꼬맹이들!"

준이 마지막 말을 던지고 호주머니에 손을 넣고는 나뭇잎 사이로 햇살이 파고드는 가로수 길을 등을 둥그렇게 말고 걸어가기 시작했다.

중앙공원으로 돌아가는 도중에 처음으로 입을 연 건 나오토였다.

"어이, 내가 살 테니까 차 한잔해."

다이가 말했다.

"목이 말라서 대찬성이긴 하지만, 이 부근에 아는 집이라도 있어?"

나오토가 겸연쩍은 표정으로 말했다.

"응, 있어. 아주 기분이 좋은 곳이야. 작전회의를 하기에는 최고지."

준은 흘끗 나오토를 바라보았다.

"나도 찬성."

"그럼, 따라와."

우리는 나오토 뒤를 따라 중앙공원을 가로질렀다. 분수광장의 벚꽃은 아직 이할 정도밖에 피지 않아서, 꽃놀이 장소를 선점한 사람도 없었다. 나는 해가 떠 있을 때 시트를 깔아 장소를 선점하는 건 반칙이라고 생각한다. 그건 디즈니랜드의 퍼레이드 장소 확보 경쟁도 마찬가지다. 왜 일본에서는 빠르면 무조건 최고라는 인식이 있는 것일까. 그것 때문에 행락지의 분위기가 살벌해져버리는데도.

공원 길 건너편에는 새로운 고층 빌딩이 서 있다. 2층 높이로 천천히 이어지는 주차 슬로프가 있고, 눈에 잘 띄지 않는 작은 영문으로 '파크 하얏트 도쿄'라고 적혀 있었다. 다이는 끝이 뿌옇게 흐려 보이는 빌딩을 올려다보고, 실망했다는 듯이 말했다.

“나오토가 말한 곳이 여기야?”

나오토는 오르막길을 천천히 걸어 올라갔다.

“응, 이 호텔에 가끔 기분 전환 삼아 가족끼리 와. 돌아가는 길에는 서쪽 출구의 전자 제품 거리에서 게임을 사기도 하고.”

나는 준을 바라보았다. 준은 어깨를 으쓱했다.

“좋잖아. 어차피 이틀 동안 배고플 텐데, 시작은 좀 사치스럽게 하지 뭐.”

키 큰 도어맨이 웃는 얼굴로 우리를 맞아주었다. 입구로 들어서면서 나도 모르게 걸음걸이가 조심스러워졌다. 카펫이 두꺼워서 아무리 힘차게 걸어도 소리가 날 리 없지만, 그래도 발을 앞으로 디딜 때마다 발끝의 위치에 신경이 쓰인다. 전용 엘리베이터를 타고 곧장 41층으로 올라갔다. 문이 열리는 순간 나는 마른침을 꿀꺽 삼켰다.

정면에 새파란 대나무가 햇빛을 받으며 힘차게 뻗어 있다. 피라미드처럼 닫힌 유리 지붕에서 자연광이 쏟아져 내려온다. 세 방향으로 높은 천장까지 사각형 창이 쌓이듯 올라가 있고, 신주쿠 부도심의 하늘이 마음껏 펼쳐져 있다. 나오토가 말했다.

“라운지는 이쪽이야. 신주쿠에 왔으니까, 이런 풍경을 꼭 한 번 보여주고 싶었어.”

우리는 창가의 소파 세트에 앉았다. 일인석이 네 개 놓인 코너였다. 한낮의 로비는 조용했다. 웨이트리스가 다가와 메뉴를 내려놓았다. 다이가 펼쳐보고는 한숨을 내쉬었다.

"커피 한 잔에 천오백 엔. 괜찮니, 나오토?"

나오토는 고개를 끄덕이고, 지갑에서 카드를 꺼냈다. 금색 광채가 눈을 찔렀다. 가족용 골드카드다. 나와 다이는 아이스커피, 준은 아이스초콜릿, 나오토는 프레시주스. 마실 것이 나온 다음에야 창 밖의 풍경을 천천히 살펴볼 여유가 생겼다.

저 멀리 아래쪽에는 흰 모래를 깐 것 같은 가느다란 건물이 빼곡히 늘어서 있다. 그런 풍경이 눈 닿는 데까지 이어져 있다. 도쿄라는 형태도 없는 거리를 억지로 한눈에 드러나게 하려는 듯한 풍경이었다. 준이 말했다.

"과연 대단한 풍경이야. 나오토네 집도 지상 100미터나 되니까 늘 이런 높이에서 세상을 내려다보겠지."

입만 열었다 하면 준의 말은 늘 비꼬는 것처럼 들린다. 나오토는 변명이라도 하려는 듯이 백발이 듬성한 머리를 흔들었다.

"그렇긴 하지만, 아버지가 부자인 건 내 탓이 아냐. 사는 집도 중학생인 나로서는 어쩔 수 없는 노릇이고."

다이가 아이스커피를 다 마신 후 나오토에게 확인했다.

"여기는 커피 리필 되지? 우리집은 가난하니까 나오토의 생활이 좋다고 생각해. 돈은 없는 것보다는 있는 게 나아."

나오토는 어깨를 으쓱했다. 묘한 관록을 자랑하는 반백의 나오토만이 이런 장소에서 어깨를 으쓱할 여유를 부릴 수 있다.

"여긴 리필 안 돼. 이제부터 어떡하지?"

준은 창 밖을 내려다보며 퉁명스럽게 말했다.

"적당히 놀지 뭐. 이런 데서 아래를 내려다보니까 뭘 해도 별 차이가 없을 것 같은 생각이 들어."

이야기가 이상한 방향으로 흘러가고 있었다. 준도 나와 마찬가지로 이런 고층 호텔에 오는 건 처음이라 긴장하고 있는지도 모른다. 나는 빨리 화제를 바꾸는 게 좋겠다고 생각했다.

"그렇지만 우리가 만일 보소 반도로 갔더라면, 아직도 15번 도로에서 배기가스를 마시고 있을걸."

다이가 느긋하게 소파에 두 팔을 기댔다.

"하긴 그래. 역시 여기 오길 잘했어. 그렇지만 나는 너무 불편해. 마음대로 마실 수도 없고. 난 고급 커피보다는 캔 커피가 더 좋아."

모두 찬성인 것 같았다. 재빨리 남은 걸 마시고, 우리는 바람처럼 엘리베이터 안으로 빨려 들어가 신주쿠의 땅 위로 내려섰다.

첫날 오후는 어슬렁거리며 시간을 죽였다. 가부키초의 게임센터에서 놀고(준은 슈팅, 다이는 격투기, 나오토는 음악 게임, 게임을 좋아하지 않는 나는 구경), 남쪽 출구의 도큐한즈 백화점에서 그날 밤에 쓸 건전지와 캠핑용 물품 등을 구입했다.

일요일의 외출과 별다를 게 없는 일뿐이었다. 장소가 긴자

나 유라쿠초가 아니라 신주쿠라는 것만 달랐다. 그래도 부도심의 뒷골목에서는 뭔가 가슴을 두근거리게 하는 위험한 냄새가 풍겼다. 우리 같은 신주쿠 초보들에게는 그것만으로도 만족스러웠다.

처음 그 가게를 발견한 것은 다이였다. 도큐한즈에서 기노쿠니야 서점으로 가는, 습기 차고 좁은 골목길 중간쯤이었다. 옛날식 찻집 옆에 지하로 내려가는 계단이 있었다. 간판에는 커다랗게 포르노라고 적혀 있었다. 그 아래 작은 글씨로 코믹, 비디오, 디브이디, 피겨 등등이라고 되어 있었다. 야한 물건만 취급하는 슈퍼마켓 같은 곳이다.

"어이, 신주쿠까지 왔으니까 이런 가게에도 한번 가봐야지."

나오토는 불안한 표정으로 간판의 맨 아래를 손가락으로 가리켰다.

"그런데 18세 미만 사절이라고 적혀 있는데."

준은 늘 냉정하다.

"나오토는 어른 같고, 다이는 덩치가 커서 괜찮을 거야. 문제는 나하고 데쓰로지."

준은 키가 작고, 나는 영락없는 중2 분위기다.

"어차피 장사하는 데니까 어떻게든 될 거야. 만화도 파는 것 같고, 뭐라고 하면 그냥 나오지 뭐."

준은 쓸데없이 많은 조명등이 달린 계단 쪽으로 나아갔다. 간판 아래 서서 뒤를 돌아보았다.

"순서를 정하지. 먼저 다이와 나오토. 다음은 나, 마지막은 데쓰로."

그래서 우리 넷은 대열을 지어 포르노 여배우 포스터가 걸린 벽을 따라 계단을 내려갔다. 롤플레잉 게임 같았다. 지하가 너무 밝고, 가슴이 뛸 정도로 야하다는 느낌인 게 게임과 달랐지만.

계단에 선 내 다리는 떨리고 있었을 것이다. 혼자서라면 절대 이런 가게에 들어갈 수 없다. 그것은 맨 앞에 선 다이도 마찬가지다. 평소 근육과 지방으로 터져버릴 것 같던 등이 왠지 동그랗게 말려 작아 보였으니까. 포르노 가게 안도 계단처럼 밝았다. 선반에 진열된 책이나 비디오 들이 눈이 아릴 정도로 원색이라 더욱 그런 느낌이 들었는지 모른다. 입구 정면에 놓인 평평한 진열대에는 사진집과 신작 디브이디들이 전시되어 있었다. 표지만으로도 그게 얼마나 본격적인 포르노인지 짐작이 갔다. 그 가운데는 볼에 정액을 바른 채 웃고 있는 미소녀도 있었다.

진열대 옆에 있는 계산대에 선 아르바이트생으로 보이는 점원이 흘끗 우리 쪽을 바라보았다. 그러고는 아무 말 없이 시선을 돌려버린다. 준이 속삭였다.

"봐, 역시 괜찮아."

다이는 비닐로 포장해놓은 사진집을 집어 들고 표지를 확인한다.

"고생해서 여기까지 왔으니까 자기 용돈으로 하나씩 기념으로 사가자."

우리는 말없이 고개를 끄덕이고, 의외로 넓은 가게 안으로 흩어졌다. 사실은 그 자리에서 승리의 함성이라도 지르고 싶었지만, 여기저기 손님이 서 있는 가게 안의 고요를 깨뜨릴 수 없어 참았다. 나는 포르노 잡지가 촘촘히 꽂힌 책장 앞으로 걸어갔다. 거기에는 늘 누가 볼까 식은땀을 흘리며 거리의 가게에서 구입하던 책들, 너무 부끄러워서 도망치고 싶을 정도로 강렬한 포르노물뿐이었다.

섹스에도 여러 가지 취향이 있다는 사실을 뼈저리게 깨닫는 순간이었다. 전부 입이 떡 벌어질 정도로 강렬한 테마를 가지고 있었다. 특정 마니아층만을 공략하는 핀포인트 편집이었다. 아무리 그래도 상복을 입은 오십대 미망인이 나오는 포르노를 과연 누가 사 보는지는 너무 궁금하다.

잡지를 본 다음 디브이디와 비디오 코너로 갔다. 재미있어 보이는 것도 있었지만, 캠핑하러 와서 이런 걸 사봐야 아무 소용이 없다. 돌려보면서 즐길 수 없으면 전혀 의미가 없는 것이다.

여기저기 시선을 던지다 보니 피로가 밀려왔다. 벽 끝까지 나아가자 키 높이 정도의 유리 케이스가 나타났다. 완성품 피겨가 적당한 간격으로 늘어서 있었다. 케이스 안은 거울로 되어 있어, 피겨의 등도 잘 관찰할 수 있었다. 만화나 게임 캐릭터, 여고생이나 간호사, 해병대 복장, 물론 레오타드 차림과 올 누드도 있었다. 그 모두가 리본처럼 바람에 흩날리는 밝은색 머리칼과 얼굴 삼분의 일 정도를 차지하는 눈동자, 풍선처럼 부풀어 오른 가슴이 특징이다.

나오토가 내 쪽으로 다가왔다.

"난 이 피겨가 마음에 들어."

나오토가 허리를 굽힌 채 열심히 관찰하고 있는 피겨는 병원 침대에 누워 있는 가슴이 납작한 소녀였다. 팔과 다리와 머리는 붕대에 가려 있지만, 몸은 벌거벗은 채, 세밀화처럼 신체의 세부가 섬세하게 재현되어 있다. 침대 옆에는 점적 스탠드가 서 있다. 아주 잘 만들어진 것이다.

"꽤 잘 만든 것 같아."

가격을 보았다. 6만 9800엔. 너무 놀라서 나오토의 얼굴을 바라보았다. 나오토는 겸연쩍게 웃으며 말했다.

"카드로 사면 되니까 괜찮아. 여행 기념이고, 잡지 같은 것보다는 이게 오래갈 테니까 좋아."

역시 세상은 불공평하다. 나는 청순가련형 여고생이 나오는 사진집을 찾으러 선반 쪽으로 돌아왔다.

그 가게에서 십오 분 정도 머물렀지만 두 시간은 구경한 듯한 기분이었다. 우리는 제각기 전리품을 하나씩 가슴에 안고 밝은 계단을 올라갔다. 밖으로 나오자 빌딩 골짜기의 뒷골목이 오히려 더 어두웠다. 내려갈 때는 그렇게 강렬하던 벽의 포스터도, 돌아갈 때는 시시해 보일 정도였다. 어쩐지 야한 것에는 금방 길들어버리는 모양이다.

다이가 흥분해서 말했다.

"어디서 볼까?"

나오토는 주위를 둘러보았다. 골목길 앞에 한 시간에 백 엔이라는 간판을 내건 노래방이 있었다.

"저기야!"

나오토가 가리키기도 전에 다이와 준의 발은 그쪽을 향하고 있었다.

네 명이 나란히 프런트로 들어서자, 지겨운 표정의 종업원이 같은 층에 있는 개인실로 우리를 안내해주었다. 노래방 박스 안은 조금 전 포르노 가게와는 너무도 대조적이었다. 좁고 어둡고 습기로 칙칙했다. 서비스 드링크에 우롱차 네 개를 추가로 시킨 다음, 점원이 나가자마자 각자의 전리품을 종이봉지에서 꺼냈다.

처음은 준이었다. 테이블 위에 노래방 노래책만큼 두꺼운 잡지를 올려놓았다. 우리 반 최고 수재는 자랑스럽게 말했다.

"친구들, 나의 금발 취향은 잘 알고 있겠지만, 이건 아주 유용한 책이야. 요 삼십 년 동안 미국 블루필름(비밀 경로를 통해 보여주는 외설 영화 - 옮긴이)에 나왔던 여배우가 전부 실려 있는 사전이지. 제니퍼 웰즈, 베로니카 하트, 진저 린이 모두 들어 있어."

우리 셋은 너무 어이가 없어 할 말을 잃고 말았다. 우리는 한 번도 들어본 적 없는 이름들이었다. 외국 포르노 사이트로 들어가 자기가 태어나기도 전에 활약했던 배우들을 조사하다니, 과연 준의 취향은 대단하다. 준은 사전을 마구 넘기며 설명했지만, 아무도 내용을 보려 하지 않았다.

"변태는 좀 물러나고, 다음은 내가 보여줄게."

다이가 얇은 사진집을 꺼냈다.

"최근 들어 유방 큰 글래머 붐이 일고 있지만, 그런 걸 좋아하는 건 역시 꼬맹이들이야."

준은 부루퉁한 표정으로 다이의 취향을 꼬집었다.

"그래도 넌 고이케 사카코를 좋아하지 않았니."

다이는 쯧쯧 하고 혀를 차더니, 표지를 보여주었다. 남색 수영복의 가슴은 절벽이고, 붙은 자리만 겨우 알아차릴 수 있을 정도였다.

"그건 옛날 이야기, 지금의 나는 작은 유방 마니아야. 갈비뼈가 드러나 보일 정도로 마른 애가 좋아."

"니가 뚱땡이라서 그렇겠지."

다이의 롤리타스쿨 수영복집도 별 인기를 끌지 못했다. 나오토가 바스락거리며 자신의 것을 꺼내려 했다. 나는 피겨 다음에 내 것을 보이기는 싫어서 먼저 청순가련형의 여고생을 테이블 위에 올려놓았다. 아무도 선곡하지 않은 노래방 모니터에 썰렁한 해변 풍경이 나오고 있었다. 준은 내 사진집을 옆으로 밀쳐냈다.

"됐어, 그런 건. 어차피 데쓰로는 평범한 누드뿐이니까. 나오토, 빨리 피겨를 보여줘."

나오토는 주름진 손가락 끝으로 투명한 아크릴 케이스를 테이블 위에 올려놓았다. 미안한 듯 말했다.

"이 피겨가 특별히 섹시하다고는 생각지 않아. 그렇지만 병실 침대의 느낌을 아주 잘 표현한 것 같아서 가지고 싶어졌어. 그 가게의 케이스에 있는 피겨 가운데 제일 불쌍해 보였어."

다이는 케이스에 이마를 댈 듯이 피겨를 들여다보았다. 준이 말한다.

"개기름 묻히지 마."

나도 다이와 같이 그 특이한 피겨를 바라보았다. 얼굴은 눈만 남겨두고 붕대를 친친 감고 있다. 너무 슬퍼 보이는 눈. 나오토가 끌린 이유를 알 것도 같았다. 다이는 케이스를 들어올려 비스듬한 방향에서 벌거벗은 몸을 살펴보았다.

"이 배꼽 부분, 아주 세심하게 색칠했네. 나오토는 입원을 자주 하니까, 이걸 가지고 갔다가 퇴원시켜주면 될 거야."

평소에는 아무도 신경 쓰지 않지만, 이런 때만 되면 나오토의 병에 대한 관심이 급부상한다. 우리 중 가장 먼저 이 세상에서 모습을 감출 사람은 아마도 나오토일 것이다. 베르너 증후군 환자의 평균수명은 서른이다. 나오토는 벌써 인생의 반

환점을 돌았는지도 모른다.

다이는 일 년 전 공원에서처럼 손을 탁탁 치면서 말했다.

"그 포르노 가게도 괜찮았으니까, 극지 모험을 해보는 게 어떨까?"

준이 평소보다 훨씬 밝은 목소리로 말했다. 머리만 좋은 게 아니라 민감하기도 하다.

"극지 모험이라니. 다이는 또 뭔가 야한 일을 꾸미는 거지?"

다이가 자신의 가슴을 탕 치자, 살들이 파도처럼 흔들렸다.

"내가 예습을 해뒀지, 포르노 전문지로 말이야. 신주쿠 구청 뒤편에 스트립 극장이 있어. 이제 슬슬 밤이 올 테니까, 오늘의 마지막을 거기서 장식해보는 게 어때?"

우리는 무서운 생각이 들었지만, 이런 데서 약한 태도를 드러낼 수는 없는 노릇.

"입장료가 얼만데?"

다이가 고개를 갸웃하자, 턱 아래 살이 삼겹살로 변했다.

"오천 엔 정도일 거야. 한번 생각해봐. 여기 있는 우리들 가운데, 여자의 그걸 실제로 본 적 있어? 그러니까 태어나서 처음으로 그걸 보러 가자는 거야. 이렇게 멋진 기념도 없을 테니까."

준이 참을 수 없다는 듯 발을 동동 구르며 말했다.

"그거 정말 최고의 아이디어! 다이, 정말 대단해. 인터넷으로 몇 백 명의 그걸 봤지만, 아무리 봐도 도저히 이미지가 떠오르지 않아. 액정화면에는 비치지 않는 모양이야. 정말 이상해."

그리하여 다수결의 원칙을 도입할 것도 없이, 포르노숍보다 더 과격한 극지 탐험에 나서게 되었다. 우리는 제각기 소중한 전리품을 안고 있었지만, 어디를 보나 멋진 생의 비밀을 보러 가는 사람이 아니라, 마치 형장으로 끌려가는 사형수 같은 모습이었다. 다들 태연한 척하면서도, 속으로는 벌벌 떨고 있었던 것이다. 고작 열네 살에 여자의 그곳을 봐버린다니. 천벌이 내려 교통사고나 무서운 병에 걸리면 어떡해…….

그 극장은 보통의 중산층 아파트처럼 보였다. 좁은 일방통행로의 모퉁이에 있는 빨간 타일을 붙인 자그만 건물이었다. 밖으로 나와 있는 간판이 아니면 그런 극장인 줄 아무도 모를 분위기였다. 아저씨 몇 명이 쇼걸의 이름과 사진이 붙은 윈도를 들여다보고 있었다. 전선이 마구 내달리는 신주쿠 뒷골목의 하늘은 저녁나절의 슬픈 색깔로 물들어가기 시작했다.

이번에는 아래로 내려가는 게 아니었다. 극장 입구는 2층이었다. 준이 결사적인 각오로 고개를 끄덕이고, 아까와 똑같은 순서로 우리는 타일 계단을 올랐다. 다이가 평소보다 낮은 목소리로 외쳤다.

"어른 한 장."

작은 창 너머로 중년 남자가 흘끗 다이의 얼굴을 보고 돈을 받아들더니 티켓을 건네주었다.

성공, 하나는 통과했다. 그 다음의 나오토는 더 수월했다.

키가 작은 준에게는 눈을 마주치지 않고 티켓을 주었다. 내가 앞에 서자 곤란하다는 표정으로 고개를 저었다. 그래도 어른 티켓은 벌써 창 앞으로 나와 있었다.

"너희들 기분은 잘 알아. 오늘 우리 집 쇼를 본 다음 바로 집으로 가야 해, 알았지."

나는 머리를 조아리고, 열린 유리문을 통과했다. 오천 엔짜리 지폐로 교환한 티켓이 보물처럼 보였다. 안은 좁은 로비였다. 초로의 남자가 빨간 인조가죽 소파에 앉아 담배를 피우고 있었다.

나보다 먼저 들어간 친구 셋은 한곳에 얼음처럼 굳어 있었다. 벽 건너편에서 유럽 비트의 강렬한 드럼과 베이스가 울리고 있다. 다이가 늘어진 가슴을 누르며 말했다.

"나, 이걸로 이번 여행은 대성공이라고 생각해. 내일 그냥 돌아가도 좋아."

준은 턱을 힘껏 끌어당기고 고개를 끄덕였다.

"좋아, 가자. 다들 흩어지지 마."

스트립 극장에 들어가는 게 아니라, 목숨을 걸고 우주선에 오르는 것 같았다. 영화관보다 무거운 더블도어를 열었다. 관객석은 어두컴컴했다. 안쪽에는 번쩍번쩍 빛을 발하는 스테이지가 있고, 거기서 댄서가 한 발을 머리 위로 들어올리고 발가락으로 서 있었다. 조제트처럼 투명한 천으로 몸을 감고 있을 뿐 알몸이었지만, 10미터나 떨어지고 보니 그곳이 어떻게 생겼는지 통 알아볼 수 없었다.

검은테 안경을 손가락으로 밀어 올리며, 준이 음악 소리에 지지 않을 만큼 크게 외쳤다.

"어이, 잘 보여?"

다이는 등을 주욱 펴고 눈을 왕방울처럼 뜨고 있었다.

"얼굴하고 가슴은 알겠는데, 거기는 잘 안 보여."

우리는 스테이지 앞으로 더 가까이 가기 위해 사람들 사이를 뚫고 조금씩 앞으로 나아갔다. 스트립 극장에 온 사람들은 왠지 다들 얌전하고 조용해서, 아무도 소리치거나 웃지 않았다. 미국 영화에서 보던 토플리스 바와는 너무도 달랐다. 무대 위로 리본을 집어던지거나, 음악 사이사이로 박자를 맞추는 사람은 있지만, 그건 특정 여자의 팬인 단골손님뿐이다.

몇 명의 댄서가 나타났다가 사라졌다. 한 사람당 세 곡 정도 춤을 추고, 옷을 다 벗은 다음 무대 뒤편으로 사라졌다. 마른 여자, 글래머, 키 큰 여자, 작은 여자. 춤을 잘 추는 여자, 동작은 별로 하지 않고 몸만 보여주는 여자 등 여러 유형이 있었다.

그러나 스테이지의 조명은 너무 강렬하고, 피부는 마치 플라스틱처럼 번쩍거려서 마치 피겨를 보는 듯한 느낌이었다. 우리는 스테이지 앞까지 갔지만, 거기서도 여전히 여자의 그곳은 선명하게 드러나 보이지 않았다. 자연의 모자이크가 깔려서 뿌옇게 보였다. 역시 이건 여러 명이서 같이 관찰할 성질의 물건이 아닌지도 모른다.

한 시간 정도 댄서들의 춤을 보다 보니, 강렬한 음향과 조명으로 눈과 귀가 무거워졌다. 나는 곁에 있는 준의 어깨를 쿡 찌르고, 귓가에 대고 말했다.

"이제 그만 가자."

준도 피로한 얼굴이었다. 준이 앞자리에 앉은 거대한 등을 툭 쳤다. 다이의 티셔츠는 땀으로 얼룩져 있었다. 냉방이 별로 되지 않는 것 같았다.

"데쓰로가 가자는데, 어쩔래."

다이는 고개를 돌리더니 사진 찍는 시늉을 했다.

"기념이니까, 그걸 하고 가야지."

폴라로이드 서비스가 있는 것 같았다. 쇼걸이 자신의 시간이 끝나면, 즉석 인화 필름이 든 카메라를 들고 스테이지 밑으로 온다. 한 장에 오백 엔으로 누드 사진을 가질 수 있다. 다이는 라운드걸처럼 카메라를 들어 보이며 객석으로 다가오는 여자에게 손을 흔들었다.

"헤이, 헤이, 여기."

쇼걸은 다이에게서 오백 엔짜리 동전을 받아들더니, 커다란 카메라를 건네주었다. 갓 스무 살을 넘겼음직한 젊은 여자였다. 포르노 영화 몇 편에도 출연한 모양이다. 그런 여자가 하얀 가터벨트를 한 다리를 벌렸다. 다이는 쇼걸의 전신을 찍으려고 뒤로 물러서서 카메라를 들었다. 영업용 미소를 지으며 여자가 한 손으로 얼굴을 가렸다.

"오빠, 얼굴은 찍지 마."

다이 다음으로 준이 찍었다. 카메라가 내게로 오는 순간 나는 고개를 저었다. 나오토도 사진은 필요없다고 했다. 그런 사진은 방에다 둘 수도 없으니 찍어봐야 아무 소용이 없다.

극장 바깥으로 나와 보니 하늘은 어두워져 있었다. 신주쿠 같은 거리에서는 주변이 밝아지면 밤이다. 다이는 몇 번이나 폴라로이드 사진을 보고 헤죽거렸다.

"정말 귀엽더라. 나, 팬이 될 것 같아."

준은 흘끗 사진을 보고, 바로 호주머니 안에 쑤셔 넣었다.

"저녁 먹어야지. 나, 오늘 너무 피곤해."

너무 어두워지면 위험할 것 같은 생각이 들어 가부키초를 뒤로하고, 야스쿠니 로 쪽으로 나갔다. 빨간 미등이 길게 늘어선 길은 JR의 가드에 가려서 거기서는 보이지 않았다. 노선 위에는 비현실적일 정도로 거대한 서쪽 출구의 초고층 빌딩이 창에서 빛을 쏟아내며 하늘을 찌르고 있다. 우리는 잠자리가 있는 신주쿠 중앙공원을 향해 피곤한 발걸음을 옮겼다.

쥬니소 로에 있는 패밀리 레스토랑에서 저녁을 먹었다. 코인로커에서 입욕 세트를 꺼내 목욕탕으로 갔다. 스트립 극장에서는 한 덩어리로 있다가, 목욕탕에서는 각자 조금 떨어진 샤워 꼭지를 사용하고, 욕조에서도 거리를 두고 앉는다는 게

참 이상했다. 목욕을 마친 다음 편의점에서 필요한 물건들을 사고 공원에 도착하니 열한 시가 넘어 있었다.

우리는 구마노 신사 뒤편의 녹음 속에 텐트를 쳤다. 가로등 불빛이 닿지 않는 곳으로, 종이박스 집들과도 멀리 떨어진 곳이었다. 팔각형 던롭 텐트는 스미다 강변에서 몇 번이나 접었다 폈다 연습을 해두었다. 십 분 만에 그날 밤의 숙박시설이 완성되었다. 각자 침낭을 가지고 텐트 안으로 들어갔다. 가운데에 건전지식 형광등 랜턴을 놓아두었다. 밤의 공원은 조용했다. 멀리서 부드럽게 금속을 갉는 듯한 자동차 달리는 소리가 들려왔다.

나오토가 머리맡에 놓인 편의점 봉투를 가리키며 말했다.

"이런 게 필요할까?"

준은 침낭 위에 누워 여배우 사전을 뒤적이고 있었다.

"응, 소설에서 읽었는데, 홈리스는 의외로 텃세가 심하대. 그래서 밤중에 누가 와서 시비를 걸지도 몰라. 그때 이런 걸 하나 주면 간단히 해결할 수 있을 거야."

봉지 속에는 여러 가지가 들어 있다. 김밥 서른 줄, 2리터짜리 보리차 두 개. 첫날 밤인 만큼 늦게까지 이런저런 이야기를 나누고 싶었지만, 자전거를 타느라 피곤하기도 했고 어른의 세계를 엿본 후유증도 컸다. 열두 시가 되기 전에 나는 깊은 잠의 세계로 빨려 들어갔다. 아마 나머지 세 명도 마찬가지였을 것이다. 목욕탕에서 나왔을 즈음부터 이미 더이상 말도 하기 싫을 만큼 녹초가 되어 있었던 것이다.

다음 날 아침, 나뭇잎 흔들리는 소리에 잠에서 깨어났다. 황록색 텐트 안이 훤했다. 침낭에서 나오는데 나오토가 잘 잤니, 하고 말했다.

"어라, 아무도 오지 않았네."

고스란히 남은 봉지를 보며 내가 말했다. 목이 말라 보리차를 마셨다. 차가운 게 너무 맛있었다.

"화장실 갔다 올게."

나는 텐트를 나서서 아침 여섯 시의 공원을 걸었다. 3월 말의 공기는 꽤 차가웠다. 여기저기 개와 산책하는 사람이 눈에 띄긴 했지만, 밝기만 할 뿐 열기 없는 공원의 아침은 너무도 한적했다. 내가 대체 뭘 하고 있는지 알 수 없었다. 우리는 도쿄의 중심에서 하룻밤 야숙을 했다. 이런 현실이 너무 바보스럽다고 느껴졌다. 집에서는 지금쯤 내가 기사라즈 해변 공원에서 캠프를 치고 있는 줄로 알 것이다.

공중변소에서 볼일을 보고, 차가운 수돗물로 얼굴을 씻고 텐트로 돌아왔다.

"좀 도와줘."

다이가 잠이 덜 깬 얼굴로 말했다. 벌써 모두 일어나서 텐트를 접고 있었다. 순찰하는 경찰과 이곳 홈리스의 텃세를 피하려면 가능한 한 늦게 텐트를 치고, 가능한 한 빨리 철수하는 것이 좋다고 준이 주장했던 것이다.

텐트를 정리한 다음 분수가 있는 공원으로 이동했다. 햇볕에 데워진 벤치에 앉아 남은 김밥을 먹었다. 다이가 네 개를 해치웠지만, 그래도 많이 남았다. 코인로커에 짐을 넣으러 가는 도중에 나오토가 하얀 비닐봉지를 들고 파란 건설용 시트가 둘러쳐진 종이박스 집으로 달려갔다.

"저, 실례합니다."

꽤 험상궂어 보이는 오십대 남자가 햇빛에 그을린 얼굴을 내밀었다.

"이거, 좀 드세요."

남자는 한 손으로 시트를 들치더니 아무 말 없이 나오토를 올려다보았다. 더러운 면장갑 낀 손을 들어 비닐봉지를 받았다. 그 다음 순간, 시트가 닫히고 남자의 손과 비닐봉지는 사라졌다. 준이 어깨를 으쓱했다.

"김밥을 좋아하지 않는 모양이네."

오전 시간을 죽이는 게 정말 큰일이었다. 아침에 일찍 일어나면 하루가 얼마나 긴지 뼈저리게 느낄 수 있다. 방에 누워 뒹굴거나, 텔레비전을 볼 수도 없다.

우리는 찻집에서 삶은 달걀이 나오는 모닝세트를 먹고, 코마 극장 부근의 볼링장에서 아침 볼링을 쳤다. 볼링이라는 스포츠는 어쩐지 아침에 하면 쓸쓸한 기분이 든다는 것도 알았다. 서쪽 출구의 고층 빌딩을 한 바퀴 돌면서 빌딩의 최상층 전망대를 순회했지만, 어딜 간들 어제의 호텔 라운지만큼 감동적이지 못했다.

점심은 사람들이 줄을 선 신주쿠 3초메의 회전초밥집에서 먹었다. 다이는 혼자서 접시 스무 개를 해치웠고, 나머지 셋은 고작 예닐곱 개 정도였다. 신주쿠 여행 이틀째, 날씨는 좋았지만 세찬 바람이 불었다. 미지근한 봄바람이었다.

배가 부른 우리는 남쪽 출구에 있는 다카시마야 백화점의 나무 난간 앞 벤치에 앉아 거대한 강물처럼 흘러가는 JR 노선 건너편의 뿌옇게 흐린 빌딩숲을 바라보다 낮잠을 청했다. 푹 자고 눈을 떠보니, 무거운 3월의 하늘에 번쩍번쩍 빛을 발하는 초고층 빌딩이 하늘을 찌르며 서 있었다. 신주쿠는 낮잠을 자기에도 우리집 근처의 쓰쿠다 공원 못지않게 훌륭한 곳이었다. 도쿄의 낮잠, 멋진 말이다.

우리는 각자 흩어져서 핸드폰으로 집에 연락을 했다. 나오토 말고 세 명은 고작 삼십 초 만에 끝났다. 사흘 정도 집을 떠나는 건 특별한 일도 아니니까.

이틀째는 일찌감치 원하는 대로 먹을 수 있는 피자집에 가서 저녁을 끝내고, 가부키초 뒷골목으로 갔다. 호객꾼의 목소리를 무시하고 술집 거리로 천천히 흘러들었다. 잡다한 가게가 들어선 빌딩의 지하 계단 위에 그 네온사인이 파랗게 반짝이고 있었다. 'JUICE'. 힙합 잡지에서 내가 눈여겨봐둔 가게다. 음악을 좋아하는 내가 애써 신주쿠까지 왔는데 클럽에 한 번도 들르지 않는다는 건 너무도 애석한 일이다.

어두운 계단을 내려가서 요금을 지불했다. 어제 극장에 비하면 반값이다. 카운터의 여자가 손을 잡더니 손등에 스탬프를 눌렀다. 형광의 핑크 자국이 찍혔다. 뚝뚝 물방울을 떨어뜨리는 영문자가 여기저기 장식된 블랙라이트를 받으며 허공에 뜬 것처럼 빛을 발했다.

플로어로 향했지만, 아직 시간이 이른 탓인지 춤추는 사람은 하나도 없었다. 디제이는 누구나 알고 있는 클래식 솔 음악을 틀고 있었다. 과연 기계가 좋으면 소리도 다른 모양이다. 내 방에서 듣는 시디플레이어보다 몇 십 배나 박력이 있었다. 베이스드럼과 베이스기타가 발끝에서부터 온몸을 흔들어댔다.

준이 귀에 대고 속삭였다

"음료 교환하러 가자."

카운터에서 미네럴 워터가 든 페트병과 티켓을 교환했다. 이제부터는 땀 흘리는 일만 남았다. 평범한 물이라도 맛있을 것이다. 우리는 여자애 몇 명이 해초처럼 천천히 흔들리고 있는 댄스 플로어가 내려다보이는 둥근 테이블에 자리를 잡았다. 오버사이즈 청바지나 면바지 위에 타이트한 티셔츠와 탱크톱 차림. 발에는 두 사이즈나 큼직한 농구화를 신고 있다. 여자애들의 차림새는 우리와 별다를 게 없었다. 비즈를 넣어

땋은 머리칼이 초퍼 베이스의 무거운 리프에 맞추어 출렁인다. 나는 스트립 극장보다 이쪽이 훨씬 좋다. 나는 홀짝홀짝 물로 입술을 축이면서 뜨거운 온천에 든 것처럼 늘어지게 앉아 몸을 흔들고 있었다.

이십 분 정도가 지나자 플로어는 사람으로 넘쳐나기 시작했다. 다이가 내 허리를 쿡 찌르며 외쳤다.

"가자!"

고개를 끄덕이고 등받이 없는 동그란 의자에서 내려왔다. 준과 나오토를 눈짓으로 불렀지만, 둘은 먼저 가라고 손을 흔들었다. 다이와 나는 거대한 스피커 앞에서 춤을 추기 시작했다. 잘 추는 춤은 아니지만, 리듬에 맞춰 몸을 흔드는 것만으로도 기분이 좋았다. 인간이란 가죽 포대에 물을 담은 생물인 모양이다. 아마도 음악은 몸속의 더러운 물을 마구 뒤흔들어 버리는 것인지도 모른다. 나는 바보처럼 웃으면서 춤을 추고 있었다. 다이는 전통 춤을 현대풍으로 변형시켜, 날카로운 힙합 음악에 맞추어 살과 지방을 흔들어대고 있었다.

갑작스러운 목소리에, 나를 부르는 건지 금방 알아채지 못했다.

"어디서 왔니, 어느 고등학교?"

놀라서 뭐라고 반응해야 할지 몰라 우물쭈물하고 있는데, 금발의 여자애가 다시 한 번 물었다.

"어느 고등학교?"

그녀의 하얀 티셔츠 가슴에는 하트 모양의 라인스톤이 매달려 있었다. 짤막한 사브리나팬츠에서 햇살에 그을린 복숭아뼈가 드러나 보였다. 봄가을용 가죽 재킷은 파스텔 핑크색이었다. 어쨌든 밝게 잘 웃는 여자애였다. 내가 우물쭈물하고 있자 다이가 외쳤다.

"R고등학교."

그건 부잣집 도련님들이 다니는 사립학교 이름이었다. 다이와 내 실력으로는 도저히 합격할 수 없는 일류 고등학교이기도 했다.

"와, 정말! 이리 와, 소개할게."

그녀는 뒤에서 춤추고 있는 여자애 앞으로 나를 밀었다. 그쪽은 부끄러운 듯 고개를 숙이고 웃고 있었다. 데님 미니스커트에 면 피코트를 입고 있었다. 줄무늬 버튼다운 재킷의 가슴이 활짝 열려 있었다.

"이쪽은 유나, 나는 사야. 거긴?"

다이가 입을 쩍 벌리더니 내 가슴을 쿡 찔렀다.

"이쪽은 데쓰로, 난 다이. 우린 여행 중이야."

그 말에 갑자기 사야의 표정이 바뀌었다.

"아, 그럼 어디서 자니?"

다이가 내 얼굴을 바라보았다. 나는 적당히 말을 얼버무렸다. 공원에 텐트를 치고 있다고는 할 수 없었다.

"비밀. 같이 온 친구가 둘 더 있어. 우리 넷이서 여행 중이야."

사야는 금발 포니테일을 흔들며 외쳤다.

"그럼, 나중에 소개해줘."

나는 고개를 끄덕이고는 춤을 계속 추었다. 유나라는 여자애는 겸연쩍게 웃으면서 계속 춤을 추었다. 내성적이면서도 양키 같은 적극성을 가진 여자애였다. 나는 다이의 미묘한 변화를 알아챘다. 유나가 마음에 드는 모양이다. 왜냐하면 의도적으로 그녀 쪽을 보려 하지 않았기 때문이다.

디제이가 교대하는 틈을 이용해 다이와 나는 여자애 둘을 데리고 테이블로 돌아왔다. 준은 연신 입을 벙긋거리고, 나오토는 너무 놀라 눈만 화들짝 뜨고 있었다. 내가 여자라도 낚은 줄 아는 모양이다. 우리는 서로 다시 한 번 자기소개를 했다. 다이는 준과 나오토에게 귓속말을 했다. 필시 고등학교 건에 대한 것이다.

"우리도 여행을 하는 거나 다름없어."

사야의 말은 뭔가 억지스러운 뉘앙스를 풍겼지만, 다이는 눈치채지 못하는 것 같았다.

"우리랑 똑같네. 우리는 쓰키시마에 살고 있는데, 그쪽은?"

"다이칸야마."

둘은 작게 고개를 끄덕였다. 나는 사야의 티셔츠를 보았다. 클럽 안은 어두워서 자세히 볼 수 없었지만, 자리에 앉아서 보니 소매 끝이 새카만 것을 알 수 있었다. 준이 나를 향해 턱을

까딱했다.

"데쓰로, 잠깐만."

나는 의자에서 벗어나 준을 따라갔다. 준은 통로 끝에 있는 남자 화장실로 들어갔다. 문이 닫히자 베이스 소리만 간간이 들릴 정도로 조용해졌다. 준은 세면대 거울 쪽을 향하고 있었다. 거울 너머로 내게 말했다.

"저 여자애들, 너무 착 달라붙는 것 같지 않아?"

나는 수없이 많은 손자국이 남아 있는 거울을 바라보며 고개를 끄덕였다.

"응, 좀 이상해."

"그리고 내 옆에 앉은 사야라는 애, 이상한 냄새가 나."

나는 같이 춤을 추었으면서도 아무것도 느끼지 못했다.

"이상하다니, 뭐가 이상한데?"

준은 안경을 들이 올리고 머리칼을 쓸어 올렸다.

"그건 말이야, 향수와 삶은 달걀을 뒤섞은 듯한 냄새가 난다는 거야. 땀 냄새라고 할까."

나는 미간을 찌푸렸다. 그게 사실이라면 거의 악취일 것이다.

"예쁜 얼굴에 가련한 생각도 들지만, 저 둘은 조심해야 해. 너무 오래 비우면 의심할 테니 빨리 가자."

나는 준과 함께 화장실을 나서서 공사 현장처럼 시끄러운 댄스음악 속으로 빨려 들어갔다.

그로부터 두 시간 정도는 꽤 즐거웠다. 역시 이런 곳에서는 여자애가 있는 것과 없는 건 하늘과 땅 차이다. 우리는 몇 번이나 플로어로 출동했고, 춤을 추지 않을 때는 음악이나 영화 이야기를 했다. 나는 책을 즐겨 읽는 편이지만, 이런 장소에서 그런 대화는 아무 소용이 없었다. 아무도 책 같은 건 읽지 않으니까. 독서는 이 시대의 취미 생활에서 이미 멀어진 듯하다. 게임보다는 독서가 더 즐거우니까 난 혼자서라도 계속 즐길 생각이지만.

문득 시계를 보니 벌써 세 시간이나 놀았다. 내 머릿속에는 앞으로 사야 할 시디의 길고 긴 리스트가 그려지고 있었다. 이제 곧 열 시. 클럽은 지금부터 열기를 띨 시간이다. 디제이는 오래된 곡과 새로운 곡을 멋지게 조합하여 플로어를 휘저었다. 블랙라이트는 공중에 떠다니는 먼지와 춤추는 사람들의 이를 파랗게 비추고 있다.

몇 번짼가 휴식 시간에 테이블로 돌아오자, 나오토가 말했다.

"이제 슬슬 가자. 목욕이나 하고 자고 싶어."

다이는 아직도 춤을 추고 있는 여자애들에게 미련이 남은 듯했다.

"잘돼가고 있는데 말이야. 저 유나라는 애 정말 예뻐. 가서 인사나 하고 올게."

우리 셋이 테이블을 떠나 출구 쪽으로 향하는데, 다이가 여자애 둘을 데리고 허겁지겁 달려왔다.

“잠깐만. 할 애기가 있대.”

몸집이 작은 사야가 힘껏 미소를 짓고 있었다. 넓게 파인 가슴에 땀방울이 반짝이고 있다. 나는 그때야 비로소 준이 말했던 이상한 냄새를 맡았다. 유나는 될 대로 되라는 듯한 체념 어린 표정으로 딴 곳을 보고 있다.

“저, 우린 집을 나온 지 나흘째나 돼. 패밀리 레스토랑이나 카페에서 자다가 쫓겨나기도 했어. 이상한 남자를 따라가면 러브호텔에서 잘 수는 있지만, 몸을 더럽힐 것 같아서…….”

눈을 위로 치켜뜨고 두 손을 꼭 잡고 있다. 한쪽 눈만으로 우리의 표정을 살핀다.

“좀 재워주지 않을래. 중학생인 거 알아. 졸업여행 같은 걸 테니까, 가까운 곳에 호텔을 잡아두지 않았니?”

할 말이 없었다. 여자애들과 좀 떨어져서 넷이서 의논했다. 준이 말했다.

“어떡할까? 그 텐트에 둘이 더 잘 수 있을까?”

다이는 연민에 가득 찬 눈길로 유나 쪽을 보고 있다.

“재들, 오늘 밤 잘 곳이 없다잖아.”

나오토는 댄스 비트에 지지 않을 만큼 힘차게 외쳤다.

“재들 나흘이나 목욕도 못 한 것 같아. 우리 같이 목욕탕으로 가면 어때?”

마지막으로 말하는 놈이 결론을 내린다는 것이 우리 그룹의 오랜 전통이다. 이번에는 내 차례다.

"그럼, 호텔이 아니라 공원에서 텐트를 치고 있는데 그래도 좋으면 같이 가자고 하지 뭐."

다이는 입을 쩍 벌린 채 고개를 끄덕였다.

"맞아, 결정!"

준과 나는 여자애들 쪽으로 돌아갔다. 나는 사야의 귀에 대고 외쳤다.

"우리도 부모에게 거짓말하고 공원에서 텐트를 치고 있어. 사실은 보소 반도의 캠프장에 있어야 해. 잠자리도 불편하고, 아침에는 추울지 모르지만, 그래도 좋다면 같이 가."

사야는 그 자리에서 펄쩍 뛰어올랐다.

"재워준대, 괜찮지?"

예쁜 유나는 맥없이 턱을 아래로 떨어뜨렸다.

클럽 바깥으로 나서자, 신주쿠의 밝은 밤거리가 나타났다. 길거리는 대낮보다 더 눈부셨다. 여섯 명으로 불어난 우리 그룹은 야스쿠니 로를 따라 목욕탕으로 향했다. 코인로커에서 목욕 도구를 꺼내자 사야와 유나는 놀란 목소리로 외쳤다.

"와, 대단해. 정말 완벽하게 준비했네."

우리는 아무런 준비도 없이 가출하는 게 문제라고 생각했다. 다이가 유나에게, 나오토가 사야에게, 수건을 건넸다. 준이 남녀로 갈라지는 신발장 앞에서 말했다.

"그럼 삼십 분 후 이 자리에 집합."

사야는 손목시계를 보았다. 다시 눈을 위로 치켜뜨면서 어리광 부리듯이 말했다. 자신보다 어린 중학생에게 어리광을 부리다니, 웃긴다.

"나흘 만에 하는 목욕인데, 한 시간이 어때?"

다이는 준이 대답하기 전에 힘차게 가슴을 쳤다. 여자애들 앞이라 가슴 근육에 더 힘이 들어간 것 같았다. 이번에는 가슴의 살과 지방이 평소처럼 출렁이지 않았다.

"물론, 좋지. 천천히 하고 나와. 우린 그동안 텐트를 쳐놓을게."

중앙공원의 텐트 안으로 파고들었을 때는 벌써 자정에 가까운 시각이었다. 가장 보온성이 높은 나오토의 침낭을 담요 대용으로 두 사람에게 주었다. 나머지 침낭은 지퍼를 열고 요로 삼아 바닥에 깔았다. 바깥은 꽤 쌀쌀했지만, 막 목욕을 마친 젊은 우리들의 열기와 겹쳐 입은 옷 덕분에 떨 정도는 아니었다. 다이는 파카와 스웨터를 벗어 던지고, 티셔츠 하나만 걸치고 있었다. 다이가 말했다.

"왜 가출했는데? 하기야 부모는 늘 시끄러우니까, 그 기분은 알 만도 해."

형광등 칸델라를 중심으로 우리는 대화를 나누었다. 새파란 형광등 불빛을 받아 다들 생기 없는 유령 같은 얼굴이었다. 사야가 갑자기 새된 목소리로 웃어젖혔다.

"아하하하, 괜찮아, 괜찮아."

"그러지 마."

내내 입을 다물고 있던 유나가 비로소 입을 열었다. 멍하니 칸델라를 바라보고 있는 옆얼굴은 상처를 입고 둥지로 돌아온 작은 짐승 같았다.

"우리집은 아버지가 안 계셔. 어머니와 여동생 하나야. 그렇지만 모녀간에도 궁합이란 게 있잖니. 여동생은 엄마랑 잘 지내는데, 난 도무지 그게 안 돼. 어릴 때부터 이 사람이 진짜 우리 엄마인지 의심스러웠던 적이 한두 번이 아냐."

그런 다음 유나는 사야 쪽을 보고 웃었다. 화장을 벗겨내자 아직 십대 중반의 소녀다운 모습이 되살아났다. 내 눈에는 클럽에서보다 더 예뻐 보였다.

"미안해, 사야. 이렇게 널 고생시켜서……."

작은 소녀는 눈물을 글썽이며 고개를 끄덕였다. 클럽에서는 그렇게 강한 표정을 보이더니, 사야에게는 친구를 소중히 생각하는 마음이 있는 것 같았다. 다이는 솔직하다. 커다란 몸을 둥글게 말더니, 온몸으로 유나에게 공감을 표시했다.

"우리집도 마찬가지야. 아버지는 올해 초에 죽었어. 이유는 묻지 마. 난 오히려 마음이 편해. 난폭하고 주정뱅이에다 최악의 아버지였으니까. 그 덕분에 고등학교는 야간으로 가야 할 것 같아. 나보다는 동생이 머리가 좋으니까, 돈은 그쪽에 쓰는 게 합리적이야."

다이에게서 이런 이야기를 듣는 건 처음이라 나는 깜짝 놀랐다. 다이는 준과 나오토와 나를 순서대로 천천히 바라보았다. 준이 말했다.

"어느 집이건 문제가 하나씩은 있는 모양이야."

나는 준의 집과 우리집에 문제가 있는지 없는지조차 모른다. 그렇지만 말없이 고개를 끄덕였다. 내가 모르고 있을 뿐, 우리집에도 사실은 큰 문제가 있을지도 모르지 않는가. 그런 건 어린애에게 얼마든지 감출 수 있고, 혹시 내일이라도 새로운 문제가 생겨날지도 모른다. 그런 생각을 하니 갑자기 아버지 어머니 얼굴이 떠올랐다. 우리 부모는 사이가 좋으니까, 내가 없는 틈을 타서 아마 오늘 밤 정도면 어디 외식이라도 하러 갔을 것이다.

"이제 자자."

나오토의 얼굴은 이틀간의 피로 때문인지 주름이 더 깊어진 것 같았다. 형광등 스위치를 끄자, 텐트의 지붕에 나무 그늘이 비쳤다.

"정말 고마워. 이렇게 귀찮게 해서 미안해."

유나는 어둠 속에서 그렇게 말했다. 그것이 잠에 빠져들기 전에 마지막으로 들은 말이다.

내가 눈을 뜬 것은 아직도 어둠이 남은 시간이었다. 어둠 속에서 그림자 하나가 움직이고 있었다. 준의 웨이스트백을 뒤지는 것 같았다. 머리칼의 길이로 알 수 있었다. 유나였다. 그녀는 가방 안에서 지폐 몇 장을 빼내자, 이번에는 나의 가방을 천천히 열었다.

나는 몸을 뒤척이면서 그녀의 손목을 잡았다. 흡, 하고 숨을 멈춘 유나의 몸이 뻣뻣하게 굳었다. 나는 턱으로 텐트 바깥을 가리켰다. 내가 소리 없이 텐트 바깥으로 나가자 그녀가 따라 나왔다. 텐트를 벗어나 이슬 내린 새벽의 벤치에 앉았다.

"왜 그러니? 돈이 필요해?"

유나는 입술을 꽉 깨물며 고개를 끄덕였다.

"그렇구나."

새들이 나뭇가지에서 일제히 날아올라 깃발처럼 신주쿠 상공을 선회했다. 내 숨결이 하얗게 허공을 물들였다.

"왜?"

유나는 두 손으로 배를 안으며 등을 동그랗게 말았다. 미니스커트 아래에 다이의 면바지를 입고 있었지만, 아직 추운 모양이다. 손발이 떨리고 있었다.

"생긴 것 같아."

벤치 뒤에서 다이의 목소리가 들려왔다.

"정말이야? 상대는 어떤 놈인데."

그녀의 등은 벤치 위에서 더 작게 말려들었다. 그냥 그대로 태아처럼 쪼그라들 것 같았다. 자신을 비웃는 듯한 어조로 유나는 말했다.

"작년 크리스마스 때도 가출했었어. 그때 술에 취해 몇 명하고 했기 때문에 누군지 몰라. 설령 안다 해도, 이름도 사는 곳도 몰라."

다이는 유나 곁에 앉더니, 파카를 벗어 그녀의 등에 걸쳐주었다. 그런 친절에 마음속의 둑이 무너졌는지, 유나는 눈물을 흘렸다.

"미안해. 이렇게 도와줬는데 돈이나 훔치고……. 그렇지만 어떡하면 좋을지 모르겠어. 삼 개월이나 그게 없고, 임신 진단 시약을 팔기는 하지만, 그게 얼마 하는지도 모르고, 돈도 없고, 어떡해야 좋을지 모르겠어. 미안해."

울면서 내게 손을 내밀었다. 그 손에는 준의 지갑에서 빼낸 구겨진 천 엔짜리 지폐 두 장이 있었다. 나는 그 위에 내 지갑에서 천 엔을 꺼내서 올려주었다. 다이도 똑같이 했다.

"괜찮아."

다이는 웃으면서 고개를 끄덕였다. 하늘을 나는 새들의 울음소리는 자동차 소리보다 더 시끄러웠다. 고층 빌딩 뒤 동쪽 지평선에서 아침이 밝아오기 시작했다.

"애석하게도 내가 깨고 말았네. 나오토라면 틀림없이 만 엔은 내놓았을 텐데."

유나는 울다가 웃었다. 다이가 말했다.

"그럼, 이제 어떡하지?"

"사야가 일어나면 같이 약국에 가보자. 어차피 나오토에게도 이야기를 해야지. 시약 구입 모금에 가담하라고 하지 뭐."

우리 셋은 잠시 아침 하늘을 올려다보았다. 하늘색은 시시각각 힘차게 변화해가고, 마침내 하늘 저 멀리서 햇살이 퍼져나가기 시작했다. 그것은 아무 말이 필요 없는 멋진 아침이었다. 마실 때마다 목을 차갑게 하는 맑은 아침 공기, 어둠의 기운을 머금고 주황색에서 투명한 황색으로 변해가는 태양, 햇살을 받아 단정하게 세로로 라인을 드러내는 고층 빌딩. 스트립 극장의 스테이지는 깡그리 잊고 말았지만, 그 아침 풍경을 나는 지금도 선명히 기억하고 있다.

스튜디오 알타 뒤편에 있는 패밀리 레스토랑에서 우리는 두 사람을 기다렸다. 준에게는 천 엔을 돌려주고 나오토에게서 천 엔을 받았으니까, 전부 사천 엔이 모인 셈이다. 나는 시약 값이 얼마인지 몰랐지만, 그 정도면 충분하리라 생각했다.

연한 커피를 몇 잔이나 비운 후에야 유나와 사야가 모습을 드러냈다. 둘은 우리 앞에 서서 체온계가 들어갈 정도 크기의 작고 흰 상자를 보여주었다. 사야는 그런 때조차 밝았다.

"짜잔, 여러분이 사준 약이야."

"그만해. 창피해 죽겠는데."

유나는 그렇게 말하고 사야의 손을 잡아끌면서 여자 화장실로 사라졌다. 그로부터 십 분은 신주쿠에서의 이틀 동안 가장 긴 십 분이었다. 준과 나와 나오토는 침착했지만, 다이만은 혼자서 안절부절못했다. 티스푼으로 테이블 모서리를 쉬지 않고 두들겼다. 준이 날카롭게 외쳤다.

"시끄러, 그만해!"

다이는 스푼을 팽개치더니 이번에는 심하게 다리를 떨기 시작했다. 팔짱을 끼고 누구에게 시비라도 걸 듯한 표정으로 허공의 한 점을 응시하고 있었다. 사야는 조용히 돌아와서 끝자리에 미끄러지듯이 앉았다. 심각한 표정으로 아무 말도 하지 않았다. 다이가 어떠냐고 묻자, 조용히 고개를 저었다.

유나가 테이블에 한 손을 짚고 섰다. 안색뿐만 아니라 미니스커트 아래 다리에서도 핏기가 빠져나간 것 같았다.

"정말 웃겨. 무슨 큰 병에라도 걸린 것 같은 기분이야. 양성. 돌아가서 그 사람에게 뭐라고 하지. 결국 똑같은 말을 하면서 상대도 해주지 않겠지. 자신의 몸을 싸구려 취급하면 안 돼, 자업자득이야, 라고 말이야. 그렇지만 사람을 좋아하는 데 싸고 비싸고가 어디 있어. 우린 모두 상품에 지나지 않는 걸까?"

그녀는 선 채로 울었다. 레스토랑에 있는 사람들의 눈길도 개의치 않았다. 울면서 주먹을 쥐고, 뭔가를 힘껏 억누르고 있었다. 나는 여자의 그런 모습을 처음 보았다. 당장 누군가와 싸우러 가려는 사람 같았다. 다이가 좁은 자리에서 일어섰다.

늘 어이가 없을 정도로 직설적인 다이가 망설이고 있었다. 이마에서 땀이 배어 나왔다.

"……저, 낳건 안 낳건, 내가 도울 일이 있으면 말해줘. 난 내년 봄이 되면 중학교를 졸업하고 일을 할 거야."

대체 무슨 말을 하는 걸까. 우리는 멍하니 입을 벌린 채 다이를 바라보았다. 그 말은 좋아한다는 고백과는 좀 성질이 다른 것 같았다. 게다가 다이는 올봄에야 중학교 3학년이 되는 아직 열네 살 소년이다. 모두의 시선이 다이에게로 모였다.

"겨울에 아버지가 죽었어. 우리 가족은 흩어질 뻔했어. 쓸데없는 간섭인지는 모르겠지만, 가능하다면 가족은 지키는 게 좋지 않을까. 도저히 어머니하고 살 수 없다면, 내가 새로운 가족을 만드는 데 도움을 줄 수도 있어. 지금 유나를 기다리면서 그런 생각을 했어."

자신의 모든 것을 버리고 하는 말에는 믿을 수 없을 정도의 힘이 있다는 사실을 나는 깨달았다. 전투에 나설 듯한 기세였던 유나의 몸에서 힘이 빠져나가는 것이 눈에 보였다. 새파랗게 질려 있던 얼굴에 십대 소녀다운 혈색이 돌아왔다.

"고마워, 다이. 오늘 집에 돌아갈 거야. 그 사람에게 말해 볼게."

다이는 새빨개진 얼굴로 자리에 앉아, 연달아 얼음물 세 잔을 들이켰다. 그러더니 황망히 가방을 뒤져 사인펜을 꺼냈다. 종이 냅킨에 핸드폰 번호를 적고, 말없이 유나에게 내밀었다. 피로에 젖어 늘어진 사람처럼 힘없이 웃으며, 그녀는 눅진한 냅킨을 받아들었다.

"연락할게."

"너무 멋져, 다이, 최고!"

사야가 손수건으로 눈을 가리면서 외쳤다. 눈물이 많은 소녀 같았다. 나는 반쯤은 어이가 없는 눈길로, 반쯤은 감격에 겨운 마음으로 그 장면을 지켜보았다. 열넷의 나이로, 다른 남자 자식의 아버지로 입후보한다는 건 과연 어떤 기분일까.

나는 갑자기 어른스러워 보이는 친구의 얼굴을 뚫어져라 바라보았다.

점심 전에 우리는 두 사람을 전송하러 신주쿠 역으로 갔다. 나오토는 다이칸야마라면 전철을 타야 하지 않냐며 이상하다는 표정을 지었지만, 준은 나오토의 어깨를 잡고 침묵을 지키게 했다. 두 사람이 산 차표는 소부선의 가메이도 역이었다. 집은 역에서 버스로 십 분 정도 거리라고 했다.

다이는 같이 가고 싶어 하는 눈치였지만, 우리가 잡아끌었다. 만난 지 반나절 만에 부모님에게 인사를 간다는 것은 아무리 그래도 그렇지 너무 빠른 것 같은 느낌이 들었기 때문이다. 플랫폼에 노란색 전차가 들어오자, 사야가 머리를 꾸벅 숙였다.

"우린 그곳 여고 1학년이야. 여러분하고 두 살 차이. 후배가 더 멋진 것 같아."

뭐가 멋진지 도무지 모르겠지만, 자그만 사야의 눈길 앞에는 똑같이 작은 준의 얼굴이 있었다. 준은 머리가 좋아서 그 말의 의미를 잘 알 것이다.

유나가 전차의 굉음에 지지 않을 정도로 크게 외쳤다.

"너희들에게 빚을 지고 말았어. 다이, 고마워. 아무리 어려울 때도 누군가 한 사람은 반드시 내 편이 있다는 생각을 했어. 꼭 연락할게. 고마워."

두 사람은 전차 안으로 빨려 들어갔다. 부앙, 하고 멍청한 전자 차임벨 소리가 울리면서 문이 닫혔다. 유나는 유리창 건너편에서 엄지손가락과 새끼손가락을 펴서 전화를 거는 포즈를 취했다. 사야는 볼에 브이 사인을 그리면서 사진을 찍을 때처럼 눈을 위로 치켜떴다.

전차가 가버린 다음, 신주쿠 역에는 목적지를 향해 움직이는 사람들의 활기만이 남았다. 다이가 울먹이는 목소리로 말했다.

"아, 가버렸어."

준은 남쪽 출구에 있는 계단을 향해 걸어가기 시작했다.

"우리도 집으로 돌아갈 준비를 해야지."

여행이란 걸 하다 보면 참으로 이상한 일이지만, 갈 때는 그렇게 오래 걸릴 수 없었는데, 막상 돌아오는 길은 금방이다. 같은 거리에 같은 시간이지만, 기분으로는 두 배 이상은 차이가 나는 것 같다.

우리는 목욕탕 앞 코인로커에서 짐을 꺼내 중앙공원으로 돌아왔다. 사흘간 묶어두었던 산악자전거에서 절도방지용 체인을 풀고 뒤에다 짐을 묶었다. 봄날다운 희뿌연 하늘 아래, 자전거를 타고 서쪽 출구의 고층 빌딩가를 달려간다.

페달은 가볍고 기분도 좋다. 그리 즐거운 일만 있었던 건 아니지만, 예정대로 신주쿠에서 캠핑을 하고 위험한 어른 세계를 엿보았다. 신주쿠를 곧장 달려서 첫 휴식 시간을 가졌던 요쓰야의 패밀리 레스토랑에서 늦은 점심을 먹었다.

그날 점심은 비프스트로가노프였는데, 다이는 양이 많았던 지난번 이탈리안 햄버거보다 못하다고 투덜거렸다. 그래도 밥을 세 그릇이나 먹어치웠으니, 다이의 식욕은 그녀와 헤어져도 뭐 하나 변한 게 없었다.

한조몬 순회로를 돌아서, 우리는 끝도 없어 보이는 언덕길을 페달을 밟지 않고 내려가는 시합을 벌이기로 했다. 황거의 녹음은 짙고, 해자의 물은 여전히 시궁창처럼 탁했다. 우리는 등으로 육지의 바람을 느끼며, 다리를 벌린 채 급한 언덕길을 신나게 내려왔다.

승자는 다이였다. 히비야 교차로 바로 앞까지 페달 한 번 밟지 않고 온 것이다. 오르막길에서는 원수 같았던 체중이 내리막길에서는 유리하게 작용한 것이다. 역시 관성의 법칙은 함부로 볼 게 아니다.

긴자에 들어서자 벌써 집에 다 온 기분이었다. 오후 쇼핑객으로 붐비는 아오메 로를 빠져나가, 와코 백화점, 미쓰코시 백화점, 가부키자를 지났다. 하나같이 화려한 차림으로, 모두 조금씩은 거들먹거리며 걸어다니는 이 거리가 너무 좋다. 가치도키 교를 건널 즈음에는 기울어진 햇살이 스미다 강 하류를 금색으로 물들이고 있었다.

기요스미 로와 만나는 교차로에 이르자, 나오토가 갑자기 브레이크를 걸면서 멈춰 섰다.

"잠깐, 이번 여행에서 아무에게도 말하지 않은 비밀 한 가지씩 고백하기로 했잖아."

까맣게 잊고 있었다. 포르노 가게와 스트립쇼 관람, 클럽 같은 데서 어른 놀이를 하느라 너무 바빴던 것이다. 준이 손목시계를 보았다.

"이대로 가면 저녁 전에는 집에 도착할 텐데, 어떡할까?"

다들 이대로 헤어지기 싫은 것 같았다. 다이가 빙긋 웃었다.

"곧장 달려서 하루미 부두공원으로 가자. 거기서 한 가지씩 고백하지 뭐. 그래도 저녁시간에 맞춰 돌아갈 수 있을 거야."

준이 나를 보았다.

"문제없어."

그렇게 말하고 하루미 로를 직진하면서, 나는 어떤 비밀을 말해야 할지 곰곰 생각해보았다.

하루미 부두공원은 여객선 터미널 옆에 위치한 비교적 큰 공원이다. 불꽃놀이 축제 때만 사람들이 붐비는 조용한 곳이다. 그래도 매립지 서쪽 끝이라 도쿄 만으로 떨어지는 석양을 마음껏 볼 수 있는, 도쿄에서도 유명한 일몰 관람지기도 하다. 그렇지만 그날은 공교롭게도 구름이 끼어 한순간 하늘이 장밋빛으로 물드는가 싶더니, 아무런 전조도 없이 하늘도 바다도 컴컴해졌다. 이런 날은 위건 아래건 아무 경계도 없이 모두 똑같아서, 바다에 떠 있는 배조차 차가운 블루그레이로 물들어버린다.

손잡이 건너편으로 바다 냄새가 나지 않는 도쿄 만을 바라보며 우리는 잔디에 앉았다. 허벅지 근육이 사이클링 덕분에 기분좋게 열을 내고 있다. 나오토가 잔디에 누워 말했다.

"비밀 이야기는 나부터 할게. 내 비밀은 너희들도 다 아는 거야."

나오토는 누운 채 준과 다이와 나를 차례대로 보았을 것이다. 그러나 아무도 나오토의 눈과 마주칠 수 없었을 것이다. 적어도 나는 밝은 체념의 기운이 배인 그 목소리의 주인공을 똑바로 바라볼 수 없었다.

"낮 시간은 너무 좋아. 너희들이랑 있으면 조로증에 대해서는 아무 생각도 하지 않게 돼. 그렇지만 밤이 문제야. 특히 당뇨병으로 컨디션이 좋지 않을 때, 그것도 약을 먹고 빨리 잠들었다가 한밤중에 깼을 때가 제일 괴로워."

나오토는 어두운 하늘을 올려다보며 무덤덤하게 말을 이었다.

"너희들은 저 소리가 들리지 않니? 지구가 맹렬한 기세로 자전하면서 하루를 새기는 구릉구릉 하는 소리 말이야. 난 저 소리가 정말 무서워. 생각해봐, 내게는 너희들보다 세 배나 빠르게 지구가 돌아가니까. 이런 말, 우리 부모님에게도 한 적 없어."

준이 나지막한 목소리로 물었다.

"지금도 그 소리가 들려?"

나오토는 웃으며 하늘을 올려다보았다.

"지금은 안 들려. 너희들에게는 지구의 자전을 늦출 만큼 대단한 힘이 있어. 늘 나랑 같이 놀아줘서, 정말 고마워."

말이 끊기고 잠시 시간이 흘렀다. 바람이 불어와 마음껏 자란 잔디 끝을 흔들고 있었다. 준이 조금 언짢은 듯한 기색으로 말했다.

"그럼, 내 차례로군."

준은 두 손으로 땅을 짚고, 나오토처럼 하늘을 올려다보았다. 한쪽이 구름에 덮인 밝은 도쿄의 하늘이었다.

"내 비밀은, 늘 마음이 조마조마하다는 거야."

우리 반 최고의 수재, 어떤 어려운 문제에 직면해도 누구도 생각지 못한 보조선을 그어 해결해버리는 준의 입에서 나온 대사라고 믿기 힘든 말이었다. 우리는 입을 다물고 다음 말을 기다렸다. 준이 훗, 하고 웃으며 말했다.

"물론 공부는 잘해. 시험 때가 아니라도 뭔가를 배운다는 건 즐거운 일이야. 그렇지만 때로 너무 잘 풀린다는 생각이 들 때가 있어. 그럴 때 나는 내가 사기꾼이 되어버린 기분이 들어."

준은 잔디를 한 웅큼 뜯었다. 손가락 사이에 남은 이파리를 바람을 향해 던졌다.

"이대로 좋은 고등학교와 대학을 거쳐 일류 기업에 들어가서, 다른 사람 칭찬을 듣는 그런 인생. 그 어디에 내가 있는 걸까? 주변 사람 모두를 속이며 사는 게 아닐까? 그런 생각이 들 때면 잠이 오질 않아."

다이가 분위기를 반전시켜보려고 끼어들었다.

"그래도 시험 전날은 공부가 잘 되잖아."

준은 나오토 옆에 벌렁 누웠다.

"그건 그래. 누구든 자기가 좋아해서 간단히 처리할 수 있으면 즐거울 거야. 머리가 좋은 건 유전 덕분일 테고, 내 취미는 공부야. 아무렴 어때, 어차피 별 볼 일 없는 인생에는 변함이 없을 테니까."

누구에게든 나름대로 고뇌가 있는 것 같다. 나는 두 친구의 비밀을 듣고도, 여전히 무슨 말을 해야 할지 망설이고 있었다. 내게, 과연 다른 사람에게 고백할 만한 비밀이나 고뇌가 있는 것일까. 난 평균적인 열네 살이 아닌가. 내가 입을 다물고 있자 다이가 먼저 입을 열었다.

"아까 내가 유나 씨를 도우려고 했을 때, 다들 놀랐지?"

나는 솔직히 말했다.

"너무 이상하더라. 고작 중3이 다른 남자 자식의 아버지가 될 수 있어?"

다이는 내 반응이 더 이상하다고 생각한 것 같았다. 빙긋 웃으며 나를 보았다.

"그러니까 데쓰로는 어려. 난 아직도 죽은 아버지가 무서워. 난 아버지가 죽은 후에 '어른아이Adult-Children'에 관한 책을 여러 권 읽었어. 모두 똑같은 말이 쓰여 있더라. 아이를 때리는 어른은 어린 시절에 아버지에게 맞았기 때문이라고. 학대의 연쇄인 셈이지. 그렇다면 난 앞으로 어떻게 되는 거야? 좋아하는 여자와 결혼해서 자식이 생기면, 나도 아버지와 똑같이 그애를 때릴까? 그러다가 내가 그애에게 맞아 죽게 될까?"

나는 다이의 어깨에 손을 올리고 있는 힘을 다해 그 마음을 붙잡으려 했다. 혼자서 그렇게 멀리 가버리면 안 돼. 그러나 다이는 강했다. 둥그런 얼굴에 강철 같은 웃음을 지으며 말했다.

"괜찮아. 진부 말하게 해줘. 전문가가 옳다면, 내 자식도 내가 한 것처럼 아버지인 나를 죽일 거야. 어떻게 하면 그 사슬을 끊을 수 있을까. 내가 당한 것을 나보다 약한 놈에게 하지 않을 수 있을 정도로, 어떻게 하면 강해질 수 있을까. 경찰서에 갇혀 있을 때, 나는 매일 밤 그런 생각을 했어. 그래서 유나씨가 임신했을지도 모른다는 말을 들었을 때 좋은 기회라고 생각한 거야. 이런저런 생각 말고 뛰어들자고. 두려워하지 않고 행동하면 된다고. 적어도 태어날 아기는 아버지나 나의 피를 이어받지 않았을 테니까."

다이는 거기서 말을 끊고 우는 것 같았다.

"난 내가 두려워. 미래의 내가 두렵단 말이야. 내가 정말 사랑하는 존재, 그 작은 존재, 내 자식을, 이 손으로 부숴버릴지도 모를 내가 두려워."

거대한 등이 흔들리고 있었다. 아무도 할 말을 찾지 못했다. 최악의 타이밍에 내 차례가 돌아왔다. 나라는 인간에게는 내용 같은 게 없다. 너무 평범하고 평균적인 중학생이다. 그렇지만, 세 친구의 이야기를 듣는 사이에, 나도 할 말이 있다는 걸 알았다. 나는 다이에게 말했다.

"지금 그 마음을 잃지 않는다면 다이는 절대로 괴물로 변하지 않을 거야. 너무 괴롭고 불안할지 모르지만 다이라면 분명히 이겨낼 거야. 괴로우면, 우리가 있잖니. 그 방면의 전문가도 있고. 다이는 자신의 가장 약한 부분을 우리 앞에서 말할 수 있잖아. 강하다는 건, 사실 그런 걸 두고 하는 말이 아닐까. 다이는 너무 훌륭해. 그렇지만 전부 혼자서 짊어질 필요는 없어. 혼자서 너무 힘들면 남에게 의지하는 거야."

나는, 그때, 마음이 쨍하고 맑아지는 것 같은 기분을 느꼈다. 내게는 예언자 같은 영감은 없지만, 완벽한 확신을 가지고 다이에게 말할 수 있었다.

"다이는 틀림없이 행복한 사람이 될 거야. 다이의 아이도 마찬가지야. 사슬은 벌써 다이 네 손으로 잘랐어. 그걸 네가 느끼기만 하면 돼. 아버지도 아마 너의 그런 마음을 알아주실 거야."

잔디 위에 드러누운 채 준이 말했다.

"식충이에다 체지방률도 높고 밝힘증 환자지만, 다이는 멋진 구석이 많아. 안 그러면 우리가 상대를 안 하지."

다이는 눈물을 닦으며 거칠거칠한 잔디 위에 누워, 하늘을 보며 말했다.

"그런 일이 터진 후에도 나랑 같이 놀아줘서 고마워. 평생 지울 수 없는 오점이었어."

다이는 폴라로이드 애인이라며 파카 주머니에서 사진을 꺼내 무사한지 확인했다. 우리는 어둠이 깔리는 하늘과 바다 사이에 끼어 배를 잡고 웃었다. 준이 말했다.

"마지막은 너야, 데쓰로. 빨리 자수하면 편해."

하늘을 보고 누워 있는 세 명의 열네 살들을 바라보았다. 나의 소중한 친구들이었다.

"난 변한다는 게 무서워. 다들 조금씩 변하다가, 어느 순간 오늘 여기서 우리가 느꼈던 이 기분을 깡그리 잊어버리는 거. 우리 모두 나이를 먹고 어른이 될 거야. 세상에 나가 이런저런 일을 겪으면서 이런 시절을 무시해버릴지도 몰라. 그건 중딩 시절의 놀이였다고. 아무것도 모르는 꼬마였다고. 그렇지만 그럴 때일수록 지금의 마음을 되새겨야 해. 변해서 좋은 게 있고, 변해서 안 좋은 게 있어."

늘 냉정한 준이 맞장구를 쳤다.

"그건 그래."

나는 웃으며 준을 보았다. 준은 잔디를 입에 물고, 두 손을 머리 뒤로 돌려 깍지를 꼈다. 짧은 앞머리가 바람에 흔들린다.

"지금부터 몇 년이 지나, 자기 자신을 잃어버릴 것 같으면 오늘을 생각하자. 그때 정말 괜찮은 네 놈이 모여 있었다고. 인생의 최고 좋은 시절에는 자신도 그 그룹에 속했을 정도로 좋았다고. 지금의 이 나약함과 불안을 잊지 말도록 하자. 그러면 반드시……."

나는 거기서 다음 말을 이을 수 없었다. 나오토가 이상하다는 듯이 말했다.

"그렇지만 그것만으로는 살아본들 별 좋은 일이 없을 것 같은데."

고개를 끄덕였다. 하늘은 벌써 밤의 색깔로 물들었다.

"분명 좋은 게 하나도 없을지 몰라. 그렇지만 그게 가능하다면, 어떤 나쁜 일도 참아낼 수 있을 거야. 어떻게든 살아남아서 불행한 시기를 참아낼 수 있다면, 게임에서 승리한 거나 다름없는 게 아닐까."

준이 일어나서 카고 바지에 묻은 마른 잔디를 털어내더니 한마디 툭 던졌다.

"데쓰로 말은 뭐가 뭔지 지리멸렬하지만, 이상해……."

다이도 일어나서, 목에 두른 수건으로 얼굴의 땀과 눈물을 닦았다.

"뭐가?"

"그러니까, 순 엉터리인 것 같으면서도 마음 깊은 곳에서는 그게 옳다는 느낌이 들어. 아마 그럴 거야. 우리는 지금 이런 순간을 기억하며 참고 살아갈 거야. 자, 슬슬 가보자."

나오토가 자전거 있는 곳으로 걸어가면서 말했다.

"역시 그 피겨, 집에는 가져갈 수 없어. 누가 좀 맡아줄래?"

준과 다이가 번개처럼 손을 들었다.

"나, 나!"

우리는 어두워진 공원을 나란히 달렸다. 밤바람은 무서울 정도로 부드럽게 자전거를 타고 달리는 우리의 등을 밀었다. 누가 제일 먼저 아케보노 교를 건너는지, 늘 하던 시합이 시작됐다.

십오 분 후면, 쓰키시마의 거리에 흩어진 각자의 집으로 돌아갈 것이다. 우리는 안녕, 하고 인사를 주고받을 것이다.

다음 날 다시 만날 친구에게 안녕, 하고 손을 흔드는 건, 언제나 즐겁다.

옮긴이의 말

14세는 멍청하다. 자세히 살펴보면, 그 나이 또래 아이들은 어딘지 모르게 멍해 보일 때가 많다. 그건 자신들이 뭘 하며 어떻게 살아야 할지 모르기 때문이다. 스스로 삶의 방향을 결정하고, 자신의 음식을 자신의 손으로 만들 수 없는 수혜자의 멍함이다. 그래서 그들은 진흙 상태의 순수함을 가지고 있다. 무엇이라도 될 수 있는 가능태의 진흙. 그래서 때로 그 나이의 아이들이 어떤 결단을 내리고 행동을 벌이면 무섭다. 브레이크가 걸리지 않는다. 그 나이의 이러한 특성을 잘 아는 영악한 어른들은 그런 위험을 막을 양으로 수많은 금제를 제조해낸다. 어느 나이가 되면 어느 등급의 학교에 의무적으로 진학해야 하고, 그곳에서 정해진 내용의 교육을 받아야 하고, 발끝에서 머리끝까지 철저히 패션을 규제받는다. 14세는 그것을 받아들이지 않을 수 없다. 그들에게는 스스로 뭔가를 결정할 아무런 권한도 능력도 없으므로.

그러나 순수한 진흙 상태의 14세의 내면은 그리 평탄하지 않다. 비록 현실적으로 제약받을 수밖에 없는 나약한 사회적 존재지만, 그 내면에는 폭풍이 몰아치고 있다. 사고는 깊은 곳으로 닻을 내리고, 꿈은 하늘 끝까지 피어오르고, 초점이 맞지 않는 듯한 눈은 어른 사회의 모든 유치함을 연민한다. 그들의 사고와 상상력 그리고 감각은 아직 어른 사회의 좁아터진 가치의식에 물들지 않았기에, 대상을 쿨하게 객관적으로 볼 수 있는 생래적인 능력을 가지고 있다.

그런 그들에게 또 하나의 강력한 육체적 징후가 있다. 발정의 시기에 이른 것이다. 이건 정말 참을 수 없는 원초적 욕망이다. 모든 것을 규제하고 이끌어주는 어른이지만, 이것만큼은 손대지 못한다. 발정한 14세에게 여자(남자)를 구해주지 않는 것이다. 그래서 그들은 스스로 해결해야 한다. 여기서부터 14세의 여행은 시작된다(이 소설은 거의 남자를 다루고 있다).

조로증에 걸려 벌써 머리가 하얗게 새어버린 나오토의 생일에 14세들은 여자를 선물한다. 말 그대로 원조교제인데, 어느 쪽이 어느 쪽을 원조해주는지 모를 이상한 관계다. 병실에서 벌어질 그 현장의 핸드폰 생중계를 가슴 두근거리며 경청하던 14세들은, 이미 섹스 능력을 잃어버렸다는 친구의 고백과 그를 위로하는 여고생의 대화를 엿듣고 조용히 핸드폰을 끈다. 한 여자로서(여고생) 남자(나오토)의 아픈 가슴을 배려하는 인간적인 성숙함이 감동적이다.

장기결석생 루미나는 거식증과 폭식증 사이를 오가는 14세다. 기타가와는 같은 반인 그 루미나와 첫 키스를 나누는 연인 사이가 된다. 거식증으로 25킬로그램의 날씬한 몸매로 학교에 나타났어야 할 루미나는, 기타가와와의 만남 이후 생기를 되찾고 폭식을 한 결과, 다시 풍만한 원래의 몸이 되어 학교에 나온다. 다시 등교한 첫날 루미나는 억제할 수 없는 식욕으로 점보 슈크림 빵 여섯 개를 먹어치우고 그 자리에서 토하지만 네 명의 14세가 깔끔하게 뒤처리를 해준다. 왕따의 위기에 처한 친구를 구하는 날렵한 솜씨!

연예인이 되고 싶은 유즈루. 남이 자신을 어떻게 바라보는지 모르는 눈치없는 엉뚱한 아이. 늘 이벤트를 만들어 남의 시선을 끌려고 하는 아이. 반 친구들의 장난스러운 부추김에 그냥 4층 교실에서 바닥으로 뛰어내린다. 날기 위해서. 한순간, 모든 것이 귀찮아져서 그냥 하늘로 날아오르고 싶어져버린 14세다. 다리가 부러져 입원한 병실에서도 또 다른 이벤트를 기획한다. 14세는 그렇게 모두 하늘에 떠 있는 것이다.

머리 좋고 공부 잘하는 준. 사랑의 열병에 빠졌다. 그것도 유부녀와의 불륜(?). 그 유부녀는 늘 남편에게 두들겨 맞는다. 어느 날, 준은 의도적으로 그 남편에게 자신들의 관계를 드러낸다. 그리고 만난다. 두들겨 맞는다. 참는다. 그 순간, 여자는 자신의 어리석음을 깨닫고 이혼을 결심한다. 때리는 자가 참으로 나약한 존재라는 걸 알게 되었기 때문이다. 그 여자(유부녀)에게 준은 섹스 상대가 아니었다. 키스는 했다고 하지만, 아마도 그것은 한 사람이 갑자기 나타난 14세 구원의 천사에게 보내는 참으로 경건한 키스였을 것이다.

14세들은 불꽃놀이를 구경하기 좋은 한 공장 뒷마당에서 병원에서 도망쳐 나온 말기암 환자를 만난다. 그 남자는 혼자 조용히 죽고 싶어 한다. 가족들은 전단지를 뿌리며 환자를 찾는다. 죽음 앞에 선 인간과, 그를 찾으려는 살아갈 자들의 갈등관계. 14세들은 죽을 자와 살아갈 자들 사이에서 심리적 시소게임을 한 끝에, 균형 감각을 발휘하여 하나의 도덕적 결단을 내린다. 환자는 조용히 죽고, 가족도 빠른 시간에 유해를 찾는다. 조로증 나오토는 그때, 죽음 앞에 선 인간의 자유를 이해하고, 그를 돕는다. 그의 조용하고 자유로운 죽음을 위해서.

14세 가즈야는 게이다. 반 최고의 미인에게 프러포즈 받고 당황한다. 결국, 그는 스스로 게이임을 고백하고, 그 용기 있는 행동으로 반 아이들의 존경 어린 시선을 받는다. 미인들의 친구가 되고, 연애의 상대가 될지도 모를 남자 14세들과 친해진다. 큰 관심사인 섹스에 대한 자신의 취향을 당당하게 밝혀 일약 스타가 된 한 14세의 이야기.

14세 다이의 아버지는 술만 취하면 가족에게 폭력을 휘두른다. 어느 날, 다이와 동생은 그 아버지를 죽인다(?). 미필적 고의에 의한 살인. 다이는 솔직하게 친구들에게 말한다. 아버지가 죽어서 다행이라고. 충격적인 그 사건을 대하는 14세들의 태도는 의연하고 신념에 가득하다. 다이에 대한 믿음이다. 현실에서 도망치는 다이를 구원하는 14세들. 죽기 전에 아버지가 남긴 멋진 하늘색 산악자전거 앞에서 우는 다이. 자전거는 죽은 자와 산 자를 화해시키는 매개물이 되어, 이 소설 끝부분에 이르면, 통과의례와도 같은 여행길에서 다이의 몸을 싣고 신주쿠를 향해 달린다.

14세들은 자전거로 여행을 떠난다. 도심지 신주쿠로. 포르노숍에 가서 쇼핑을 하고, 스트립쇼를 보고, 클럽에 가서 가출한 여고생들을 만난다. 그녀들을 재워주고, 임신한 여고생에게 진단 시약을 사주고, 다이는 기꺼이 태어날 아기의 아버지가 되어주겠다고 말한다. 여행을 끝내고 돌아와 14세들은 각자의 가슴속에 간직한 말들을 고백한다. 그들은 앞으로의 삶을 전망하며 불안해한다. 어떻게 살아야 할지, 뚜렷한 길이 보이지 않는다. 매일 학교에서 즐겁게 떠들고 살았는데, 알고 보니 모두 가슴에 하나씩의 불안과 응어리를 끌어안고 있었다.

14세는 통과의례의 시기일 것이다. 옛날이라면 그들은 공동체의 엄격한 계율에 의해 축복을 받으며, 사막이나 산이나 바다로 통과의례의 여행을 떠나야 했을 것이다. 그러나 현대에는 그런 통과의례를 위한 특정한 시간이 주어지지 않는다. 스스로 길을 떠나거나, 부모가 죽을 때까지 아니면 사회의 시스템이 요구하는 대로 보호막에 둘러싸여 살아야 한다. 그런 현대의 문화이고 보니, 나이를 잔뜩 먹고서도 어른이 되지 못한 어른아이가 많다. 다이의 아버지가 그런 경우고, 준의 불륜 상대였던 유부녀의 남편이 그런 사람이다. 이 소설 속의, 아니 모든 14세들은 그런 어른이 되지 않으리라 결심한다. 14세는 그렇게 어리지 않다. 폭력을 당하는 여인을 구원하고, 임신한 여고생에게 희망을 주고, 흔들리는 서로의 마음을 어루만져줄 줄 안다. 진흙 상태이기에 쿨한 눈길로 사회와 어른을 바라볼 수 있다. 그래서 어른스러울 수 있는 것이다. 어른스럽다는 것은 자신을 대상화하여 멀리서 자신의 모습을 바라볼 수 있는 눈을 가졌다는 말과 같다. 그러나 어른이 되면 이런 시선을 가지기 힘들다. 살아가다 보면, 좁은 이익공동체의 시선으로 사물을 바라보는데 익숙해져버리기 때문이다. 따라서 14세는 어른을 구원할 수 있는 힘과 시선을 가진 나이다. 그렇지만 그들은 신발과 머리모양과 패션에 대한 자유가 없다. 머릿속에 쑤셔넣어야 할 지식도 어른에 의해 방향이 설정된다. 당연한 일이지만, 한편으로 우스운 일이기도 하다. 그것을 14세는 잘 알고 있다. 알면서 당하고 있다. 그래서 항상 젊은 세대는 어른의 희망인 것이다.

양억관

4teen

초판 1쇄 발행일　2004년 5월 25일
개정판 1쇄 발행일　2011년 3월 22일
3판 1쇄 발행일　2016년 5월 17일
3판 2쇄 발행일　2018년 5월 01일

지은이 / 이시다 이라
옮긴이 / 양억관
펴낸이 / 박진숙
펴낸곳 / 작가정신
편집 / 김종숙, 황민지
디자인 / 용석재
마케팅 / 김미숙
디지털콘텐츠 / 김영란
홍보 / 박중혁
관리 / 윤서현
인쇄 및 제본 / 한영문화사

주소 (10881) 경기도 파주시 문발로 207
대표전화 031-955-6230　팩스 031-944-2858
이메일 editor@jakka.co.kr　블로그 blog.naver.com/jakkapub
페이스북 facebook.com/jakkajungsin　인스타그램 instagram.com/jakkajungsin
출판등록 제406-2012-000021호

ISBN 978-89-7288-574-0 03830

이 도서의 국립중앙도서관 출판시도서목록(CIP)은 서지정보유통지원시스템 홈페이지(http://seoji.nl.go.kr)와 국가자료공동목록시스템(http://www.nl.go.kr/kolisnet)에서 이용하실 수 있습니다.
(CIP제어번호 : CIP2016010306)